Herausgegeben
von Wolfgang Jeschke

Von Anne McCaffrey erschienen in der Reihe
HEYNE SCIENCE FICTION & FANTASY:

Planet der Entscheidung · 06/3314
Ein Raumschiff namens Helva · 06/3354
Die Wiedergeborene · 06/3362

ZYKLUS »DIE DRACHENREITER VON PERN«:
Die Welt der Drachen · 06/3291
Die Suche der Drachen · 06/3330
Drachengesang · 06/3791
Drachensinger · 06/3849
Der weiße Drache · 06/3918
Drachentrommeln · 06/3996
Moreta – Die Drachenherrin von Pern · 06/4196

Dinosaurier-Planet · 06/4168

Liebe Leser,

um Rückfragen zu vermeiden und Ihnen Enttäuschungen zu ersparen: Bei dieser Titelliste handelt es sich um eine Bibliographie und NICHT UM EIN VERZEICHNIS LIEFERBARER BÜCHER. Es ist leider unmöglich, alle Titel ständig lieferbar zu halten. Bitte fordern Sie bei Ihrer Buchhandlung oder beim Verlag ein Verzeichnis der lieferbaren Heyne-Bücher an. Wir bitten Sie um Verständnis.

Wilhelm Heyne Verlag GmbH & Co. KG, Türkenstr. 5-7, Postfach 20 12 04, 8000 München 2, Abteilung Vertrieb

ANNE McCAFFREY

DINOSAURIER-PLANET

Science Fiction Roman

Deutsche Erstveröffentlichung

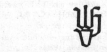

WILHELM HEYNE VERLAG
MÜNCHEN

HEYNE-BUCH Nr. 06/4168
im Wilhelm Heyne Verlag, München

Titel der amerikanischen Originalausgabe
DINOSAUR PLANET
Deutsche Übersetzung von Birgit Reß-Bohusch
Das Umschlagbild schuf Karel Thole
Die Illustrationen im Text sind von
Johann Peterka

Redaktion: Friedel Wahren
Copyright © 1978 by Anne McCaffrey
Copyright © 1985 der deutschen Übersetzung
by Wilhelm Heyne Verlag GmbH & Co. KG, München
Printed in Germany 1985
Umschlaggestaltung: Atelier Ingrid Schütz, München
Satz: Schaber, Wels
Druck und Bindung: Elsnerdruck GmbH, Berlin
ISBN 3-453-31130-2

1

Eben als Kai den Kommunikator ausschaltete und das Band in den Speicher eingab, hörte er Varians leichten, schnellen Schritt in der leeren Passagier-Sektion der Raumfähre.

»Tut mir leid, Kai, habe ich die Kontaktaufnahme versäumt?« Varian kam atemlos hereingeschossen. Ihr Anzug tropfte vor Nässe, und der durchdringende Gestank von Iretas Atmosphäre begann die gefilterte Luft der Pilotenkabine zu überlagern. Varians Blicke wanderten prüfend von der ausgeschalteten Kommunikator-Konsole zu Kai, als versuchte sie in seinen Zügen zu ergründen, ob er ihr die Verspätung übelnahm. Aber gleich darauf wischte Triumph die gespielte Reue beiseite. »Wir haben endlich einen dieser Pflanzenfresser gefangen!«

Kai mußte lachen, als er ihre Begeisterung sah. Varian schaffte es, die einheimischen Lebensformen stundenlang quer durch Iretas feuchtheiße, stinkende Dschungel zu verfolgen – eine Mühe, die sich nur zu oft als vergeblich erwies. Wenn sie jedoch in einem bequemen Stuhl eine Thek-Botschaft bis zu Ende mitanhören sollte, wurde sie so zappelig, daß sie beinahe zur Inneren Disziplin greifen mußte, um nicht vorzeitig zu verschwinden. Kai hatte fast damit gerechnet, daß sie eine einigermaßen glaubwürdige Ausrede auftischen würde, um sich vor dem mühseligen Informationsaustausch zu drücken. Nun, ihre Nachricht war gut und ihre Entschuldigung annehmbar.

»Tatsächlich? Mit Hilfe der Fallen, die du aufgestellt hast?« Sein Interesse war echt, obwohl er für eben diese Fallen seine besten Mechaniker abgestellt hatte und aus diesem Grund das seismische Netz, das seine Geologen so dringend benötigten, immer noch nicht fertig war.

»Leider nicht.« Varians Tonfall klang bekümmert. »Nein,

das Geschöpf war verwundet und konnte nicht mit der Herde fliehen.« Sie machte eine Pause, um ihrem nächsten Satz das nötige Gewicht zu verleihen. »Stell dir vor, Kai – es blutet!«

Kai nahm ihre Bemerkung mit einem leicht erstaunten Blick auf. »Ja – und?«

»Rotes Blut!«

»Aha.«

»Hast du denn keine Ahnung von Biologie? Rotes Blut bedeutet Hämoglobin ...«

»Was ist daran so außergewöhnlich? Es gibt eine ganze Reihe von Arten, die Eisen als Basis ...«

»Aber *nicht* in der gleichen Umgebung und in der gleichen Epoche wie diese Wasserwesen, die Trizein seziert hat! *Die* besitzen eine farblose, zähe Körperflüssigkeit!« Varians Stimme verriet eine Spur von Ungeduld und Verachtung, weil er nicht begriff, was sie zum Ausdruck bringen wollte. »Dieser Planet ist eine einzige Masse von biologischen und geologischen Anomalien. Nicht die Spur von Erz, obwohl wir das Zeug eigentlich per Fließband in die Luken befördern müßten! Und Lebewesen von einer Größe, wie sie in den letzten vierhundert galaktischen Standardjahren auf keinem der zahlreichen Systeme auftauchten, die wir erforschten! Natürlich kann das alles irgendwie zusammenhängen«, fügte sie nachdenklich hinzu und schob sich die widerspenstigen dunklen Locken aus der Stirn.

Sie war hochgewachsen wie so viele Leute von Planeten mit normaler Erdschwerkraft und hatte eine schmale, aber sportliche Figur, die in dem orangefarbenen Schutzanzug prächtig zur Geltung kam. Trotz der Werkzeuge und Instrumente, die von ihrem Energiefeld-Gürtel baumelten, wirkte ihre Taille zierlich, und die ausgebeulten Coveralltaschen an Oberschenkeln und Waden konnten den eleganten Schwung ihrer Beine nicht verdecken.

Kai war hocherfreut gewesen, als man ihm mitteilte, daß er diese Expedition zusammen mit Varian leiten sollte. Die junge Xenobiologin und Tierärztin hatte sich für drei Standardjahre auf das Forschungsschiff ARCT-10 verpflichtet, und sie waren sich an Bord nicht nur beruflich nähergekommen. Zur Stamm-Crew der ARCT-10 und ihrer Schwesterschiffe im Erkundungs- und Vermessungs-Korps gehörte eine Reihe von Leuten, die auf Schiffen geboren und groß geworden waren. Aber die Spezialisten, die Praktikanten und die Politiker, die gelegentlich Reisen im Dienst der Konföderation Vernunftbegabter Rassen mitmachten, wechselten ständig, und die Bordmannschaft lernte auf diese Weise viele Angehörige fremder Kulturen, Rassen und Glaubensrichtungen kennen.

Kai hatte sich sofort zu Varian hingezogen gefühlt, weil sie erstens außergewöhnlich gut aussah und zweitens das genaue Gegenteil von Geril schien. Er hatte damals gerade versucht, diese unbefriedigende Beziehung zu beenden, aber Geril war so hartnäckig geblieben, daß er die Sektion der Schiffsgeborenen verließ und in eine Kabine der Normal-G-Passagiere zog, um ihr aus dem Weg zu gehen. Varian bewohnte zufällig die Nachbarkabine. Sie war temperamentvoll, sprühte vor guter Laune und zeigte lebhaftes Interesse an allen Einrichtungen des satellitengroßen Forschungsschiffes. Sie überredete ihn dazu, ihr die Sektionen zu zeigen, in denen die übrigen Angehörigen der KVR je nach Atmosphäre- und Schwerkraftbedürfnissen untergebracht waren. Varian gelang es rasch, ihn mit ihrer Begeisterung anzustecken. Sie erzählte ihm, daß sie bis vor kurzem nur auf Planeten gelebt hatte (auf wie vielen, das wußte sie gar nicht mehr) und daß sie es höchste Zeit fand, sich mit der Lebensweise der Erkundungs- und Vermessungsexperten zu befassen. Insbesondere, fügte sie hinzu, da sie als Xenobiologin oft genug die Fehleinschätzungen und Irrtümer der EVs wieder in Ordnung bringen mußte.

Varian hatte ihre Eltern schon als Kind auf xenobiologischen Forschungsreisen begleitet und später im Laufe ihres Studiums eine Reihe fremder Welten besucht. Ihre abenteuerlichen Berichte fesselten Kai. Er selber hatte zwar die üblichen Planetenaufenthalte hinter sich, die dazu dienten, die

Platzangst der Schiffsgeborenen zu bekämpfen, und er hatte überdies ein ganzes galaktisches Jahr auf der Geburtswelt seiner Mutter bei den Großeltern verbracht. Aber er gewann den Eindruck, daß er im Vergleich zu Varian auf äußerst langweiligen Welten gelebt hatte.

Varian besaß noch einen Vorteil gegenüber Geril: Sie konnte gut und geschickt argumentieren, ohne je den Humor oder die Fassung zu verlieren. Geril war immer bedrückend ernst gewesen und hatte allzu schnell alles angegriffen, was nicht hundertprozentig ihre hundertprozentige Billigung fand. Noch ehe Kai erfuhr, daß Varian an seiner Seite die Expedition leiten sollte, hatte er vermutet, daß sie trotz ihrer Jugend die Innere Disziplin besaß. Er war sogar so weit gegangen, ihre Personalakte aus der Datenbank abzurufen. Die Liste ihrer Missionen war eindrucksvoll, auch wenn in den allgemein zugänglichen Unterlagen nichts über ihre Leistungen vermerkt stand. Er konnte allerdings sehen, daß sie rasch aufgestiegen war. Dies und die Zahl der Expeditionen ließen darauf schließen, daß die junge Xenobiologin prädestiniert war für wachsende Verantwortung und immer schwierigere Missionen. Man hatte Varian praktisch erst in letzter Minute der Expedition nach Ireta zugewiesen, weil die Sonden unerwartet auf fremde Lebensformen gestoßen waren. Kai war der Ansicht gewesen, daß der Planet sie vor keine allzugroßen Probleme stellen würde. Aber nun erklärte das Mädchen, daß Ireta von Anomalien nur so wimmelte.

»Vermutlich muß man bei einer Sonne der dritten Generation und ihrem Planetensystem mit Besonderheiten rechnen«, meinte sie gerade. »Beispielsweise mit Polgebieten, die wärmer sind als die Äquator-Region und bestialisch stinken – nach einer Pflanze, deren Name mir absolut nicht einfallen will...«

»Eine Pflanze?«

»Ja. Ein winziges Kraut, das praktisch auf jedem gemäßigten Planeten vom Erde-Typ gedeiht. Es findet in der Küche Verwendung – allerdings in winzigen Mengen«, fügte sie lachend hinzu. »Zuviel davon schmeckt so, wie der Planet riecht. Aber ich schweife schon wieder ab. Was hatten die Theks denn zu melden?«

Kai zog die Stirn kraus. »Das Forschungsschiff hat bis jetzt lediglich unsere Erstberichte bestätigt.«

Varian, die gerade versucht hatte, ihren Anzug einigermaßen trocken zu bekommen, ließ das Handtuch sinken und starrte ihn an. »Mist!« Sie warf sich auf den Stuhl neben ihm. »Das beunruhigt mich. Nur die Erstberichte?«

»Sagen die Theks ...«

»Hast du die Zeit einberechnet, die sie für ihre Antwort benötigen?« Varian stemmte sich gegen die Rückenlehne ihres Stuhls. »Quatsch – die Frage kannst du wieder streichen! Wenn einer Geduld mit diesen Leuten hat, dann du!« Kai verstand es ihrer Ansicht nach großartig, mit den Theks auszukommen, die langsamer als alle anderen Verbündeten der KVR redeten und reagierten. »Aber das ist doch sonst nicht die Art der EV-Leute. Im allgemeinen können sie es kaum erwarten, Daten über einen neuen Planeten zu bekommen – die sind ihnen meist viel wichtiger als die Tatsache, daß die Fähre heil gelandet ist.«

»*Ich* glaube, daß diese Interferenz im Raum ...«

»Natürlich!« Die Sorge auf Varians Zügen wich. »Der kosmische Sturm im Nachbarsystem ... auf den die Astronomen mit solcher Sehnsucht gewartet hatten ...«

»Behaupten zumindest die Theks.«

»In wie vielen Worten?« fragte Varian. Allmählich kehrte ihr Humor zurück.

Die Theks waren eine Lebensform auf Silizium-Basis. Sie hatten Ähnlichkeit mit Felsen, und wenngleich man sie nicht als unsterblich bezeichnen konnte, lebten sie doch extrem lange. Spötter behaupteten, daß man einen Thek kaum von einem Felsblock unterscheiden könne, solange er nicht sprach, daß ein Mensch jedoch oft an Altersschwäche starb, ehe das erste Wort kam. Eines stand fest: Je älter ein Thek wurde und je mehr Wissen er ansammelte, desto länger dauerte es, ihm eine Antwort zu entlocken. Zum Glück für

Kai befanden sich in dem Team, das auf dem siebenten Planeten des Systems gelandet war, zwei jüngere Theks. Und Tor, den einen der beiden, kannte Kai schon seit frühester Kindheit. Der Thek befand sich nämlich an Bord der ARCT-10, seit man das satellitengroße Forschungsschiff vor hundertfünfzig galaktischen Standardjahren in den Dienst gestellt hatte. Er verwechselte Kai ständig mit dessen Ururgroßvater, der damals als Bordingenieur auf der ARCT-10 gearbeitet hatte und dem Kai angeblich ähnelte. Es bereitete Kai eine merkwürdige Befriedigung, eine Mission zu leiten, an der auch Tor teilnahm. Seine Unterhaltung mit Tor war selbst angesichts der großen Entfernung und der Sprechgewohnheiten der Theks verhältnismäßig knapp ausgefallen.

»Tor sagte genaugenommen nur ein Wort, Varian: Sturm!« Kai ließ sich von Varians Lachen anstecken.

»Haben die Theks sich eigentlich je getäuscht?«

»Ganz bestimmt nicht, solange die geschichtlichen Aufzeichnungen zurückreichen.«

»Unsere oder ihre?«

»Ihre natürlich. Unsere umfassen nur eine kurze Spanne. So – und wie war das eben mit dem roten Blut?«

»Es geht nicht nur um das rote Blut, Kai. Ich bin auf eine ganze Reihe von Ungereimtheiten gestoßen. Diese Pflanzenfresser, die wir verfolgten, erwiesen sich nicht nur als Wirbeltiere mit rotem Blut – bei näherem Hinsehen besaßen sie auch alle Merkmale einer fünffingrigen Rasse!« Sie schob ihm beide Hände unter die Nase und spreizte die Finger.

»Die besitzen die Theks auch – in gewisser Weise.« Kai war ganz froh darüber, daß es bei seinen Gesprächen mit den Theks keinen Sichtkontakt gab, denn die Siliziumgeschöpfe hatten die entnervende Angewohnheit, aus ihrer amorphen Körpermasse Pseudogliedmaßen hervorzuschieben, die den Betrachter manchmal bis zur Übelkeit verwirrten.

»Aber sie sind keine Wirbelgeschöpfe, und in ihren Adern fließt kein rotes Blut. Außerdem leben sie nicht Seite an

Seite mit Meeresgeschöpfen, wie sie Trizein aufgestöbert hat!« Varian zerrte aus einer ihrer Gürteltaschen zwei flache, sorgfältig von Plastik umhüllte Glasplättchen. »Ich bin gespannt auf die Analyse dieser Blutprobe!« sagte sie und schob sich mit einer geschmeidigen Bewegung aus dem Drehstuhl. Kai folgte ihr, als sie die Pilotenkabine verließ.

Ihre Stiefel hallten in der Leere der Passagier-Sektion wider. Die Einrichtung, die sich hier im Normalfall befand, stand jetzt in den Plastik-Kuppeln, die man rund um die Fähre errichtet und mit einem Energieschirm umgeben hatte. Nur Trizein war an Bord geblieben; man hatte den klimatisierten Lagerraum in ein Labor umgewandelt, und ein Terminal führte zum Schiffscomputer, so daß Trizein sein Reich nur selten verließ.

»Dann hast du ja endlich einen Bewohner für deinen Korral bekommen«, meinte Kai.

Varian nickte. »Siehst du, ich hatte recht, ein Gehege mit einzuplanen. Nun besitzen wir wenigstens einen Ort, der groß genug ist, um ihn/sie/es unterzubringen.«

»Du weißt noch gar nichts Näheres über deinen Schützling?«

»Wenn du erst einen Blick auf das Biest geworfen hast, wirst du verstehen, weshalb wir es nicht so genau untersuchten.« Sie schüttelte sich. »Ich kenne den Angreifer nicht, aber aus seiner Flanke sind ganze Brocken herausgefetzt ... fast als ob ...« Sie schluckte hastig.

»Als ob was?«

»Als ob jemand oder etwas versucht hätte, es ... bei lebendigem Leib zu verschlingen!«

»Das ist doch nicht dein Ernst!« Kai spürte, wie sich sein Magen umdrehte.

»Die Raubtiere, die wir entdeckt haben, sehen zwar wild genug aus ... aber bei lebendigem Leib?«

Ein paar Schritte lang schwiegen beide, entsetzt von der Vorstellung. Tierisches Fleisch gehörte nicht auf den Speiseplan zivilisierter Rassen.

Varian wechselte das Thema. »Ich bin gespannt, ob Ta-

negli noch mehr von diesen Baumfrüchten finden konnte.«
»Hat er eigentlich das junge Volk mitgenommen? Ich war gerade am Kommunikator beschäftigt.«
»Ja.« Varian nickte. »Und Divisti ist mit von der Partie. Sie befinden sich also in guten Händen.«
»Ein Glück, daß jemand sie beaufsichtigt!« Kai preßte die Lippen zusammen. »Ich möchte nicht unbedingt der dritten Kommandantin des Forschungsschiffes gegenübertreten und ihr melden, daß ihrem hoffnungsvollen Sprößling etwas zugestoßen ist!«
Mit einem Seitenblick erkannte Kai, daß Varian sich ein Lachen verbiß. Aber in ihren Augen funkelte leiser Spott. Es war allgemein bekannt, daß Bonnard den Expeditionsleiter auf eine Art Heldensockel stellte.
»Bonnard ist ein lieber Kerl, Kai, und er meint es nicht böse ...«
»Ich weiß, ich weiß.«
»Ich frage mich, ob alle eßbaren Dinge auf diesem Planeten so schmecken, wie sie riechen.« Wieder wechselte Varian das Thema. »Eine Frucht mit dem zarten Aroma von Hydrotellurid ...«
»Haben wir denn keinen Bordproviant mehr?«
»Das schon.« Es gehörte mit zu Varians Aufgaben, einheimische Pflanzen auf ihre Eßbarkeit hin zu untersuchen. »Aber Divisti ist eine Krämerseele. Je weniger wir ihre Grundnahrungsmittel antasten, desto besser. Und frisches Obst – euch Schiffsgeborenen fehlt es vielleicht nicht so sehr ...
»Landgeborene Primaten besitzen eben keine Eßkultur.«
Sie lachten beide. Varian hielt den Kopf ein wenig schräg, und ihre grauen Augen blitzten. Bereits am ersten Tag ihrer Begegnung an einem der Humanoidentische im Speisesaal des großen Forschungsschiffes waren sie sich wegen ihrer unterschiedlichen Eßgewohnheiten in die Haare geraten.
Kai, der auf einem Schiff geboren und aufgewachsen war, kannte nur synthetisches Essen. Ballaststoffe und härtere

Gewebe benötigte er kaum. Selbst bei seinen kurzen Planetenaufenthalten hatte er sich nie so recht an die Vielfalt und die Konsistenz natürlicher Nährstoffe gewöhnt. Varian dagegen vertrug von Gemüse bis zu Mineralstoffen so ziemlich alles. Deshalb fand sie auch die Schiffskost ziemlich eintönig, obwohl man im Treibhaus Gemüse und Salate zog.

»Du mit deinem total verbildeten Geschmack! Wenn das Obst auch nur einigermaßen das bringt, was ich mir davon verspreche, werde ich dich auch noch zu einer vernünftigen Eßweise bekehren.«

Kurz bevor sie das Labor erreichten, glitt die Trennwand zur Seite, und ein Mann kam ihnen aufgeregt entgegengestürzt.

»Einfach phantastisch!« Er hielt mitten im Lauf inne, verlor das Gleichgewicht und stolperte gegen die Wand. »Oh, ihr kommt gerade recht! Varian, die Zellen dieser Mereslebewesen sind etwas ganz und gar Neues. Sie ordnen sich zu Fäden, vier verschiedene Arten – sieh dir das mal an ...« Trizein zerrte Varian in sein Labor und gab Kai durch aufgeregte Gesten zu verstehen, daß er ihnen folgen solle.

»Ich habe auch etwas für dich, mein Freund!« Varian streckte ihm ein Mikroskopplättchen entgegen. »Es ist uns geglückt, einen dieser mächtigen Allesfresser zu erwischen. Er war verwundet, und er blutete – rotes Blut, verstehst du?«

»Aber, so hör doch!« fuhr Trizein fort, allem Anschein nach taub für ihre Ankündigung. »Das hier ist eine vollkommen *neue* Lebensform. Noch nie auf all meinen Expeditionen bin ich auf eine solche Zellformation gestoßen ...«

»Und ich bin noch nie auf eine solche Anomalie gestoßen ... dieses rote Blut neben deiner neuen Lebensform!« Varian hielt das Glasplättchen hoch. »Bitte, tu mir den Gefallen, und führ damit eine Spektroanalyse durch!«

»Rotes Blut, sagst du?« Trizein blinzelte und schaltete mühsam um. Er hielt den Objektträger stirnrunzelnd gegen das Licht. »Rotes Blut? Einfach unvereinbar mit dem, was ich eben entdeckt habe!«

In diesem Moment schrillte ein Alarmsignal durch die Fähre und die Außenanlagen. Die Armband-Geräte, die Kai und Varian als Expeditionsleiter trugen, begannen zu summen.

»Sammeltrupp in Schwierigkeiten, Kai, Varian!« Paskuttis mauschelige, etwas dumpfe Stimme drang ruhig durch den Interkom. »Luftangriff!«

Kai drückte auf den Knopf seines Minigeräts. »Trommle die Sicherheitsleute zusammen, Paskutti! Varian und ich kommen gleich.«

»Luftangriff?« wiederholte Varian, als sie zur Irisblende der Luftschleuse liefen. »Woher?«

»Befindet sich der Schlitten in der Luft, Paskutti?« erkundigte sich Kai.

»Nein, Chef. Ich habe die Koordinaten. Soll ich deine Teams zurückholen?«

»Nein, sie sind so weit draußen, daß sie uns nicht helfen können.« Er wandte sich an Varian: »Wo mögen sie da nur hineingeraten sein?«

»Auf diesem verrückten Planeten? Wer weiß?« Varian schien mit jeder neuen Herausforderung Iretas zu wachsen. Das erleichterte Kai. Er erinnerte sich noch mit Schaudern an seine zweite Expedition. Sein damaliger Partner war ein unverbesserlicher Pessimist gewesen, der mit düsteren Ahnungen die Moral der Mannschaft völlig zersetzt und unnötige Zwischenfälle heraufbeschworen hatte.

Wie gewöhnlich nahm ihm der erste Schwall von Iretas stinkender Atmosphäre den Atem. Er hatte vergessen, die Nasenstöpsel einzuführen, die er in der Fähre natürlich nicht trug. Die Stöpsel halfen ein wenig, aber nicht, wenn man gezwungen war, durch den Mund zu atmen – so wie jetzt, als er Paskuttis rasch zusammengeholter Mannschaft entgegenlief.

Obwohl die Plus-G-Leute unter Paskuttis Führung einen weiteren Weg zurücklegen mußten als Kai und Varian, warteten sie bereits am Treffpunkt, während die Expeditionsleiter noch die Schräge von der Fähre bis zur Außenschleuse des Energieschirms überwanden. Paskutti reichte den beiden Anführern Gürtel, Masken und Betäubungsstrahler, vergaß jedoch in der Eile, daß der kleine Schubs seiner schweren Hand die leichtgewichtigen Erdtypen zurückstolpern ließ.

Gaber, der für Noteinsätze zuständige Kartograph, kam aus seiner Kuppel geschnauft. Wie gewöhnlich hatte er vergessen, den Gürtel umzulegen, der das persönliche Schutzfeld aufbaute, obwohl die strikte Regel galt, daß man ihn auch auf der Fähre und im Lager tragen mußte. Kai nahm sich vor, ein ernstes Wort mit Gaber zu reden, wenn sie zurückkamen.

»Was ist denn jetzt wieder passiert? Ich kriege meine Karten nie fertig, wenn ich ständig unterbrochen werde!«

»Der Sammeltrupp meldet Schwierigkeiten. Wehe, du rührst dich vom Schirm weg!« sagte Kai scharf.

»Aber nie und nimmer, Kai, was denkst du nur! Ich schwöre, daß ich mich keinen Zentimeter von der Konsole hier entferne! Es ist ja nur, weil ich wirklich nicht weiß, wie ich meine Arbeit je beenden soll, wenn ich ... Drei Tage bin ich bereits im Verzug und ...«

»Gaber!«

»Ist gut, Kai. Ich verstehe. Ehrlich, du kannst dich auf mich verlassen.« Der Mann nahm an der Konsole des transparenten Energiefeldes Platz, welches das Lager abschirmte. Seine Blicke wanderten so ängstlich von Paskutti zu Varian und Kai, daß der junge Expeditionsleiter ihm beruhigend zunickte. Paskuttis massiges Gesicht blieb ebenso ausdruckslos wie der Blick seiner dunklen Augen; aber irgendwie schaffte es der Plus-G-Mann, mit seinem Schweigen deutlicher seine Mißbilligung auszudrücken, als wenn er etwas gesagt hätte.

Paskutti, ein Mann in mittleren Jahren, war während seiner fünfjährigen Dienstzeit beim EV fast immer für die Schiffssicherheit verantwortlich gewesen. Er hatte sich freiwillig für diese Expedition gemeldet, als man auf dem Mutterschiff nach Assistenten für das Xenobiologen-Team Ausschau hielt. Die Bewohner von Planeten mit hoher

Schwerkraft unterstützten häufig die Spezialisten auf ihren Expeditionen, da solche Techniker-Jobs außergewöhnlich gut bezahlt wurden. Zwei oder drei Missionen brachten im allgemeinen soviel Geld, daß die Leute sich für den Rest ihres Lebens ein relativ angenehmes Dasein auf einer Entwicklungswelt ihrer Wahl leisten konnten. Und man entschied sich gern für die Plus-G-Weltler, weil sie ungeachtet ihrer sonstigen Vorzüge über enorme Körperkräfte verfügten. Sie waren der starke Arm der Föderation – eine Bemerkung, die keinerlei Geringschätzung enthielt: Die Plus-G-Weltler waren beileibe keine reinen Muskelmänner, sondern besaßen in ihren Reihen ebenso viele hochgradige Spezialisten wie alle anderen Humanoiden-Gruppen.

Es bestand allerdings kein Zweifel daran, daß bereits ihr Anblick (die wuchtigen Beine, die kolossähnlichen Körper, dazu breite Schultern und eine kräftige, wettergegerbte Haut) ein Abschreckungspotential besaß, das viele Völker dazu veranlaßte, sie als Sicherheitstruppen anzuheuern. Zu dem irrigen Eindruck, daß Plus-G-Weltler keine hohen geistigen Fähigkeiten besaßen, trug der unglückliche genetische Umstand bei, daß sich zwar die Muskel- und Skelettstruktur der hohen Schwerkraft ihrer Heimatwelten angepaßt hatte, nicht aber der Schädel. So wirkten sie auf den ersten Blick tatsächlich dumm. Fern der brutalen Schwerkraft und harten klimatischen Bedingungen ihrer Heimatwelten mußten die Plus-G-Weltler einen guten Teil ihrer Zeit in Fitneßräumen verbringen, weil sie sonst ihre Kraft einbüßten und später Eingliederungsschwierigkeiten bekamen. So pervers es klang, die Plus-G-Weltler hingen an ihren Geburtsplaneten, und die meisten von ihnen kehrten, sobald sie genügend Geld gespart hatten, begeistert in die Umgebung zurück, die sie geprägt hatte.

Paskutti und Tardma hatten sich der Expedition schlicht und einfach deshalb angeschlossen, weil die Sicherheitsroutine an Bord des Mutterschiffes sie langweilte. Berru und Bakkun waren von Kai als Geologen-Team vorgeschlagen worden. Er fand es gut, in jede Wissenschaftlergruppe einige Plus-G-Weltler einzureihen, weil ihre Körperkräfte einfach unschätzbare Vorteile boten. Daß Tanegli als Botaniker und Divisti als Biologin mitkamen, war sowohl für ihn wie auch für Varian eine angenehme Überraschung gewesen. Und als Varian nach ihrer Landung auf Ireta die unerwartet großen einheimischen Lebensformen sah, dachte sie erleichtert und dankbar an die Nähe der Plus-Gs. Welchen Gefahren sie hier auch immer ausgesetzt waren – in Begleitung der Super-G-Leute erschien alles viel leichter.

Paskutti nickte Gaber zu, als er sah, daß die Finger des Kartographen über dem Schutzschirm-Mechanismus zuckten. Langsam hob sich der Schleier, während Varian vor Ungeduld bibberte. Man konnte Gaber nicht aus der Ruhe bringen, indem man ihn daran erinnerte, daß es sich um einen Noteinsatz handelte, bei dem es auf Schnelligkeit ankam.

Paskutti stürmte unter dem halbgeöffneten Schirm hervor, gefolgt von seinem Trupp. Wie gewöhnlich empfing sie ein dünner Nieselregen, den der Energieschleier ebenso von ihnen abhielt wie die vielen Insekten, die beim Kontakt mit der Energie verglühten.

Sie hörten noch, wie Gaber etwas von Leuten murmelte, die nie abwarten konnten, bis etwas fertig war. Dann hob Paskutti die geschlossene Faust zum Zeichen des Flugeinsatzes. Die Retter aktivierten ihre Lift-Aggregate und bildeten die Formation, die Paskutti ihnen während des Noteinsatz-Trainings zugewiesen hatte. Kai und Varian befanden sich in den geschützten Positionen des fliegenden Vs.

Sobald sie sich in der Luft befanden, versuchte Kai Taneglis Signal anzupeilen. Paskutti deutete nach Westen, zu den sumpfigen Niederungen. Er rückte seine Gesichtsmaske zurecht und gab dann mit einer Geste zu verstehen, daß sie ihr Tempo verschärfen sollten.

Sie flogen in Höhe der Baumwipfel. Kai rief sich ins Gedächtnis, daß er seine Blicke horizontal auf Paskuttis Rücken heften mußte. So merkwürdig es klang, in der Luft machte ihm die Platzangst eigentlich nur zu schaffen, wenn er direkt in die Tiefe schaute und der Boden rasch unter ihm vorbeihuschte. Sonst hüllte ihn die Luftströmung ein und umschloß ihn fast wie eine Kapsel. Die gleichförmige Masse aus Koniferen und Gymnospermen, die diesen Teil des Kontinents bedeckte, geriet in eine schwache Wellenbewegung, wenn sie vorbeiflogen. In großer Höhe kreisten ein paar riesige Fluggeschöpfe. Varian hatte bis jetzt keine Gelegenheit gefunden, die Lebensformen der Lüfte zu identifizieren oder wenigstens mit Minisendern zu markieren. Die Geschöpfe machten sich rar, sobald die Forscher mit ihren Lift-Aggregaten oder Luftschlitten anrückten.

Sie stiegen höher, überquerten die ersten Basaltstufen und glitten dann in die Ebene hinunter, über den endlosen Urwald hinweg, dessen undurchdringliches Dach in grünen, blaugrünen und purpurnen Tönen leuchtete. Die ersten Abwinde machten sich bemerkbar; sie mußten die Thermalströmungen ausgleichen. Paskutti gab das Zeichen zum Landen. Für ihn mit seinem massigen, bei hoher Schwerkraft trainierten Körper war das eine reine Muskelangelegenheit. Kai und Varian dagegen mußten die Hilfsdüsen ihres Lift-Aggregats einsetzen.

Während das Summen des Peilsignals allmählich stärker wurde, begann sich Kai Vorwürfe zu machen. Er hätte keiner der Gruppen die Erlaubnis geben dürfen, sich über den Aggregat-Radius hinaus vom Lager zu entfernen. Andererseits war Tanegli durchaus in der Lage, es mit den meisten der bisher gesichteten Lebensformen aufzunehmen und ganz nebenbei noch die drei jungen Leute zu bremsen, die in ihrem Übermut gern zu leichtsinnig wurden. Auf welche Schwierigkeiten mochten sie wohl gestoßen sein? Und so rasch! Tanegli war mit dem Schlitten aufgebrochen, als Kai auf den Kontakt mit den Theks wartete. Sie konnten also eben erst ihr Ziel erreicht haben, als sie sich mit der Fähre in Verbindung setzten. Verletzte hätte Tanegli doch sicher gemeldet? Ob der Schlitten einen Defekt hatte? Er war das einzige große Fluggerät, das sie besaßen. Daneben hatten sie noch vier Zweimann-Schlitten für die seismischen Teams, die im Notfall zwar auch vier Leute aufnehmen konnten, jedoch über keinerlei Laderaum verfügten.

Das Land fiel erneut ab, und sie mußten ihre Flughöhe korrigieren. Weit in der Purpurferne tauchte die erste Vulkankette am Rande eines großen Binnensees auf, eines Gewässers, das durch die unablässige tektonische Aktivität dieser Welt zum Untergang verurteilt war. Es war das erste Gebiet, das er seismisch untersucht hatte, denn er war nicht sicher gewesen, ob sich der Granitschelf, auf dem die Fähre stand, zu nahe an einer tektonischen Bruchstelle befand. Aber die ersten Ausdrucke der seismischen Meßgeräte hatten ihn beruhigt. Alles deutete darauf hin, daß der See eines Tages verlanden und sedimentbedeckten kleinen Hügeln weichen mußte, die letzten Endes aber auch unter einer großen Faltenverwerfung verschwinden würden; sie hatten ihr Lager am nähergelegenen Ende des stabilen Kontinentalschildes aufgeschlagen.

Aus dem Sumpfland stieg eine dampfige, stinkende Hitze zu ihnen auf. Die klebrige Feuchte verstärkte den Geruch nach Hydrotellurid. Das Peilsignal summte lauter und brach nicht mehr ab.

Kai war nicht der einzige, der sorgfältig die Gegend beobachtete. Paskutti mit seinen scharfen Augen entdeckte den Schlitten als erster in einem Hain von Angiospermen; der Flugapparat stand auf einem Hügel, der sich ein Stück entfernt von der verfilzten Pflanzenmasse des Dschungels ins Sumpfland vorschob. Im Geäst der mächtigen Purpurrindenbäume mit ihrem Luftwurzelgewirr, das allem Anschein nach von Pflanzenfressern zernagt war, zeigten sich keinerlei Angreifer, und Kai spürte, wie ein gewisser Ärger seine Besorgnis zu überlagern begann.

Paskuttis Geste lenkte seine Aufmerksamkeit zum Sumpf hinüber. Dort wurden mehrere bräunliche Gegenstände von spitzen Schnauzen unter Wasser gezerrt. Eine kleinere Schlacht entstand, als zwei der langnackigen Sumpfgeschöpfe um die Beute zu streiten begannen. Der Sieger entschied den Kampf, indem er sich auf den Kadaver hockte und langsam mit ihm in die schlammige Tiefe sank.

Tardma, die Plus-G-Weltlerin, die ihren Platz direkt vor Kai hatte, deutete in die entgegengesetzte Richtung, wo der Sumpf allmählich in festes Land überging. Dort wankte ein Fluggeschöpf hin und her, allem Anschein nach benommen von der Wirkung eines Betäubungsstrahls.

Paskutti feuerte drei Warnschüsse ab und befahl dann der Gruppe, die Seite des Wäldchens anzusteuern, die weiter entfernt vom Sumpf war. Im Laufschritt landeten sie, und die Plus-G-Leute wandten sich sofort dem Morast zu, da ein Angriff am ehesten aus dieser Richtung zu erwarten war. Kai, Varian und Paskutti liefen zum Schlitten, hinter dem nun die Proviantsammler auftauchten.

Tanegli stand wartend da. Sein blockiger Körper war wie eine Bastion, in deren Schutz sich die schwächeren Mitglieder des Teams drängten. Den drei Jugendlichen war, wie Kai erleichtert feststellte, offenbar nichts zugestoßen, ebensowenig der Xenobotanikerin Divisti. Dann entdeckte Kai einen Berg leuchtendgelber Früchte im Ladekasten des Schlittens; der Boden des Wäldchens war ebenfalls übersät von Obst.

»Wir haben zu früh Alarm gegeben«, begrüßte Tanegli die Retter. »Die Sumpfbewohner haben sich als unsere Verbündeten erwiesen.« Er schob den Betäubungsstrahler in seinen Gürtel und rieb die klobigen Hände aneinander, als wollte er damit den Zwischenfall abtun.

Varian spähte aufmerksam umher. »Was hat euch denn angegriffen?«

»Das hier?« Paskutti schleppte ein regloses Geschöpf hinter dem Stamm eines dicken Baumes hervor. Es besaß Schwingen und einen dichten Körperpelz.

»Vorsicht!« rief Tanegli scharf und griff nach seinem Gürtel, ehe er den Strahler in Paskuttis Hand sah. »Ich habe ihm nur eine winzige Dosis verpaßt.«

»Ah – einer dieser Gleiter!« rief Varian. »Seht ihr: keine Gelenkpfannen zum Anlegen der Schwingen!« Die Biologin

achtete nicht auf die Proteste der Plus-G-Leute; sie spreizte den schlaffen Flügel und ließ ihn wieder sinken.

Kai betrachtete besorgt den scharfen Schnabel des Geschöpfes, aber er unterdrückte den instinktiven Drang, sich ein Stück zurückzuziehen.

»Aasfresser – nach der Größe und Form des Kiefers zu schließen«, stellte Paskutti fest und beobachtete das Tier mit sichtlichem Interesse.

»Immer noch betäubt«, meinte Varian und ließ die Schwingen wieder los. »Was war tot genug, um seine Aufmerksamkeit zu wecken?«

»Das da!« Tanegli deutete zum Rand der Lichtung, auf ein braungesprenkeltes Bündel, dessen geblähter Bauch sich aus der struppigen Bodenvegetation wölbte.

»Und ich habe sein Junges gefunden!« Bonnard trat einen Schritt vor und streckte Kai und Varian ein winziges Ebenbild des toten Geschöpfes entgegen. »Aber seinetwegen sind die Gleiter bestimmt nicht gekommen. Es scheint erst vor kurzem geboren. Und jetzt hat es keine Mutter mehr.«

»Wir stöberten es da drüben auf«, meinte Cleiti und stellte sich neben Bonnard, als müßte sie ihn gegen die Erwachsenen verteidigen. »Es hatte sich zwischen den Baumwurzeln versteckt.«

»Der Schlitten vertrieb die Gleiter wohl eine Zeitlang«, meinte Tanegli. »Sobald wir dann gelandet waren und anfingen, die Früchte einzusammeln, kamen sie zurück.« Er zuckte mit den breiten Schultern.

Varian trat an das zitternde kleine Geschöpf heran, schaute ihm in den Rachen und untersuchte die Pfoten. Dann lachte sie leise. »Die nächste Anomalie! Perissodaktyle Fußform und Pflanzenfressergebiß! Liebes Kerlchen. Schön, wenn man mal ein Tier zum Anfassen hat, nicht wahr, Bonnard?«

»Fehlt ihm denn nichts?« Bonnard warf ihr einen ängstlichen Blick zu. »Es zittert am ganzen Leib.«

»Ich würde auch zittern, wenn mich ein Riesengeschöpf mit einem völlig fremden Geruch auf den Arm nähme!«

»Dann ist ... Perisso-Dingsda ungefährlich?«
Varian fuhr mit der Hand lachend durch Bonnards kurzgeschorenen Haarschopf. »Perissodaktyl bedeutet eine ungerade Zahl von Zehen. Solche Namen helfen nur, ein Geschöpf einzuordnen. Ich möchte gern einen Blick auf seine Mutter werfen.« Sie machte einen Bogen um die Schwertpflanzen mit ihren trügerisch schönen Purpurstreifenblättern und bahnte sich einen Weg zu dem toten Geschöpf. Nach einer Weile stieß sie einen leisen Pfiff aus. »Sie hatte sich das Bein gebrochen«, meinte sie voller Mitgefühl. »Dadurch wurde sie zu einer leichten Beute für die Aasfresser.«
Ein saugendes Schmatzen und Spritzen lenkte die Aufmerksamkeit der Gruppe zu den Sümpfen. Aus dem zähen Morast schob sich ein langer Hals, auf dem ein dicker Kopf hin und her pendelte; er beobachtete die Eindringlinge.
»Der hier könnte uns auch als leichte Beute betrachten«, meinte Kai. »Verschwinden wir lieber von hier!«
Paskutti musterte mißtrauisch den gewaltigen Schädel, der alles andere als harmlos wirkte, und stellte den Betäubungsstrahler auf die höchste Dosis ein. »Mit einer normalen Ladung kommen wir dem Burschen bestimmt nicht bei!«
»Wir haben nach Obst gesucht ...« Divisti deutete auf die goldgelben Früchte, die überall verstreut lagen. »Das Zeug sieht genießbar aus, und Frischkost würde uns allen gut tun.« Ihr Tonfall klang so sehnsüchtig, daß Kai sie erstaunt anstarrte.
»Ich denke, daß wir einen Sicherheitsfaktor von etwa zehn Minuten haben, bis die Gehirnzellen dieses Sumpfmonsters zu dem logischen Schluß gelangen, daß wir genießbar sind«, meinte Tanegli, so unbekümmert wie stets angesichts einer rein physischen Bedrohung. Mit beiden Händen begann er, Früchte aufzuheben und in den Sammelbehälter des Schlittens zu werfen.
Die großen Schlitten an Bord einer Expeditionsfähre konnten im Notfall bis zu zwanzig Personen befördern, eine Tatsache, die in den Betriebsvorschriften nie erwähnt wurde. Das Potential dieser Allzweck-Konstruktionen wurde

selten voll genutzt. Sie hatten eine Gesamtlänge von acht Metern, stark hochgezogene Seitenwände und eine geschlossene Bugkabine; das kompakte Triebwerk und die Energiezelle waren unter dem Laderaum im Heck verstaut. Bei sechs bequemen Plätzen zusätzlich Piloten- und Kopilotensitz blieb noch genügend Raum für den großen Ladebehälter. Wenn man die Sitze entfernte oder auf Deck stapelte, konnte ein solcher Schlitten ungeheure Lasten befördern, entweder an Bord selbst oder mit Hilfe der starken Tragekonstruktionen, die an Bug, Heck und zu beiden Seiten angebracht waren. Der Plastischirm ließ sich einklappen oder nur über bestimmte Sektionen des Schlittens spannen. Die Düsen besaßen eine horizontale Schubumkehr; außerdem konnte die Maschine in Not- oder Verteidigungsfällen senkrecht starten und landen. Die Zweimann-Schlitten waren die ›kleinen Brüder‹ dieses Gefährts; sie hatten den Vorteil, daß man sie leicht zerlegen und verstauen konnte. Bei einer Flucht stapelte man sie meist an Bord des großen Schlittens.

Mit Unterstützung der Rettungsmannschaft gelang es dem Sammeltrupp, den Vorratsbehälter zu füllen, ehe die Aasfresser wieder über ihren Köpfen zu kreisen begannen. Das Morastgeschöpf schien hypnotisiert vom Kommen und Gehen der Fremden. Sein Kopf pendelte unablässig hin und her.

»Kai, wir lassen das Kleine doch nicht etwa allein zurück?« Bonnard hielt das verwaiste Geschöpf fest an sich gedrückt. Cleiti stand wie zur Verstärkung neben ihm.

»Varian, was meinst du?«

»Nein, wo denkst du hin! Wir bekommen nicht oft Gelegenheit, ein einheimisches Geschöpf aus der Nähe zu studieren, ohne es über den halben Kontinent zu verfolgen.« Sie schien empört, daß Kai überhaupt fragte. »In den Schlitten mit dir, Bonnard! Halt das Kleine gut fest! Cleiti, du setzt dich rechts neben ihn, und ich bleibe auf der linken Seite. So, das wäre geschafft. Festschnallen, Kinder!«

Die anderen traten zurück, als Tanegli den Schlitten startete und unbekümmert über den Schlamm hinwegjagte, an dem unentschlossenen Monster vorbei, das immer noch zu ihnen herüberstarrte.

»Stellt die Betäubungsstrahler auf Maximum!« befahl Paskutti nach einem Blick zum Himmel. »Die Aasfresser rücken wieder an.«

Noch während der Rettungstrupp startete, sah Kai die Aasfresser tiefer kreisen. Sie ließen den Kadaver im Gras keinen Moment aus den Augen. Kai lief ein Schauer über den Rücken. Die Gefahren im Raum hatten etwas Unvermitteltes und Absolutes; sie waren unpersönlich und stets die Folge eines Verstoßes gegen ein Naturgesetz. Der Tötungsvorsatz dieser Bestien dagegen besaß etwas abstoßend Persönliches, eine Bösartigkeit, die ihn zutiefst erschütterte.

2

Regen und Gegenwind erschwerten die Rückkehr des Sicherheitstrupps, und so war der Hochleistungsschlitten längst gelandet, als Kai und die Plus-G-Weltler endlich den Schutzschild des Lagers erreichten. Varian und die drei Jugendlichen errichteten bereits ein kleines Gehege für ihren Schützling.

»Lunzie versucht gerade herauszufinden, welches Futter das Kleine am besten verträgt«, berichtete Varian, als Kai sich zu ihnen gesellte.

»Und was an diesem Kerlchen ist nun anomal?« erkundigte sich Kai.

»Daß wir entgegen aller Wahrscheinlichkeit in dieser Galaxis auf ein Säugetier gestoßen sind! Zumindest besaß seine Mutter Zitzen. Unser Findling ist gut entwickelt, obwohl er sicher erst vor kurzem auf die Welt kam. Das läßt darauf schließen, daß er praktisch von Geburt an gehen und laufen konnte ...«

»Hast du ihn ...«
»Von Ungeziefer befreit? Ich möchte nicht, daß wir alle von niedlichen Parasiten heimgesucht werden. Außerdem habe ich Trizein gebeten, eine Gewebe-Analyse durchzuführen, und damit seinen sorgfältig ausgeklügelten Zeitplan schon wieder völlig umgeschmissen. Aber so können wir am leichtesten herausfinden, welche Proteine das Tierchen benötigt. Es muß noch tüchtig wachsen, bis es die Größe seiner Mutter erreicht hat ... obwohl sie zu den eher kleinen Lebewesen dieses Planeten gehörte.«

Kai warf einen Blick auf das rotbraune Fell des winzigen Geschöpfs. Ein eher unscheinbares Ding, dachte er. Seine einzige Waffe sind die großen traurigen Augen, die wohl nicht nur bei seiner Mutter Schutzinstinkte auslösen. Wenn er an den pendelnden Kopf des Sumpfmonsters und an die tückische Gier der unerbittlich kreisenden Aasfresser dachte, war auch er froh, daß sie das Kleine mitgenommen hatten. Außerdem hatte Bonnard nun endlich eine Beschäftigung und lief vielleicht nicht ständig hinter ihm her.

Kai löste seinen Gürtel und die Gesichtsmaske und rieb mit den Fingern über die Druckstellen der Riemen. Er fühlte sich todmüde. Die Plus-G-Leute verfügten über schier unerschöpfliche Kraftreserven, aber Kais Muskeln schmerzten nach dem anstrengenden Rückflug.

»Sag, müssen wir nicht bald Kontakt mit den Ryxi aufnehmen?« fragte Varian nach einem Blick auf ihren Armband-Rekorder, auf dem die Zahl 13.00 rot zu blinken begann.

Kai hatte die Vereinbarung völlig vergessen. Er nickte ihr mit dankbarem Lächeln zu und ging mit schnellen Schritten in Richtung Fähre. Ihm standen noch ein paar harte Stunden bevor. Ein Pepdrink würde seine Energie wieder aufmöbeln, und sicher bekam er eine kleine Verschnaufpause, bis die Verbindung mit den geflügelten Fremden hergestellt war. Danach mußte er allerdings noch die merkwürdig gefärbten Seen aufsuchen, die Berru gestern bei ihrem Erkundungsflug nach Süden entdeckt hatte. Er fand es verdammt merkwürdig, daß sie bis jetzt kaum Spuren von Metallen gefunden hatten; dabei waren sie davon ausgegangen, auf diesem unberührten Planeten zumindest die normalen Erze in Hülle und Fülle anzutreffen. Gefärbtes Wasser deutete auf Minerale hin. Er hoffte nur, daß die Konzentration ausreiche. Ältere Faltengebirge enthielten in der Regel Metalle – und sei es nur Zinn, Zink oder Kupfer. Bis jetzt waren sie zwar hier und da auf Spuren von Mineralerzen gestoßen, nicht aber auf Erzlager, die diesen Namen verdient hätten.

Kai hatte vom Erkundungs- und Vermessungs-Korps den Auftrag, die Mineral- und Metallvorkommen dieser Welt festzustellen und abzuschätzen. Und da man vermutete, daß Ireta zu einer Sonne der dritten Generation gehörte, mußte der Planet eigentlich jede Menge Schwerelemente enthalten, Transurane und Actinide, Neptunium, Plutonium und die weniger bekannten Elemente, die auf der Periodentafel oberhalb von Uran zu finden waren – eben jene Stoffe, die von der Konföderation Vernunftbegabter Rassen so dringend und konstant benötigt wurden; die Suche nach neuen Rohstoffen gehörte zu den Hauptaufgaben des EV.

Ein Diplomat hätte vermutlich erklärt, es sei die Mission des EV, sämtliche vernunftbegabten Geschöpfe der Galaxis in seinen Einflußbereich zu bringen und auf diese Weise die achtzehn friedliebenden Rassen zu verstärken, die bereits in der KVR zusammengefaßt waren. Aber der eigentliche Auftrag war die Suche nach Energie. Die Vielfalt ihrer Mitgliedsrassen gab der Konföderation die Möglichkeit, die verschiedensten Planeten-Typen zu untersuchen, aber das Kolonisierungsbestreben war im Grunde nur der Deckmantel für einen Abbau von Rohstoffen.

Die drei Planeten der Sonne Arrutan, die im Moment erforscht wurden, waren auf den Sternenkarten seit langem als vielversprechend gekennzeichnet, aber der Verwaltungsrat hatte erst vor kurzem die dreiteilige Expedition genehmigt. Gerüchten zufolge hatten die Theks Interesse an dem Projekt gezeigt und so die Zustimmung beschleunigt. Daß diese Gerüchte nicht ganz aus der Luft gegriffen waren, hatte sich bei einer geheimen Unterredung zwischen Kai und dem Ersten Offizier an Bord des Forschungsschiffes ARCT-10 bestätigt. Der EV-Offizier hatte Kai unter vier Augen mitgeteilt, daß die Theks das Oberkommando über die drei Forschungs-Teams besaßen; falls sie es für nötig hielten, ihn in der Führung der Expedition abzulösen, habe er sich zu fügen. Vrl, der Leiter des Ryxi-Teams, hatte die gleichen Order erhalten, aber bei den Ryxi verwunderte das niemand. Außerdem war allgemein bekannt, daß die Theks so etwas wie Erfolgsgaranten bei großangelegten Unternehmen darstellten: Die Theks waren zuverlässig, die Theks waren gründlich, und sie waren Altruisten. Zyniker pflegten festzustellen, daß Altruismus keine Kunst war, wenn man die Lebensspanne eines Geschöpfes in Jahrtausenden maß. Die Theks hatten sich dafür entschieden, auf dem siebenten Planeten des Hauptgestirns zu landen, einer Welt mit vielen Schwermetallen und hoher Schwerkraft, die genau zu ihnen paßte.

Der fünfte Planet von Arrutan besaß dagegen einen leichten Kern, eine niedrige Schwerkraft und ein gemäßigtes Klima. Er wurde von den Ryxi erforscht, einer Rasse von geflügelten Wesen, die dringend neue Welten benötigten, um den Druck einer starken Übervölkerung abzubauen und der rastlosen Jugend Gelegenheit zur Entfaltung zu geben.

Kais Aufgabe, der vierte Planet des Systems, zeigte gleich zu Beginn merkwürdige Anomalien. Man hatte Arrutan ursprünglich als Sonne der zweiten Generation eingestuft, mit Elementen bis etwa zu den Transuranen, aber Ireta entsprach dieser Einteilung einfach nicht. Eine unbemannte Sonde, mit deren Hilfe man die Voruntersuchungen durchgeführt hatte, zeigte, daß der Planet eindeutig oval und an den Polen wärmer als am Äquator war. Die Meere wiesen höhere Temperaturen auf als die Landmasse, die den Nordpol bedeckte. Es herrschten nahezu ständiger Regen und ein Küstenwind, der bis zu Sturmgeschwindigkeit erreichen konnte. Man vermutete eine Achsneigung von etwa fünfzehn Grad. Da die Ablesungen auf Lebensformen im Wasser und auf dem Festland hingedeutet hatten, verstärkte man das Geologen-Team durch eine Gruppe von Xenobiologen.

Kai hatte die Forderung erhoben, daß man die Erzkonzentration per Fernerkundung ermitteln sollte, aber genau zu diesem Zeitpunkt war im Nachbarsystem der kosmische Sturm entdeckt worden, und sein Antrag fand sich plötzlich ganz unten auf der Prioritätenliste. Man teilte ihm mit, daß er den Bändern der Sonde genug Informationen für seine Suche nach Metallen und Mineralen entnehmen könne, und man empfahl ihm, seine Mission an Ort und Stelle durchzuführen, da die ARCT-10 im Moment die einmalige Gelegenheit hätte, freie Materie in Aktion zu beobachten.

Kai nahm diese Abfuhr noch gelassen hin. Was ihn allerdings aufbrachte, war die Tatsache, daß man ihm in letzter Minute auch noch die Kinder aufhalste. Auf seine Beschwerde, daß er schließlich keine Studienexkursion veranstalte, sondern harte Arbeit leisten müsse, bekam er die Antwort, es sei günstig, die Schiffsgeborenen so früh wie möglich an fremde Planeten zu gewöhnen, da sie es sonst nicht mehr schafften, sich aus der Enge ihrer Schiffswelt zu lösen. Dieses Risiko bestand durchaus – auch wenn die Planetengeborenen gern darüber lächelten. Aber Kai fand es Unsinn, daß ausgerechnet sein Team den Horizont von drei jungen Leuten erweitern sollte. Der Planet, der sie erwartete, war vulkanisch wie tektonisch außergewöhnlich aktiv und deshalb nicht gerade die ideale Spielwiese für Schiffsgeborene. Und wenngleich sich herausstellte, daß die beiden Mädchen Terilla und Cleiti keinerlei Schwierigkeiten machten, so zeigte doch Bonnard, der Sohn der Dritten EV-Kommandantin, einen Hang zu riskanten Abenteuern.

Bereits am allerersten Tag, als Kai und seine Leute rund um den Landeplatz seismische Kerne anlegten, um sicherzugehen, daß sie sich in einer stabilen Zone des Kontinentalschilds befanden, war Bonnard auf eigene Faust losgezogen und mit zerfetztem Schutzanzug zurückgekommen, weil er vergessen hatte, das Energiefeld zu aktivieren. Er war gegen eine Schwertpflanze gestreift; die Dinger sahen so harmlos aus wie die Zierpflanzen im Mutterschiff, ihre scharfen Ränder schlitzten jedoch schon bei Berührung jeden Anzug auf und konnten sich wie Messer ins Fleisch bohren. Es hatte noch mehr Zwischenfälle in den neun Tagen seit ihrer Landung gegeben. Während die übrigen Expeditionsmitglieder die Eskapaden des Jungen auf die leichte Schulter nahmen und höchstens darüber witzelten, daß er seinen Anführer wie einen Gott verehrte, hoffte Kai ehrlich, daß der kleine Findling Bonnard ein wenig im Lager festhalten würde.

Kai nahm einen langen Zug von seinem Pepdrink. Das frische Prickeln beruhigte seinen Gaumen und seine Nerven. Er warf einen Blick auf seinen Rekorder, schaltete den Kommunikator ein und stellte die Aufzeichnungsgeschwindigkeit so ein, daß der schnelle Sprachrhythmus der Ryxi für das menschliche Ohr einigermaßen verständlich wurde. Im allgemeinen kam er ganz gut mit ihrem hellen Singsang zurecht, aber für Zweifelsfälle war ein Band ganz nützlich.

Man hatte Kai zum Verbindungsmann zwischen den beiden Rassen ernannt. Er besaß genügend Takt und Geduld, um mit den langsamen Theks zu verhandeln, aber auch das scharfe Gehör und die rasche Auffassungsgabe, um die Ryxi zu verstehen. Die flinken Luftbewohner wären nie und nimmer mit den Theks zurechtgekommen, und auch die Theks zogen es vor, sich so wenig wie möglich mit den Ryxi zu befassen.

Vrl, der Ryxi-Anführer, meldete sich genau zum vereinbarten Zeitpunkt und flötete seine Begrüßungszeremonie. Kai teilte ihm mit, daß die EV-Zentrale bis jetzt lediglich die Erstberichte beider Gruppen bestätigt habe, und fügte hinzu, daß seiner Ansicht nach der kurz vor Beginn des Expeditionsunternehmens entdeckte kosmische Sturm die Verbindung zum Mutterschiff durch starke Interferenzen störte.

Vrl, der seine Sprache mit Rücksicht auf Kai extrem verlangsamte (was ihn ganz sicher an den Rand der Frustration brachte), entgegnete, daß er darin keinen Grund zur Besorgnis sähe; um diese Dinge würden sich schon die Langsamen kümmern. Vrl hatte bereits in seinem Erstbericht die Fakten übermittelt, die für sein Volk wichtig waren: Er bestätigte die Analyse der unbemannten Sonde, daß es auf dem Planeten keine einheimischen intelligenten Lebensformen gab und daß seine Rasse hier verhältnismäßig bequem leben könnte. Vrl erwähnte noch, daß er Kai einen ausführlichen Bericht mittels interplanetarischer Postkapsel schicken wolle, und schloß die Versicherung an, daß alle Mitglieder seiner Expedition gesund und bei vollem Gefieder seien. Dann erkundigte er sich, ob man auf Ireta geflügelte Geschöpfe entdeckt habe.

Kai gab sich Mühe, seine Worte so schnell wie nur irgend möglich über die Lippen zu bringen. Er berichtete, daß die Teams in der Ferne verschiedene Flugwesen gesehen hatten und sie auch genauer beobachten würden, sobald sich eine Gelegenheit dazu ergab, hütete sich jedoch, die Tiere als Aasfresser zu bezeichnen. Auf Vrls eindringlich geflötete Bitte versprach er, den Ryxi später ein ausführliches Band mit den Ergebnissen der Untersuchungen zu schicken. Die Ryxi als Rasse hatten einen großen Makel: Sie fürchteten, daß ihnen eines Tages eine andere geflügelte Lebensform ihre einmalige Position in der KVR streitig machen könnte. Diese Schwäche war mit ein Grund, weshalb man Ryxi nicht gern in Expeditionen eingliederte. Der andere wichtige Grund war die Tatsache, daß Ryxi in geschlossenen Räumen zu Depressionen neigten, die sich bis zum Selbstmord steigern konnten. Nur wenige ließen sich für den Erkundungsdienst ausbilden, da sie psychisch so schlecht für diese Aufgabe geeignet waren. Zu der gegenwärtigen Mission hatte sie die reine Not gezwungen, und ein Großteil der Expeditionsmannschaft hatte die Reisezeit im Kälteschlaf verbracht. Lediglich Vrl war zwei Schiffswochen vor der Landung geweckt worden, damit man mit ihm den Ablauf der Kontakte und der Berichterstattung einüben konnte. Obwohl Vrl wie alle seine Artgenossen ein ungemein fesselndes Geschöpf mit einer vitalen Persönlichkeit und herrlich buntem Gefieder war, fühlten sich Kai und Varian doch erleichtert, daß die Theks für ein gewisses Gegengewicht sorgten.

»Hat sich Vrl zu dem vereinbarten Zeitpunkt gemeldet?« fragte Varian, als sie den Kontrollraum betrat.

»Ja. Es scheint alles glatt zu laufen auf seinem Planeten. Allerdings konnte er seine Neugier über die geflügelten Geschöpfe hier bei uns kaum bezähmen.«

»Das ist immer so bei diesem eifersüchtigen Federvolk!« Varian schnitt eine Grimasse. »Ich erinnere mich noch an den Besuch einer Ryxi-Abordnung an der Universität von Chelida. Die wollten doch an den geflügelten Baum-Rylidae von Eridani-V unbedingt eine Vivisektion durchführen!«

Kai unterdrückte einen Schauder. Das erstaunte ihn nicht weiter. Die Ryxi waren als blutrünstig bekannt. Man brauchte nur ihre Balztänze zu beobachten: Die Männchen waren mit scharfen Fersensporen bewaffnet, und der jeweilige Sieger brachte seine Rivalen einfach um! So etwas ließ sich nicht mehr mit dem Gesetz vom Überleben der Tüchtigsten entschuldigen. Man mußte nicht töten, um die Merkmale der Rasse zu verbessern.

»Hast du noch einen Pepdrink übrig? Ich bemühe mich ja wirklich, mit meinen Teamgefährten Schritt zu halten, aber ich schaffe es nicht!« Sie ließ sich auf einen Stuhl fallen.

Kai lachte leise und reichte ihr einen Behälter mit dem stimulierenden Getränk.

»Ich weiß, daß keiner von uns verlangt, wie die Plus-G-Weltler zu schuften«, fuhr sie mit einem Seufzer fort. »Und ich weiß auch, daß sie wissen, daß wir es nicht schaffen. Und dennoch versuche ich es immer wieder.«

»Das frustriert richtig, was?«

»Genau. Übrigens hat Trizein bestätigt, daß unser Kleines ein Säugetier ist. Es braucht ein Laktoprotein mit viel Kalk, Glukose, Salz und einem Schuß Phosphaten.«

»Können Divisti und Lunzie so etwas zusammenbrauen?«

»Schon geschehen. Bonnard füttert Dandy gerade ... oder versucht es zumindest.«

»Das Kerlchen hat bereits einen Namen?«

»Warum nicht? Aber natürlich hört es nicht auf den Lockruf – noch nicht.«

»Intelligent?«

»Begrenzt. Es hat bereits eine Reihe von instinktiven Reflexen ausgebildet, vermutlich weil es von Geburt an ziemlich selbständig sein mußte.«

»Ist dieser Pflanzenfresser, den du heute morgen mitgebracht hast, eigentlich auch ein Säugetier?«

»Hmm ... nein.«

»Und was bedeutet das ›Hmm‹?«

»Nun ja, eierlegende und lebendgebärende Arten existieren oft genug auf ein und derselben Welt ... und die Bedingungen dieses Planeten fordern eine Gen-Spezialisierung geradezu heraus. Was ich nicht in Einklang mit Dandy und dem verwundeten Pflanzenfresser bringen kann, ist dieses Wassergeschöpf mit seiner merkwürdigen Zellanordnung.

Und da wir gerade beim Thema sind: Trizein behauptet, daß die Zellstruktur des Pflanzenfressers seltsam vertraut scheint; er möchte allerdings noch einen gründlichen Vergleich anstellen, ehe er uns die Ergebnisse vorlegt. Inzwischen habe ich wenigstens seine Erlaubnis, $CHCl_3$-Gas einzusetzen. Wir müssen die Wunde versorgen, ehe sie zu einer Blutvergiftung führt. Glaubst du, man könnte einen provisorischen Energieschirm über dem Korral errichten, damit sich während des Heilungsprozesses keine blutsaugenden Organismen in der Wunde festsetzen?« Kai nickte, und sie fuhr fort: »Und die Geologen-Teams, die sich um die seismischen Kerne kümmern, sollen unbedingt die Augen nach kreisenden Aasfressern offenhalten. Was immer unseren Patienten verwundete, zieht auch andere Geschöpfe an. Erstens würde ich gern erfahren, welche Art von Raubtier seine Opfer so zurichtet; und zweitens besteht immer die Möglichkeit, daß wir das eine oder andere Exemplar, dem wir das Leben gerettet haben, hier untersuchen können. Sie lassen sich leichter einfangen, wenn sie zu schwach zum Kämpfen oder Fliehen sind.«

»Geht uns das nicht allen so? Gut, ich werde meinen Teams Bescheid sagen. Aber verwandle mir das Lager nicht in eine Tierklinik, Varian, hörst du? Soviel Platz haben wir einfach nicht.«

»Ich weiß, ich weiß. Diejenigen, die groß genug sind, sich selbst zu versorgen, kommen ohnehin in den Korral.«

Sie erhoben sich, beide gestärkt von den Pepdrinks. Aber ihre kurze Verschnaufpause in der gefilterten Atmosphäre der Landefähre machte den ersten Schritt ins Freie zu einer Überwindung.

»Der Mensch ist anpassungsfähig«, murmelte Kai und versuchte die Luft anzuhalten, »flexibel, empfänglich für die Logik des Universums, ein Wesen mit hohen Überlebenschancen. Aber mußten wir uns ausgerechnet einen Planeten aussuchen, der so entsetzlich stinkt?«

»Man kann nicht alles zugleich haben«, lachte Varian. »Außerdem finde ich diese Welt faszinierend.« Sie ließ ihn in der offenen Schleuse stehen.

Der Regen hatte aufgehört, wie Kai feststellte, zumindest für den Augenblick. Die Sonne schob sich durch die Wolkenschicht, allem Anschein nach bereit, sie alle in ein Dampfbad zu hüllen. Die Heerscharen von Insekten, die auf Ireta lebten, nutzten die Regenpause, um sich mit vereinten Kräften gegen den Energieschirm zu werfen, der das Lager wie eine Kuppel überspannte. Blaue Funken sprühten, wenn die kleineren Geschöpfe verbrannten; die größeren glitten betäubt zu Boden, eingehüllt in einen bläulichen Schein.

Er blickte über das Lager hinweg und empfand eine gewisse Zufriedenheit mit dem, was sie bisher geleistet hatten. Hinter ihm erhob sich die Landefähre mit ihrem mächtigen Rumpf aus hitzefesten Keramikplatten. Sie maß einundzwanzig Meter bis hin zur Bugspitze, die von der Reibungshitze beim Eintritt in die Atmosphäre von Ireta geschwärzt war. Die Stummelflügel waren im Moment eingeklappt, so daß die Fähre oval wirkte, in der Mitte etwas mächtiger als an beiden Enden. Gekrönt wurde sie vom Sendeturm und der Peilanlage, die den Schlitten zur Orientierung diente. Im Gegensatz zu den frühen Modellen der reinen Landefähren bestand das Schiff zum größten Teil aus Fracht- und Passagierraum, denn die von den Theks ersonnenen, mit einem künstlichen Isotop arbeitenden Triebwerke waren trotz ihrer hohen Leistung sehr kompakt und nahmen nicht mehr den Großteil des Schiffsinnenraums ein. Ein weiterer Vorteil der Thek-Anlage bestand darin, daß man den Rumpf der Schiffe mit einem eigens entwickelten Keramikmaterial leichter machen konnte und daß sie dennoch die gleiche Nutzlast beförderten wie die mit Streben verstärkten Titanschiffe, die man für die altmodischen Fissions- und Fusionsantriebe benötigt hatte. Die Fähre ruhte auf einem Granitschelf, der sich nach den Seiten und in die Tiefe ausdehnte und einen flachen Trog mit einem Durchmesser von etwa vierhundert Metern bildete. Der erste Landeplatz hatte auf einem breiten, allem Anschein nach stark benutzten Trampelpfad gelegen. Als Varian ihn darauf hinwies, war es Kai nicht schwergefallen, den Standort zu wechseln. Offenes Land bot zwar eine größere Chance, eventuelle Besucher rechtzeitig zu erkennen, aber die weite Landschaft konnte einen Schiffsgeborenen aus dem Gleichgewicht bringen.

Die Masten des Energieschirms umgaben das Lager, in dem man provisorische Wohn-, Schlaf- und Arbeitskuppeln errichtet hatte. Das Wasser wurde von einer unterirdischen Quelle abgezapft und mußte gefiltert und enthärtet werden. Dennoch murrte Varian, die das wiederaufbereitete und nach Chemikalien schmeckende Wasser an Bord der EV-Schiffe weniger gewohnt war als Kai, über den starken Mineralgehalt.

Divisti und Trizein hatten verschiedene einheimische Pflanzen und Früchte entdeckt, die sich für den menschlichen Genuß eigneten. Mit Lunzies Unterstützung war aus dem Grünzeug ein Brei entstanden, der zwar einen hohen

Nährwert besaß, aber so abscheulich aussah und schmeckte, daß ihn nur die Plus-G-Weltler über die Lippen brachten. Aber es war bekannt, daß die so ziemlich alles vertrugen – sogar Tierfleisch, wie man munkelte.

Immerhin, in der kurzen Zeit, die sie auf Ireta lebten, hatten sie allerhand geleistet. Kai konnte zufrieden sein. Das Lager befand sich an einer geschützten Stelle, auf einer stabilen Landmasse aus Muttergestein, das eine beachtliche Dicke aufwies. Es gab genügend Wasser und einheimische Rohstoffe für die Herstellung synthetischer Nahrungsmittel.

Ein schwaches Unbehagen erfaßte ihn plötzlich. Er wollte, die Leute vom Forschungsschiff hätten mehr als nur den ersten Richtstrahler-Report abgerufen. Nun, es war sicher nichts anderes als die Interferenz dieses kosmischen Sturms. Nachdem das EV festgestellt hatte, daß alle drei Expeditionen heil angekommen waren, fand man es wohl nicht mehr nötig, den Strahler ständig abzuhören.

In etwa hundert Tagen würde er wieder zu ihnen herüberschwenken. Es handelte sich schließlich um eine ganz normale Mission. Und das Interesse der Forscher für den kosmischen Sturm war ebenfalls normal. Es sei denn, das Mutterschiff war auf die Anderen gestoßen.

Kai rief sich zur Vernunft, während er die Rampe zum Lager hinunterging. Pepdrinks kurbelten offenbar nicht nur die Energie, sondern auch die Phantasie an. Die Anderen waren Mythen, Märchengestalten, die man erfunden hatte, um freche Kinder oder kindische Erwachsene zu erschrecken. Und doch stießen Einheiten des EV gelegentlich auf tote Welten oder ließen ganze Systeme links liegen, die auf den Sternkarten ohne ersichtlichen Grund als tabu gekennzeichnet waren, obwohl die Planeten für die eine oder andere Rasse der Konföderation bestimmt von Nutzen gewesen wären ...

Kai wischte diese Gedanken ärgerlich beiseite und schlurfte durch den Staub der fremden Welt zu Gabers Kuppel.

Der Kartograph war zu seiner Arbeit zurückgekehrt, die einem Geduldsspiel gleichkam: Man hatte die Fotos der Forschungssonde mit einem Koordinatennetz überlagert, und in dieses Netz trug Gaber die Daten der Aufzeichnungsbänder ein. Sobald Kais Teams Einzelheiten zu einem bestimmten Gebiet lieferten, brachte Gaber die jeweiligen Koordinaten auf den neuesten Stand und entfernte dann das Foto. Im Moment wirkte der Tri-Di-Globus noch sehr fleckig. Auf der anderen Seite der Kuppel befand sich der seismische Schirm, den Portegin aufgebaut hatte. Kai warf einen flüchtigen Blick hinüber und überlegte, ob Portegins Fähigkeiten allmählich nachließen. Der Schirm war eingeschaltet ... und zeigte viel zu viele Kern-Signale, manche davon kaum sichtbar.

»Du weißt ja, Kai, ich hinke mit meiner eigenen Arbeit um Tage nach!« jammerte Gaber, aber ein bekümmertes Lächeln nahm seinen Worten die Schärfe. Er streckte sich und drehte den Nacken hin und her, um die verkrampften Muskeln zu lockern. »Und nun sieh dir das mal an! Ich kann mit Portegins Schirm nicht arbeiten. Er behauptet, alles sei fertig, aber selbst ein Blinder erkennt, daß dieses Ding nicht richtig funktioniert!«

Gaber schwang seinen Drehstuhl herum und deutete mit der Zeichenfeder auf die Kern-Signale.

Kai trat näher und machte sich an der Handaussteuerung zu schaffen.

»Verstehst du jetzt, was ich meine? Echos! Und dann wieder schwache Signale an Stellen, wo deine Teams bis jetzt einfach nicht gewesen sein können! Hier im Süden und Südosten ...« Gaber tippte mit dem Stift gegen den Schirm. »Es sei denn, die Geologen schuften rund um die Uhr ... aber dann wären die Signale deutlicher. So muß ich annehmen, daß die Maschine selbst streikt.«

Kai achtete kaum auf Gabers Klagen. Kälte breitete sich in seinem Innern aus, eine Kälte, die von seiner Angst vor den Anderen kam. Aber wenn die Anderen tatsächlich jene schwach erkennbaren Kerne gelegt hatten, dann wäre dieser Planet doch nicht zur Erforschung freigegeben worden! Eines stand jedenfalls für Kai fest: Seine Geologen hatten weder mit den schwachen Signalen noch mit den Echos etwas zu tun.

»Sehr interessant, Gaber«, entgegnete er mit einer Ruhe, die seinen Gefühlen keineswegs entsprach. »Allem Anschein nach die Überreste einer älteren Vermessungskampagne. Der Planet ist ja schon eine halbe Ewigkeit in den EV-Schriften verzeichnet. Und seismische Kerne überdauern eine halbe Ewigkeit. Siehst du, hier im Norden brechen die schwächeren Signale ab! Das ist die Region, wo sich aufgrund der Plattentektonik die Landmasse zu einem Faltengebirge aufgeschoben hat.«

»Warum gab man uns die alten Aufzeichnungen nicht mit? Natürlich wäre das alles auch eine Erklärung dafür, daß wir bis jetzt nur Spuren von Metallen und Mineralen entdeckt haben.« Gaber deutete auf den Kontinentalschild. »Aber ich begreife einfach nicht, wie uns eine einigermaßen vernünftige Führung die seismische Geschichte dieser Welt verschweigen kann!«

»Oh, die Untersuchung dürfte weit zurückliegen und ist vermutlich auch nicht mehr in den Programmen enthalten. Kein Computer besitzt unbegrenzte Speicherkapazitäten.«

Gaber schnaubte verächtlich. »Ich finde es jedenfalls verdammt merkwürdig, daß man eine Expedition losschickt und ihr die vollen Unterlagen vorenthält.«

»Möglich, aber es verkürzt unseren Aufenthalt hier. Jemand hat einen Teil unserer Arbeit bereits erledigt.«

»Verkürzt unseren Aufenthalt hier?« Gaber stieß ein spöttisches Lachen aus. »Nie und nimmer!«

Kai drehte sich langsam um und starrte den Mann an. »Was ist denn eigentlich in dich gefahren, Gaber?«

Gaber beugte sich und senkte die Stimme zu einem Flüstern, obwohl sich die beiden Männer allein in der Kuppel befanden. »Sie könnten uns ...« Er zögerte. »... ausgesetzt haben!«

»Ausgesetzt?« Kai lachte laut auf. »Ausgesetzt? Nur weil wir auf Ireta alte seismische Kerne entdeckt haben?«

»Wäre nicht das erste Mal, daß die Opfer nichts davon erfahren!«

»Gaber, wir haben den heißgeliebten einzigen Sohn unserer Dritten Kommandantin an Bord! Man wird uns ganz bestimmt wieder abholen.«

Gaber schüttelte stur den Kopf.

»Es hätte doch gar keinen Sinn, uns auszusetzen. Außerdem vergißt du die Ryxi und die Theks, die ebenfalls zu unserer Expedition gehören.«

Gaber winkte ab. »Den Theks ist es egal, wie lange sie auf irgendeiner Welt verweilen. Die leben praktisch ewig. Und die Ryxi wollten doch ohnehin eine Kolonie gründen, oder? Es sind beileibe nicht *nur* diese Kerne, die mich in meiner Ansicht bestätigen. Ich habe die Wahrheit längst geahnt – schon seit dem Moment, da wir erfuhren, daß uns eine Xenobiologin und Plus-G-Weltler begleiten sollten!«

»Gaber!« Kais Tonfall enthielt eine Schärfe, die den alten Mann zusammenzucken ließ. »Ich verbiete dir hiermit ausdrücklich, diese verrückte Idee weiterzuverbreiten! Hast du verstanden?«

»Jawohl, Chef.«

»Wenn ich dich außerdem noch einmal ohne deinen Gurt antreffe ...«

»Er drückt so unangenehm in den Bauch, Chef, wenn ich mich über das Zeichenbrett beuge«, erklärte Gaber und schnallte hastig den Schutzfeld-Gürtel um.

»Dann laß ihn so locker wie möglich, und dreh die Schnalle zur Seite, aber trag ihn! Und jetzt brauche ich deinen Recorder und ein paar neue Bänder. Ich möchte die Seen untersuchen, die Berru entdeckt hat ...«

»Das war erst gestern, und ich sagte dir doch, daß ich drei Tage nachhinke ...«

»Um so wichtiger, daß sich jemand die Seen ansieht! Ich muß bei meinem nächsten Bericht ans Mutterschiff gewisse Erfolge im Aufspüren von Erzvorkommen nachweisen.

Und ...« Kai gab einen Code ein und wartete ungeduldig, bis das Terminal die Position der rätselhaften Signale ausdruckte. »Und wir werden einige dieser Kerne unter die Lupe nehmen.«

»Nun, ich bin ganz froh, wenn ich eine Weile mein Zeichenbrett nicht mehr sehe«, meinte Gaber und begann die Verschlüsse seines Coveralls zu sichern. »Auf dieser Expedition gab es bis jetzt keinen einzigen praktischen Einsatz für mich.« Er griff nach dem Recorder und einigen Leerbändern und verteilte alles in den Taschen seines Anzugs.

Sein Tonfall klang so locker und gutgelaunt, daß Kai sich Vorwürfe zu machen begann. Hatte er Gaber zu sehr an den Schreibtisch gefesselt? War das der Grund für seine verrückte Angst, daß man die Mitglieder der Expedition ›ausgesetzt‹ hatte? Ein Mangel an Aktivität engte manchmal die Perspektive ein.

Aber Gaber war, wie schon das ständige Vergessen des Schutzfeldgürtels zeigte, so entsetzlich geistesabwesend, daß man ihn sorgfältiger im Auge behalten mußte als die jüngsten Teilnehmer der Landemannschaft. Wenn Kai sich richtig an Gabers Personalakte erinnerte, dann war der Kartograph ein Schiffsgeborener und hatte in seinen sechzig Lebensjahren nicht mehr als vier Expeditionen mitgemacht. Die jetzige Mission würde wohl seine letzte sein, wenn Kai eine ehrliche Beurteilung seiner Fähigkeiten ablieferte. Außer man hatte sie wirklich ausgesetzt ... Der Gedanke schlich sich unbemerkt in seine Überlegungen. Kai wußte besser als die meisten anderen Expeditionsleiter, wie sehr ein solches Gerücht die Moral der Leute untergraben konnte. Ja, es war sicher am besten, wenn er Gaber so beschäftigte, daß der Mann nicht mehr zum Nachdenken kam.

Seine Vorsätze gerieten ins Wanken, als er Gaber daran erinnern mußte, sich im Schlitten festzuschnallen. Während der Kartograph seinem Befehl mit einer wortreichen Entschuldigung nachkam, checkte Kai die Schaltanlage sowie den Energievorrat des Schlittens.

»Manchmal beneide ich die Theks«, meinte Gaber. »Ah,

lange genug zu leben, um die Evolution einer Welt beobachten zu können! Das wäre eine Gelegenheit!«

Kai lachte leise. »Wenn sie nicht zu sehr mit ihren Gedanken beschäftigt sind und vergessen, sich die Geschichte anzusehen!«

»Sie vergessen nie etwas, das sie gehört oder gesehen haben.«

»Woher willst du das wissen? Es dauert ein Jahr, bis mit einem Thek-Ältesten so etwas wie ein Dialog zustande kommt.«

»Ihr jungen Leute wollt immer nur rasche Erfolge erleben. Ihr denkt nicht an das Endergebnis. Was zählt, ist das Endergebnis. Ich hatte im Laufe meiner Jahre auf der ARCT-10 viele wichtige Gespräche mit den Theks. Mit den älteren Theks, versteht sich.«

»Gespräche? Mit welcher Zeitverzögerung zwischen den Sätzen?«

»Oh, es ging an. Wir hatten uns auf Antworten einmal pro Schiffswoche geeinigt. Ich fand es ungemein anregend, ein Maximum an Informationen in möglichst wenige Worte zu fassen.«

»Ich gebe zu, die Theks sind Meister aufschlußreicher Sätze!«

»Bereits ein einziges Wort kann ungeahnte Bedeutungen haben, wenn es von einem Thek ausgesprochen wird«, fuhr Gaber mit unerwarteter Redseligkeit fort. »Wenn man sich vorstellt, daß jeder einzelne Thek in seinem Gehirn das gesamte Wissen seiner Vorfahren abgespeichert hat und es fertigbringt, diese unendliche Weisheit in einzelne prägnante Worte oder Sätze zu fassen ...«

»Keinerlei Perspektive ...«, murmelte Kai, der sich darauf konzentrierte, den Schlitten aus dem Lager zu steuern.

»Wie bitte?« Gabers Frage enthielt einen deutlichen Tadel.

»Die Weisheit der Theks läßt sich nicht ohne weiteres auf unser Menschendasein übertragen.«

»Das wollte ich nicht behaupten und habe ich nicht behauptet.« Gaber war sichtlich verärgert über Kai.

»Ich weiß. Aber Weisheit sollte etwas Allgemeingültiges darstellen. Bei Wissen ist das etwas anderes; es hat auch nicht unbedingt etwas mit Weisheit zu tun.«

»Mein lieber Kai, *sie* begreifen die ganze Realität, nicht nur die Illusion einer kurzen, flüchtigen Lebensspanne wie wir!«

Das Anzeigegerät begann zu summen. Es reagierte nicht nur auf Wärmestrahlung, sondern auch auf Richtungsänderungen von Objekten, die größer als eine Männerfaust waren. Sein Signal wies die beiden Männer darauf hin, daß sich in der Tiefe Lebewesen befanden, die im Moment von der dichten Vegetation verdeckt wurden. Das Summen änderte seine Frequenz, als der hochempfindliche Recorder anzeigte, daß man die eben erfaßte Lebensform bereits mit der wasserfesten Farbe markiert hatte, mit der die Spähtrupps alle fremden Tiere kennzeichneten, die sie beobachteten.

»Lebensform ... unbekannt!« rief Gaber, als nach einer kurzen Stille das Summen erneut einsetzte.

Kai änderte seinen Kurs in die Richtung, in die der Kartograph deutete. »Und das Geschöpf flieht sehr schnell!« Gaber beugte sich über das Markiergerät und nickte Kai zu.

»Vielleicht eines dieser Raubtiere, hinter denen Varian her ist«, meinte Kai. »Die Pflanzenfresser leben meist in Gruppen. Paß auf, da vorne ist eine Lichtung im Dschungel! Es kann vermutlich nicht mehr seitlich ausweichen.«

»Wir sind genau über dem Ding!« Gabers Stimme klang rauh vor Erregung.

Der Schlitten und das verfolgte Tier erreichten die kleine Lichtung gleichzeitig. Aber es war, als ahnte das Geschöpf, daß ihm auf einer freien Fläche von oben Gefahr drohte. Wie der Blitz jagte es über die Lichtung – ein angespannter, gesprenkelter Körper, ein langgestreckter Schweif, das war alles, was Kai sah.

»Erwischt!« Gabers triumphierender Ausruf bedeutete, daß er das Lebewesen mit Farbe markiert hatte. »Und obendrein gefilmt! Hast du gesehen, wie das Biest rennen konnte?«

»Ich nehme an, daß es sich um Varians Raubtier handelte.«

»Vermutlich. Pflanzenfresser bewegen sich in der Regel nicht so schnell. Mann, das Ding hatte ein größeres Tempo drauf als unser Schlitten!« Gabers Stimme klang verblüfft. »Verfolgen wir es weiter?«

»Nicht heute. Es reicht, daß wir es markiert haben. Trägst du die Koordinaten ein? Varian will sich das Tier vielleicht aus der Nähe ansehen. Es ist eines der ersten Raubgeschöpfe, das wir aufstöbern konnten. Reines Glück, daß wir gerade an diese Lichtung kamen!«

Kai kehrte auf den ursprünglichen Kurs zurück, der etwas stärker nach Norden verlief, und steuerte den ersten See an, den Berru entdeckt hatte.

Er mußte sich in der Nähe des großen Binnengewässers befinden, das auf den Satellitenaufnahmen abgebildet war. Realität, dachte Kai, in Gedanken immer noch bei seinem Gespräch mit Gaber. Die Sondenfotos waren in gewisser Weise irreal, da man sie durch die stets vorhandene Wolkendecke geschossen hatte. Kai dagegen erlebte bei seinem Flug über das abgebildete Gelände die Realität, machte unmittelbare Erfahrungen. Er verstand durchaus, was Gaber gemeint hatte: Wie überwältigend mußte es sein, die Evolution dieses Planeten mitzuverfolgen, mit eigenen Augen zu sehen, wie Erdbeben die Landmassen erschütterten und zerrissen, verschoben, überlagerten, deformierten und falteten! Er seufzte. Vor seinem inneren Auge ließ er diesen Vorgang schneller ablaufen, in rasch wechselnden Einzelszenen. Einem Menschen mit seiner kurzen Daseinsspanne fiel es schwer, die Jahrmillionen zu erfassen, die Milliarden Tage, die es dauerte, um Kontinente zu schaffen, Gebirge, Flüsse, Täler. Und so genau die Geophysiker auch die Abfolge der Ereignisse vorhersagten, bis jetzt war die tatsächliche Entwicklung stets auf irgendeine Weise von der Theorie abgewichen.

Gabers Anzeigegerät summte jetzt wieder konstant, und da vom Recorder keine Gegenmeldung kam, wichen sie erneut vom Kurs ab; diesmal entdeckten sie eine Herde gigantischer Laubfresser.

»Ich kann mich nicht entsinnen, daß ich je Bilder oder Beschreibungen von so großen Tieren gesehen hätte«, sagte Kai zu Gaber, als sie eine Schleife über dem lichter werdenden Wald drehten. »Wir wollen versuchen, sie ganz aus der Nähe zu fotografieren. Stell schon mal die Kamera ein, Gaber – ich gehe tiefer. Achtung!«

Kai wendete und paßte die Fluggeschwindigkeit des Schlittens der Wanderschaft der schwerfälligen Tiere an. »Verdammt, das sind ja die reinsten Kolosse!«

»Geh nicht so weit nach unten!« rief Gaber nervös, als der Schlitten beinahe die Baumwipfel streifte. »Sieh dir nur die muskelbepackten Hälse an!« Die Tiere besaßen in der Tat lange, kraftvolle Hälse, massige Schultern und Beine, die an Säulen erinnerten.

»Die Hälse scheinen besser entwickelt als die Gehirne«, meinte Kai. »Das erkennt man an der Reaktion.« Einige Tiere schauten immer noch in die Richtung, aus der Kai sich ihnen das erste Mal genähert hatte. Andere hatten das Auftauchen der Fremden überhaupt nicht wahrgenommen, sondern rupften ungerührt an den Blättern der umstehenden Bäume. »Gigantische Pflanzenfresser, die selbst auf der Wanderschaft Nahrung zu sich nehmen. Die verschlingen ja einen halben Wald pro Tag!«

Eines der langhalsigen Geschöpfe biß den Schopf eines Zykasbaums ab und zog gemächlich weiter, während ihm die tropfenden Wedel links und rechts aus dem Maul hingen. Ein kleineres Tier der Herde begann friedlich an den herunterschleifenden Resten zu kauen.

»Ob das der Weg zur Tränke ist?« Kai war zugleich beeindruckt und entsetzt von den Ausmaßen der Tiere. Er hörte das Signal des Markiergeräts.

»Zumindest ist der Pfad breit ausgetreten. So, ich habe die meisten der Biester erwischt.« Gaber tätschelte den Lauf des Markierstrahlers.

Kai brachte den Schlitten in Schräglage, damit er die Tiere

besser beobachten konnte. Vor ihm fiel das Gelände ab und gab den Blick auf einen von Berrus schimmernden Seen frei. Kai nahm den transparenten Sonden-Ausdruck und legte ihn über die Maßstabkarte, die Gaber mit soviel Geduld nach den Angaben der Erkundungs-Teams angefertigt hatte.

»Wenn die Karte stimmt, müßten rechts vorne die Klippen auftauchen, Gaber. Stell das Fernglas deiner Gesichtsmaske scharf ein; vielleicht kannst du sie entdecken!«

Gaber starrte aufmerksam umher. »Die Wolken stören. Aber ich glaube, du solltest den Kurs um etwa fünf Grad ändern.«

Sie überflogen ein Gebiet, das zunehmend sumpfiger wurde. Wasser begann das Land zu verdrängen. In diesem Moment zeigte sich eine scharfe Uferbegrenzung aus niedrigen, grau verwitterten Felsen, die rasch in Steilklippen von mehreren hundert Metern Höhe übergingen. Sie befanden sich an der Kante einer ehemaligen Verwerfung. Kai steuerte den Schlitten höher. Erschreckt stoben Schwärme von Fluggeschöpfen von den Klippen auf. Gaber zeigte sich begeistert.

»Schau doch, sie glänzen wie Gold! Und sie besitzen ein Fell!«

Kai, der noch die tückischen Köpfe der Aasfresser in Erinnerung hatte, schwenkte hastig von den Felsen ab.

»Sie folgen uns«, stellte Gaber ungerührt fest.

Kai warf einen Blick über die Schulter. Soviel er wußte, fielen Aasfresser nur über verwundete oder tote Geschöpfe her. Gleichmäßig steigerte er das Tempo des Schlittens. Den Triebwerken der Maschine waren sie vermutlich nicht gewachsen.

»Sie folgen uns immer noch.«

Kai drehte sich erneut um. Es bestand kein Zweifel: Die goldenen Geschöpfe flogen in vorsichtigem Abstand und verschiedenen Höhen hinter dem Schlitten her. Noch während Kai sie beobachtete, wechselten die Verfolger ihre Positionen, als wollte jeder einzelne den Eindringling von allen

Seiten genau betrachten. Wieder steigerte Kai die Fluggeschwindigkeit. Die Verfolger taten das gleiche, allem Anschein nach mühelos.

»Ich frage mich, wie schnell diese Burschen fliegen können!«

»Glaubst du, daß sie gefährlich sind?«

»Vielleicht, aber ich würde sagen, daß ihnen der Schlitten für einen Angriff eine Nummer zu groß ist. Ich muß Varian herbringen, damit sie einen Blick auf diese merkwürdigen Geschöpfe wirft. Und den Ryxi Bescheid sagen.«

»Hältst du das für wichtig? Die Ryxi könnten in der dichten Atmosphäre dieser Welt ohnehin nicht fliegen.«

»Nein, aber Vrl hat sich bereits nach den fliegenden Lebensformen von Ireta erkundigt. Ich kann ihm doch nicht erzählen, daß es hier nur geflügelte Aasfresser gibt!«

»Ach so, das stimmt. Heiliger Himmel, sieh dir das an ... hier, links unten!«

Sie befanden sich jetzt ein gutes Stück über dem Wasser, das vom Mineralgehalt der Felsen in seinem Einzugsgebiet und an seinen Ufern rot gefärbt war. Man sah deutlich den pflanzenbewachsenen Grund, der langsam in ein trübes Braun überging; Kais Instrumente zeigten eine beträchtliche Tiefe an. Und aus dieser Tiefe schoß ein gewaltiger Körper und versuchte nach dem Schatten des Schlittens zu schnappen. Kai nahm verblüfft den flüchtigen Eindruck eines stumpfen Schädels mit blaugrau schimmernder Haut und zu vielen Reihen nadelspitzer, gelbweißer Zähne auf. Er hörte Gabers entsetzten Aufschrei. Instinktiv schaltete er den Notantrieb ein. Und korrigierte hastig den Kurs, weil sie dem Klippenbogen beängstigend nahe kamen.

Als Kai einen Blick nach hinten warf, sah er die Wellenkreise, die beim Hochschnellen und Wiedereintauchen des Ungeheuers entstanden waren, konzentrische Ringe in einem Abstand von fünfundzwanzig Metern, deren Ränder sich überschnitten. Er spürte mit einem Mal ein trockenes Kratzen im Hals und schluckte. Als sei der Angriff ein Signal gewesen, wimmelte es nun im See von Leben. Einige der Monster, die aus dem Wasser tauchten, gerieten in Streit, den sie teils an der Oberfläche, teils in der Tiefe fortsetzten.

»Ich fürchte, wir haben da eine Art Kleinkrieg ausgelöst«, meinte Gaber stockend.

»Nun, sie werden ihn sicher wieder beenden«, meinte Kai und wendete den Schlitten.

»Die goldenen Flieger sind auch noch da«, setzte Gaber nach einer kleinen Pause hinzu. »Sie haben den Abstand sogar verringert.«

Kai drehte sich um. Die Vorhut der geflügelten Verfolger war ganz dicht aufgerückt. Die Tiere schienen ihn und Gaber genau zu studieren.

»Schsch, fort mit euch!« rief Gaber. Er richtete sich auf und fuchtelte mit den Armen in Richtung der Vögel. »Verschwindet! Kommt uns nicht zu nahe! Das könnte gefährlich für euch werden.«

Belustigt und besorgt zugleich sah Kai, wie der Schwarm auf Gabers Gefuchtel hin ein Stück zurückwich und sie aus sicherer Entfernung weiter beobachtete.

»Sie haben uns eingekreist, Kai!« Gabers Stimme nahm einen nervösen Ton an.

»Wenn sie die Absicht hätten, uns anzugreifen, hätten sie das inzwischen vermutlich längst tun können. Aber wir wollen dennoch versuchen, die Eskorte abzuschütteln. Setz dich wieder hin, Gaber, und halt dich gut fest!«

Kai zündete erneut die Beschleunigungsdüsen. Der Schlitten machte einen Satz nach vorn und ließ die Flieger in einem Hitzeflimmern zurück. Natürlich war es Unsinn, die Mienen der goldenen Verfolger zu deuten, aber Kai hatte irgendwie den Eindruck, daß sie über den plötzlich dahinrasenden Schlitten verblüfft waren.

Er mußte Varian fragen, welche Intelligenzquotienten solche primitiven Lebensformen erreichen konnten. Die Ryxi waren zwar nicht die einzigen vernunftbegabten Luftbewohner der Galaxis, aber es gab andererseits kaum Vogelrassen mit hoher Intelligenz. Die geistigen Fähigkeiten und

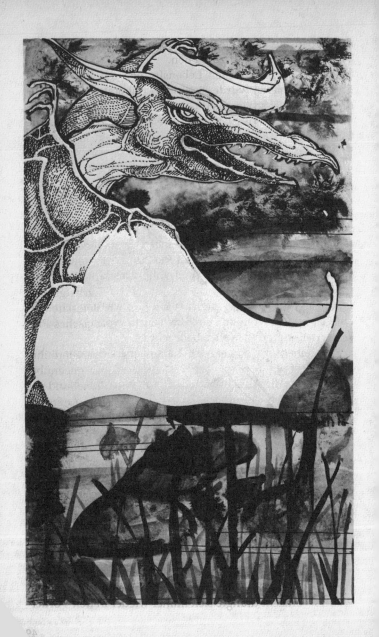

das Leben auf dem Festland schienen in einem direkten Verhältnis zueinander zu stehen.

Welche der zahlreichen Lebensformen auf Ireta letzten Endes dominieren würde, ließ sich wohl erst viele Jahrtausende später abschätzen. Das hielt Kai allerdings nicht davon ab, seinem Wunschdenken freien Lauf zu lassen. Die Vorstellung, daß jemand die Ryxi ›überflügeln‹ könnte, tat ihm enorm gut.

»Hast du genügend Bandmaterial von unseren Freunden?« fragte er Gaber und drosselte das Tempo wieder auf normale Reisegeschwindigkeit. Es hatte keinen Sinn, mehr Energie als nötig zu verschwenden.

»Und ob!« Gaber strich über den Recorder. »Findest du nicht auch, Kai, daß sie ein merkwürdig intelligentes Verhalten an den Tag legten?« Das klang erstaunt, ja verwirrt.

»Wir werden Varian zu Rate ziehen. Sie ist die Expertin.« Kai stellte die Schlittenkoordinaten auf den nächstgelegenen Echokern ein. Varian hatte jetzt genug biologische Rätsel zu knacken. Als nächstes galt es, ein geologisches Problem zu lösen.

Das unerwartete Auftauchen dieser Kerne bereitete ihm einiges Kopfzerbrechen, auch wenn er Gaber gegenüber recht unbekümmert getan hatte. Gewiß, der Planet und das ganze System waren seit langem in den Computerspeichern, aber wenn man Ireta bereits einmal erforscht hatte, mußte das doch irgendwo vermerkt sein. Eine frühere Erkundung würde zugleich erklären, weshalb es in den alten Gebirgsstöcken so gut wie keine Erzlager gab. Ganz sicher hatte die Vor-Expedition zunächst die Bodenschätze des Kontinentalschilds und anderer leicht zugänglicher Landmassen und Meere abgebaut, Regionen, die im Laufe der tektonischen Verschiebungen längst wieder unter die Plattenränder abgetaucht waren. Warum aber befand sich nicht der geringste Hinweis in den Datenbanken?

Es verstieß gegen die Gepflogenheiten des EV, eine Gruppe auf einem völlig unbekannten Planeten abzusetzen. Gabers Verdacht drängte sich immer wieder in den Vordergrund. Das Mutterschiff hatte nur gewartet, bis sie ihre sichere Landung meldeten, und sich dann aus dem Staub gemacht – mit der Ausrede, man müsse unbedingt diesen kosmischen Sturm beobachten. Aber weshalb hatte man dann quasi in letzter Sekunde die drei Jugendlichen mit auf die Reise geschickt? Außerdem war da noch der dringende Bedarf an Transuranen. Die beiden letzten Argumente halfen Kai, Gabers düstere Vorahnung abzuschütteln.

Das schwache Positionssignal führte Kai und Gaber durch ein dichtes, gefährliches Schwertpflanzen-Gestrüpp. Sie mußten ein tiefes Loch buddeln, ehe sie den seismischen Kern freigelegt hatten.

»Aber ... aber der sieht ja genauso aus wie die Kerne, die wir verwenden!« Gaber Staunen enthielt eine Spur von Empörung.

»Nicht ganz.« Kai drehte das Instrument nachdenklich hin und her. »Der Mantel ist dicker und der Kristall schwächer. Und irgendwie fühlt sich das Ding alt an.«

»Wie kann sich etwas alt anfühlen? Da, der Mantel hat keinen einzigen Kratzer und ist weder stumpf noch sonstwas!«

»Nimm ihn selbst in die Hand!« entgegnete Kai ein wenig ungeduldig. »Dann merkst du, was ich meine.« Gaber untersuchte zögernd den alten Kern und gab ihn dann hastig zurück.

»Die Dinger werden von den Theks hergestellt, nicht wahr?« fragte der Kartograph und sah Kai von der Seite an.

»Zumindest war das bisher so ... Gaber, das kann ich einfach nicht glauben!«

»Aber begreifst du denn nicht, Kai? Die Theks wissen, daß der Planet bereits einmal erkundet wurde. Nun wenden sie ihm erneut ihre Aufmerksamkeit zu. Aus einem Grund, den nur sie kennen. Du weißt genau, wie sie die Welten beobachten, die sich zur Kolonisierung eignen ...«

»Gaber!« Kai hätte den alten Mann am liebsten geschüttelt, um ihn von der unsinnigen und gefährlichen Idee abzubringen, daß man sie hier ausgesetzt hatte. Aber ein Blick in das angespannte Gesicht des Mannes ließ ihn zögern. Gaber wußte vermutlich genau, daß dies hier seine letzte Mission war, und er hoffte nun vergeblich, daß er sie ausdehnen konnte. »Gaber!« Kai legte dem Kartographen lächelnd eine Hand auf die Schulter. »Ich finde es gut, daß du mir deine Theorie anvertraut hast. Diese Entscheidung war absolut richtig. Und ich verstehe auch die Gründe, die dich in deiner Annahme bestärken. Aber ich bitte dich, sprich mit niemandem sonst darüber! Ich möchte den Plus-G-Weltlern keinen Vorwand geben, sich über ein Mitglied meines Teams lustig zu machen.«

»Lustig zu machen?« wiederholte Gaber entrüstet.

»Ja, Gaber, leider. Das Ziel dieser Expedition wurde im ursprünglichen Programm ganz exakt umrissen. Was wir hier machen, ist reine Routine: die Suche nach neuen Energiequellen, eine Art xenobiologisches Praktikum für Varian und eine gesunde Beschäftigungstherapie für die Plus-G-Weltler und die Kinder, während das Mutterschiff diesem kosmischen Sturm nachjagt. Zu deiner Beruhigung werde ich deine Theorie jedoch in meinem nächsten Bericht an das Satellitenschiff erwähnen. Wenn du durch irgendeinen verrückten Zufall recht haben solltest, würde man uns die Wahrheit nicht verschweigen, nun, da wir gelandet sind. Inzwischen rate ich dir, den Verdacht für dich zu behalten, Gaber. Ich bewundere deine Fähigkeiten als Kartograph, und es täte mir leid, wenn die Plus-G-Leute ihre Witze über dich reißen würden.«

»Traust du ihnen das zu?«

»Nun, sie halten nicht gerade viel von uns Leichtgewichten. Aber womöglich wendet sich ihr Spott auch den Theks zu, wenn sie das hier sehen.« Kai hielt den seismischen Kern hoch. »Allem Anschein nach sind unsere Steingesichter doch nicht unfehlbar. Auch wenn ich ihnen kaum verdenken kann, daß sie den Planeten aus ihrem Gedächtnis gestrichen haben – bei dem Gestank!«

»Glaubst du im Ernst, daß die Plus-G-Weltler mich auslachen könnten?« Es fiel Gaber schwer, diese Möglichkeit zu akzeptieren, aber Kai war überzeugt, daß er das richtige Abschreckungsmittel gefunden hatte. Der Kartograph durfte mit seinen Gerüchten auf keinen Fall die Atmosphäre innerhalb der Mannschaft vergiften.

»Unter den gegenwärtigen Umständen – ja. Vergiß nicht, daß wir die jungen Leute bei uns haben! Du wirst doch nicht im Ernst annehmen, daß die Dritte Kommandantin des Satellitenschiffs ihren eigenen Sohn hier aussetzt!«

»Nein ... nein, das wohl nicht.« Der Kummer aus Gabers Zügen wich. Zurück blieb eine Spur von Ärger. »Du hast recht. Das hätte sie verhindert.« Gaber straffte die Schultern. »Dieses Gespräch hat mir sehr geholfen, Kai. Eigentlich war mir auch nicht wohl bei dem Gedanken, daß wir nun für immer hier bleiben müßten. Ein großer Teil meiner wissenschaftlichen Arbeit ist noch unvollendet, und ich habe diese Mission nur angenommen, um die Dinge einmal aus einer anderen Perspektive zu sehen ...«

»Das klingt schon besser.« Kai klopfte dem Kartographen auf die Schulter und kehrte mit ihm zum Schlitten zurück.

Kai kam der Gedanke, daß er alle diese Argumente noch einmal und mit Nachdruck anwenden mußte, wenn Gaber und die anderen erfuhren, daß das Mutterschiff bis jetzt nur den Landereport bestätigt hatte. Aber darüber konnte er sich den Kopf zerbrechen, wenn es soweit war. Im Moment beschäftigte ihn der seismische Kern, den sie ausgegraben hatten. Er glaubte nicht, daß sie auf der Fähre die Möglichkeit hatten, sein Alter zu bestimmen. Und er konnte sich nicht erinnern, daß die Diskussion je auf die Leistungsdauer dieser Kerne gekommen war. Nun, Portegin wußte vielleicht mehr darüber. Er wunderte sich vermutlich längst über die seltsamen Echos auf seinem Schirm.

In der Tat saß Portegin an der Schirmkonsole und studierte stirnrunzelnd den Ausdruck, als Kai mit Gaber die Kartographenkuppel betrat.

»Kai, wir kriegen da ein völlig verrücktes Echo auf dem seismischen ... he, was ist denn das?«

»Eines der völlig verrückten Echos.«

Portegins hagere, kantige Züge wirkten mit einem Mal bestürzt. Er wog das Instrument in der Hand, drehte es hin und her und starrte es von allen Seiten an. Dann warf er Kai einen anklagenden Blick zu.

»Woher hast du das?«

»Von hier!« Kai deutete auf eine Lücke in der Kette der schwachen Echos, die sich auf dem Schirm abzeichneten.

»Wir haben noch nicht einen Kern in dieser Region ausgelegt, Boß.«

»Ich weiß.«

»Aber ich könnte schwören, daß dieses Instrument ein Fabrikat der Theks ist, Boß.«

Margit, die ihren Bericht ausgefüllt hatte, gesellte sich zu den Männern. Sie nahm dem widerstrebenden Portegin den Kern aus der Hand.

»Er fühlt sich schwerer an. Und der Kristall ist fast verbraucht.« Sie schaute Kai an, als wartete sie auf eine Erklärung.

Er zuckte mit den Schultern. »Gaber entdeckte die Echos auf dem Recorder und dachte, Portegin hätte Pfusch gebaut ...« Der Mechaniker warf dem Kartographen einen wütenden Blick zu, und Kai lachte. »Aber wir wollten auf Nummer Sicher gehen und sahen uns die Sache mal aus der Nähe an. Dabei fanden wir dies hier.«

Margit stieß einen dumpfen, kehligen Laut aus, der verärgert, ja empört klang. »Mit anderen Worten, wir haben uns stundenlang mit Arbeiten herumgeplagt, die bereits andere vor uns erledigten! Ihr Intelligenzbestien hättet uns eine Menge Zeit und Schufterei ersparen können, wenn ihr den Schirm sofort installiert hättet!«

»Nach unseren Computer-Daten ist dieser Planet unerforscht«, erklärte Kai betont lässig.

»Dann irrt der Computer offensichtlich.« Margit betrachtete düster den Schirm. »Und wir haben unsere Kerne schön parallel zu den ihren versenkt! Übrigens keine schlechte Arbeit für eine Ersterkundung«, setzte sie etwas ruhiger hinzu. Plötzlich dämmerte ihr die ganze Wahrheit.

»He, Mann! Kein Wunder, daß wir vergeblich nach Erzlagern Ausschau hielten! Unsere Vorgänger haben sich lange vor uns bedient! Wie weit reichen denn die Kerne der ersten Expedition?«

»Genau bis zum Rand des Kontinentalschilds, meine Liebe«, erklärte Portegin. »Und da wir aufgrund der alten Kerne nun wissen, wo der Schelf endet, können wir zur Abwechslung mal selber fündig werden. Allzuviel doppelte Arbeit haben wir uns zum Glück noch nicht gemacht ... höchstens im Norden und Nordosten.«

Kai dankte dem segensreichen Computer, der ihm diese beiden Geologen zugeteilt hatte. Sie schimpften zwar hin und wieder, aber sie verstanden es auch, sich selbst über ihre schlechte Laune hinwegzutrösten.

»Ich bin erleichtert, weil wir nun wissen, warum wir keine Metalle fanden.« Margit betrachtete nachdenklich den Schirm und deutete dann auf bestimmte Gebiete. »Hier und hier kann man gar nichts erkennen ... sonderbar ...«

»Die Signale sind ziemlich schwach«, entgegnete Portegin. »Einige haben vielleicht schon den Geist aufgegeben. Hör mal, Kai, hältst du es für sinnvoll, in diesem Gebiet weitere Kerne anzubringen, wenn doch ohnehin schon alles abgebaut ist?«

»Nein.«

Aulia und Dimenon betraten die Kartographen-Kuppel, dicht gefolgt von den vier übrigen Geologen.

»Ratet mal, was Kai und Gaber entdeckten!« begann Margit. Die Neuankömmlinge warfen ihr erstaunte und ein wenig skeptische Blicke zu. »Sie fanden heraus, weshalb wir auf keine Metalle stoßen konnten – bis jetzt.«

Kai und Gaber berichteten noch einmal von ihren Nachmittagsaktivitäten, und die Erleichterung, die sich im Raum breitmachte, beruhigte den Team-Boß. Alle untersuchten den alten Kern und verglichen ihn mit den Instrumenten, die sie selbst auslegten. Jemand witzelte über Gespenster-Echos.

»Dann können wir also Hilfslager am Rande des Kontinentalschilds errichten!« meinte Triv aufgeregt. »Gleich morgen, Kai, oder?«

»Verlaßt euch drauf, wir werden unsere Suche in aussichtsreichere Gegenden verlagern! Aber das erfordert eine sorgfältige Planung. Bakkun, begleitest du mich morgen bei einem Erkundungsflug?«

Der Essensgong dröhnte laut über das Gelände. Kai entließ die Leute, blieb aber selbst noch einen Moment zurück, um die Missionen für den nächsten Tag neu zu verteilen. Sie hatten wohl keine andere Wahl, als Hilfslager zu errichten, wie Triv vorschlug, aber Kai war nicht begeistert von dem Gedanken, die Mannschaft aufzusplittern. Varian hatte noch keine Gelegenheit gefunden, die wichtigsten Raubtiere zu verzeichnen, und wenn ein Team weitab vom Lager in Gefahr geriet, konnten die übrigen Gruppen ihm nicht rechtzeitig zu Hilfe eilen. Die Bestie, die sie am Nachmittag erspäht hatten, ließ sich durch ein lächerliches Energiefeld ganz sicher nicht im Zaum halten. Andererseits konnte er den Leuten nicht verdenken, daß sie endlich Erfolge sehen wollten. Sie erhielten Prämien für jedes Erzlager, das sie entdeckten. Das war mit ein Grund, weshalb der bisherige Expeditionsverlauf ihre Stimmung so gedämpft hatte. Die Moral der Mannschaft würde leiden, wenn er ihren Eifer und Ehrgeiz allzusehr bremste. Aber er konnte sie auch nicht gegen Monster loslassen, wie er sie heute beobachtet hatte. Am besten besprach er die Angelegenheit noch einmal ausführlich mit Varian.

Er trat in das insektensurrende Dunkel hinaus. Der Schutzschirm, der sich über dem Lager wölbte, sprühte bläuliche Funken, sobald die Nachtgeschöpfe, angezogen von den magischen Scheinwerfern, die das Gelände erhellten, in seinen Bereich gerieten.

Hatte jene andere Expedition vor vielen tausend Jahren auch hier kampiert? Würde in vielen tausend Jahren eine neue Expedition hier landen, wenn die Kernsignale seiner Mannschaft nur noch geisterhafte Echos auf einem fremden Schirm auslösten.

Oder hatte man sie doch ausgesetzt? Der beängstigende Gedanke brach an die Oberfläche durch wie jene Wasserungeheuer, die der Schatten des Schlittens zum Auftauchen verlockt hatte. Er versuchte die Vorstellung zu verdrängen. War einer aus dem Team heimlich eingeweiht? Varian vielleicht? Nein, seiner Partnerin würde man zuallerletzt Bescheid sagen. Tanegli? Sammelte er deshalb so eifrig eßbare Pflanzen und Früchte? Kaum. Tanegli war ein tüchtiger Mann, aber nicht der Typ, den man ins Vertrauen zog, während man den Expeditionsleitern die Wahrheit verschwieg.

Kai kam zu dem Schluß, daß er in Gesellschaft der anderen wohl am ehesten abgelenkt und vom Grübeln abgehalten wurde. Er stand auf, schob die Unruhe gewaltsam beiseite und ging mit zielbewußten Schritten zur großen Aufenthaltskuppel.

3

Varian beobachtete gespannt, wie Kai das Obst aufnehmen würde, das zum Abendessen auf den Tisch kam. Divisti und Lunzie hatten sich alle Mühe gegeben. Sie servierten die am Nachmittag gesammelten Früchte in ihrer natürlichen Form, zu saftigen grünen Scheiben aufgeschnitten, gekocht, getrocknet, als Nährstoff- und Vitaminpaste und vermischt mit Proteinen. Kai kostete vorsichtig ein winziges Stückchen einer Frischfrucht, murmelte ein paar höfliche Worte dazu und setzte sein Abendessen mit der Paste fort. Dann beklagte er sich über den metallischen Nachgeschmack.

»Das sind die Zusatzstoffe. Bei den Naturfrüchten merkst du nichts davon.« Varian war teils verärgert über seine konservativen Eßgewohnheiten und teils belustigt wegen seiner Reaktion, aber sie unterdrückte ihre Gefühle. Es war bekannt, daß die Schiffsgeborenen stets Mißtrauen gegenüber Speisen in ihrer natürlichen Form zeigten.

»Warum soll ich mich an etwas gewöhnen, das ich später doch nicht bekommen kann?« fragte Kai, als sie ihn zu einem zweiten Stück überreden wollte.

»Warum sollst du dich nicht daran gewöhnen, solange du die Gelegenheit dazu erhältst? Außerdem«, fügte sie hinzu, »kannst du dir den Geschmack ja merken und an Bord beliebig oft im Syntheziser herstellen.«

»Eins zu null für dich.«

Varian hatte längst erkannt, daß es gerade diese kleinen Schwächen des Schiffsgeborenen waren, die ihr an Kai gefielen. Er unterschied sich äußerlich kaum von den netten jungen Männern, die sie in ihrer Jugend und während des Studiums auf den verschiedenen Planeten kennengelernt hatte. Wenn überhaupt, dann war er vielleicht etwas häufiger in den verschiedenen Fitneß- und Sporträumen des Mutterschiffs anzutreffen als seine planetengeborenen Zeitgenossen. Er wirkte schmal und drahtig und war etwas größer als der Durchschnitt, größer jedenfalls als sie selbst, und sie galt mit ihren ein Meter fünfundsiebzig auf jedem normalen Erdplaneten als hochgewachsen. Wichtiger als das gute Aussehen, das er zweifellos besaß, waren Varian die Stärke, die Kai ausstrahlte, der Humor, der in seinen braunen Augen funkelte, und die innere Gelassenheit, die ihr sofort aufgefallen war, als sie ihn zum erstenmal im Humanoiden-Speisesaal des Mutterschiffs getroffen hatte. Sie hatte rasch gemerkt, daß er die Innere Disziplin besaß, und war sehr erleichtert darüber gewesen, ein Gefühl, das sie nach so kurzer Bekanntschaft selbst überraschte. Varian hatte die Innere Disziplin vor noch nicht allzu langer Zeit erlernt und war stolz darauf, obwohl sie sich Mühe gab, diesen Stolz zu unterdrücken. Aber die Ausbildung gab ihr die Möglichkeit, ihre Laufbahn in der KVR fortzusetzen. Jeder Expeditionsleiter mußte die Innere Disziplin besitzen; sie stellte seinen einzigen persönlichen Schutz gegen andere Humanoide im Erkundungs- und Vermessungs-Korps und in der Konföderation dar und hatte sich in Notsituationen schon oft als die letzte Rettung erwiesen.

Varian war durchaus bereit gewesen, eine engere Beziehung zu Kai aufzubauen, und insgeheim hatte sie gejubelt, als man sie gegen alle Erwartung als Xenobiologin mit seinem Geologen-Team nach Ireta schickte.

»Was höre ich da? Unser Planet ist nicht mehr ganz so jungfräulich, wie wir dachten?«

Mit einem leisen Grinsen ging Kai auf ihre Anspielung ein. »Zumindest wurde der Kontinentalschild geschändet, auf dem wir uns befinden. Portegin hat den seismischen Schirm erst letzte Nacht aufgebaut. Gaber glaubte, daß ihm dabei ein Fehler unterlaufen sei, weil wir aus den Gebieten, wo wir Kerne eingesetzt hatten, Echos bekamen, während an Stellen, die überhaupt keine Sender enthalten konnten, schwache Signale auftauchten. Nun, wir gingen der Angelegenheit nach und buddelten einen uralten Kern aus!«

Varian hatte die Einzelheiten bereits von den anderen gehört. »Man sagte uns während der kurzen Anweisung an Bord, daß sich das System bereits seit langer Zeit in den Computerspeichern befindet ...«

»... erwähnte aber mit keinem Wort, daß bereits eine geologische Erkundung stattgefunden hatte!«

»Allerdings.« Varian starrte nachdenklich einen Punkt in der Ferne an. Es gab eine Reihe von Ungereimtheiten bei diesem Unternehmen. So hatten etwa die Mannschaften der Theks und Ryxi für die anderen Planeten dieses Systems seit mehreren Monaten festgestanden, während man die Expedition nach Ireta praktisch in letzter Minute zusammenwürfelte. »Mein Team wurde zum Beispiel reichlich spät eingegliedert – erst nachdem die Sonden-Daten auf einheimische Lebensformen hindeuteten.«

»Bei allem Respekt, Partnerin: Die Eingliederung deines Teams bereitet mir weit weniger Kopfschmerzen als die Tatsache, daß man uns die Vor-Expedition verschwieg.«

»Das kann ich dir nachfühlen. Wie alt schätzt du diese Kerne ein?«

»So verdammt alt, daß sie mich beunruhigen, Varian. Sie enden am Kontinentalschild.«

Varian stieß einen leisen Pfiff aus. »Kai, das würde einen Zeitraum von Jahrmillionen bedeuten. Könnten die Kerne wirklich so lange funktionieren, selbst wenn man das technische Geschick der Theks berücksichtigt?«

»Wer weiß? Komm mit, du kannst dir das Ding selbst ansehen. Außerdem habe ich ein paar hochinteressante Bänder für dich.«

»Diese fliegenden Geschöpfe, die Gaber gar nicht mehr aus dem Sinn gehen?«

»Unter anderem.«

»Bist du auch satt geworden?« fragte sie und reichte ihm noch einmal die Schale mit dem Obst. Sie konnte es nicht lassen, ihn zu necken.

Kai warf ihr einen ärgerlichen Blick zu, aber dann mußte er selbst lachen. Er hat eine herzliche Art, dachte sie nicht zum ersten Mal. Sie hatten sich während des Vorbereitungsstadiums oft gesehen, aber nun, da jeder seine eigene Gruppe überwachen mußte, blieb ihnen viel zuwenig Zeit füreinander.

»Vielen Dank, Varian, du hast mich ohnehin verwöhnt.«

Sie zuckte mit den Schultern und nahm eine Scheibe für sich heraus. »Was ist nun mit diesen Fliegern? Ich traue Gabers Beobachtungsgabe nicht so recht.«

»Sie besitzen ein goldenes Fell, und ich möchte wetten, daß sie intelligent sind. Neugier tritt doch nur im Zusammenhang mit Intelligenz auf, oder?«

»Soviel ich weiß, ja. Intelligente Bewohner der Lüfte? Heiliges Kanonenrohr, da werden die Ryxi aber Loopings drehen!« Varian lachte los. »Wo habt ihr sie angetroffen?«

»Auf dem Weg zu den Seen, die Berru entdeckt hatte. Übrigens gibt es dort mindestens ebenso große und gefährliche Monster wie die Sumpfbewohner, die wir heute vormittag sahen.«

»Dieser Planet scheint ein Tummelplatz für Monster zu sein ...«

»Und er gibt uns jede Menge Rätsel auf.« Sie hatten die Kartographen-Kuppel betreten, und Kai reichte ihr den alten Kern. »Das hier ist mein neuestes.«

Varian wog den Kern in der Handfläche. Sie sah einen zweiten auf dem Tisch liegen. »Ist das eines von euren Instrumenten?«

Kai schaute von den Band-Dosen auf, die er gerade ordnete. Er nickte.

Wenn man die beiden Kerne nebeneinander hielt, sah man die leichten Unterschiede in Umfang, Länge und Gewicht.

»Könnte diese Ersterkundung der Grund dafür sein, daß ihr bisher so wenig Glück bei der Erzsuche hattet?«

»Ja. Zumindest auf dem Kontinentalschild wurden alle brauchbaren Metalle abgebaut. Meine Leute zeigten sich übrigens erleichtert, als sie davon erfuhren, denn normalerweise müßte es auf Ireta Erzvorkommen in Hülle und Fülle geben. Wir werden jetzt eben Hilfslager nahe den jüngeren Faltengebirgen errichten müssen ...«

»Hilfslager? Kai, das ist zu gefährlich! Schon eine Begegnung mit Reißer ...«

»Reißer?«

»So nenne ich die Bestie, die Mabels Flanke angeknabbert hat.«

»Mabel?«

»Mußt du jedes meiner Worte wiederholen? Ich finde es eben einfacher, den Tieren Namen zu geben, als sie ›Pflanzenfresser Nummer Eins‹ oder ›Raubtier der Gebißkategorie A‹ zu nennen.«

»Ich wußte gar nicht, daß du diesen Reißer zu Gesicht bekommen hast.«

»Habe ich auch nicht. Aber ich sehe seine Gebißspuren ...«

»Könnte er das sein?« Über den Bildschirm lief das erste der Bänder, die er und Gaber am Nachmittag aufgenommen hatten. Er hielt den Film an der Stelle an, wo man den Kopf des Raubtiers sah.

Varian stieß einen leisen Schrei aus, als sie das fauchende, weit aufgerissene Maul näher betrachtete. Die zornigen kleinen Augen schielten zum Schlitten hinauf, während das Geschöpf über die Lichtung hetzte.

»Ja, das könnte der Bursche sein. Sechs Meter bis zur Schulter! Ihr könntet keine Hilfslager errichten, die für dieses Biest ein nennenswertes Hindernis wären. Da sind sogar zwei Schutzfelder zu wenig. Nein, ich bin gegen Hilfslager, solange wir nicht wissen, wie weit das Revier dieser freundlichen Kreatur reicht.«

»Wir könnten die Fähre versetzen ...«

»Erst wenn Trizein seine laufenden Experimente fertig hat. Und warum diese Mühe? Haben wir nicht genug Energiezellen für weitere Ausflüge?«

»Doch, aber ich dachte an die Zeit, die mit dem Hin- und Herfliegen vergeudet wird. Das geht von der eigentlichen Arbeit ab.«

»Stimmt. Trotzdem, Kai – ich möchte das Gebiet, in dem du ein Hilfslager errichten willst, lieber erst gründlich erforschen. Selbst Pflanzenfresser wie Mabel könnten deinen Leuten gefährlich werden. Beispielsweise dann, wenn eine ganze Herde vor einem Angreifer flieht.« Als sie sah, daß er unnachgiebig blieb, zuckte sie mit den Schultern. »Wenn wir uns die Gegend genau ansehen und alle Sicherheitsvorkehrungen treffen ...«

»Du scheinst nicht überzeugt, daß sie ausreichen werden.«

»Wundert dich das? Auf diesem verrückten Planeten ist nichts so, wie es sein sollte, Kai. Und deine heutige Entdeckung trägt nicht gerade dazu bei, mich zu beruhigen.«

Sie studierte noch einmal aufmerksam die nadelspitzen Fänge des Raubtiers und bat Kai dann, das Band weiterzuspulen. »Du kannst froh sein, daß du dem Burschen nicht irgendwo im Dschungel begegnet bist! Gaber hat ihn markiert, sagst du? Das wird uns helfen, sein Revier abzuschätzen. Aber ... aber die sehen ja wunderschön aus!«

Auf dem Schirm erschienen die goldenen Flieger. Sie

wirkten anmutig und friedfertig, vielleicht um so mehr, weil Varian noch das Bild des wütenden Raubtiers vor Augen hatte.

»Moment, Kai, fährst du bitte noch einmal zurück?« Kai nickte. Das Band lief rückwärts bis zur Großaufnahme eines elegant dahingleitenden Fliegers; sein Kopf mit dem hohen Kamm war der Kamera zugewandt, so daß man die goldenen Augen erkennen konnte.

»Ja, der Blick verrät durchaus Intelligenz. Sieh mal, er besitzt einen Hautsack am Unterschnabel, wohl für Fische und andere Beute. Und er dürfte zu den Gleitern zählen. Ein Stück weiter, Kai! Ich will sehen, ob er den Flügel drehen kann. Ja – jetzt, beim Wenden. Ganz unverkennbar. Sehr viel weiter entwickelt als der Aasfresser von heute vormittag. Warum hängt unsere Einschätzung fremder Lebewesen so stark, von den Augen des jeweiligen Geschöpfes ab?« Sie warf Kai einen nachdenklichen Blick zu.

»Von den Augen?« wiederholte er erstaunt.

»Ja. Die Augen des kleinen Säugetiers etwa ... ich hätte es unter gar keinen Umständen allein zurückgelassen, nachdem ich die Angst und Verlorenheit in seinem Blick gelesen hatte. Und das Flehen in den Augen der Kinder! Die Sumpfmonster dagegen hatten winzige Äuglein im Vergleich zu den mächtigen Schädeln ... böse, hungrige Funkelaugen!« Varian erschauerte noch nachträglich. »Oder der Blick von Reißer ... er verriet eine unersättliche Gier. Natürlich gilt die Regel nicht immer. Die Galormis etwa waren ein Musterbeispiel für perfekte Tarnkunst ...«

»Du kennst sie?«

Varian schnitt eine Grimasse. »Ja. Ich war eines der jüngsten Expeditionsmitglieder auf Aldebaran-4, als wir diesen Ungeheuern begegneten. Meine allererste Mission nach dem Xenoveterinär-Studium. Ich kann dir sagen, die hatten so sanfte Augen ...« Augen, die sie gelegentlich noch im Schlaf verfolgten. »... und ein liebenswertes, friedfertiges Verhalten, bis die Dunkelheit hereinbrach ...«

»Nachträuber?«

»Vampire. Sogen zuerst das Blut aus und fraßen dann das Fleisch ... wie die Bestie, die Mabel angegriffen hat. Nein, das können keine Galormis gewesen sein. Die Gebißspuren sind zu groß.«

»Warum in aller Welt nennst du den Koloß Mabel?«

»Ich kannte mal ein Mädchen, das wie sie war. Ein wandelnder Fleischberg, immer hungrig, zerfallen mit sich und der Welt, mißtrauisch, wirr ... nicht besonders intelligent.«

»Und wie würdest du die goldenen Flieger nennen?«

»Ich weiß nicht«, bekannte sie nach einem Blick auf das graziöse Geschöpf. »Erst muß ich einem von ihnen selbst begegnen. Aber der hier strahlt Intelligenz und Persönlichkeit aus. Ich würde diese Lebensform gern näher beobachten.«

»Dachte ich mir. Leider konnten wir sie nicht markieren. Sie flogen zu schnell. Das Durchschnittstempo unseres Schlittens schafften sie spielend.«

»Sehr gut.« Unvermittelt mußte Varian gähnen. »Das kommt davon, wenn man den ganzen Tag im Freien herumhetzt und verwundete Tiere einsammelt, die sich auch noch dagegen sträuben, gesundgepflegt zu werden.« Sie tätschelte Kai die Wange und lächelte entschuldigend. »Ich gehe jetzt in die Falle. Und du solltest das gleiche tun, Partner. Träumen wir von unseren Rätseln! Vielleicht lösen sie sich im Schlaf von selbst.«

Dieser Wunsch ging zwar nicht in Erfüllung, aber als Kai am nächsten Morgen aufstand, fühlte er sich doch erfrischt; und seine Teams waren bei der Frühbesprechung so gut gelaunt, daß sie ihn mit ihrem Optimismus ansteckten.

»Ich habe gestern mit Varian noch über die Hilfslager gesprochen«, berichtete er. »Sie meint, daß sie unsere Sicherheit kaum gewährleisten kann, solange sie die Gewohnheiten der Raubtiere nicht kennt. Aber sie will vordringlich nach Gebieten Ausschau halten, in denen wir uns frei bewegen können, wenn wir uns an die Regeln halten, die sie festsetzt. Ich weiß, das klingt überängstlich, aber ihr werdet Varians Vorsicht vielleicht besser verstehen, wenn ihr die

Bißwunden an der Flanke des verletzten Pflanzenfressers seht.« Ihren ernsten Mienen entnahm er, daß bereits alle einen Blick auf das Geschöpf geworfen hatten.

»Boß, was bedeuten die Lücken in den Linien der alten Kerne – hier und hier?« fragte Triv und umriß mit dem Finger die Gebiete im Südwesten und Süden.

»Verwerfungen«, erklärte Gaber und schob einen transparenten Maßstab über die seismische Karte. »Man erkennt hier eine massive Überschiebung. Gutes Gebiet für eine Erzsuche. Die seismischen Kerne, die sich in dieser Region befanden, sind allerdings längst zerquetscht oder so weit nach unten verdrängt, daß sie nicht mehr senden.«

»Triv, dann erforschst du gleich heute zusammen mit Aulia diese Überschiebung. Margit und Dimenon, euer Sektor liegt hier!« Kai gab ihnen die Koordinaten im Südwesten. Berru und Portegin sollten sich um den benachbarten Abschnitt kümmern, während er selbst beabsichtigte, mit Bakkun zum Rift vorzustoßen, da die alten Kerne in dieses Gebiet wiesen. Er schärfte den Teams noch einmal ein, daß sie die Sicherheitsvorschriften strikt beachten sollten. Außerdem erteilte er ihnen den Auftrag, so viele einheimische Lebensformen wie möglich zu markieren und das Auftauchen von Aasfressern sofort an die Fähre zu melden, da diese Tiere Varian möglicherweise zu weiteren verwundeten Geschöpfen führen konnten.

Als Kai und Bakkun den Schlitten starteten, entdeckte Kai die Xenobiologin auf dem Wege zum Korral. Und er sah Mabel, die gerade die letzten Baumwipfel in ihrer Umfriedung abrupfte und voller Genuß kaute.

Bakkun hatte den Steuerknüppel übernommen und richtete die Maschine nun nach Südosten aus.

»Warum wußten unsere Theks nicht, daß der Planet bereits mit Kernen gespickt war?« erkundigte sich der Plus-G-Weltler.

»Ich habe unsere Theks nicht gefragt, ob sie es wußten. Aber Ireta war nicht als erforschter Planet eingetragen.«

»Die Theks haben oft ihre ganz besonderen Gründe ...«

»Zum Beispiel?«
»Ich maße mir nicht an, sie zu kennen«, erwiderte Bakkun. »Aber die Theks haben immer gute Gründe.«
Kai arbeitete gern mit Bakkun zusammen; der Plus-G-Weltler besaß unerschöpfliche Kräfte, war kühl und gelassen wie alle seiner Rasse und dazu gründlich und zuverlässig. Aber er besaß keine Phantasie und keine Flexibilität, und wenn er einmal eine Meinung gefaßt hatte, dann ging er selbst angesichts eindeutiger Gegenbeweise nicht mehr davon ab. Die Theks waren für ihn wie für viele Völker mit kurzen Lebensspannen unfehlbar – beinahe gottähnlich. Kai wollte sich jedoch auf kein Streitgespräch mit ihm einlassen, auch wenn die alten seismischen Kerne darauf hindeuteten, daß den Theks zumindest mit diesem Planeten ein Irrtum unterlaufen war. Bakkun hätte das als Ketzerei ausgelegt.
Zum Glück begann das Anzeigegerät zu summen. Bakkun änderte automatisch den Kurs, und Kai beobachtete aufmerksam den Vergrößerungsschirm. Eine Herde von Allesfressern, aufgeschreckt durch das helle Pfeifen des Schlittens, flüchtete durch den dichten Regenwald. Die Tiere stießen hin und wieder so heftig gegen die Stämme, daß die Kronen wippten.
»Einmal kreisen, Bakkun!« bat Kai und legte den Finger auf den Schalter des Bandgeräts, während Bakkun die Maschine herumschwenkte. Er fluchte leise vor sich hin. Nicht eines der Geschöpfe überquerte die Lichtungen; es war, als rechneten sie mit einem Angriff aus der Luft und blieben deshalb in der Deckung der Vegetation.
»Macht auch nichts! Gehen wir eben wieder auf den alten Kurs! Ich glaube, es war erneut ein Tier mit aufgerissener Flanke dabei.«
»Wir sehen solche Verletzungen täglich, Kai.«
»Warum habt ihr das mit keinem Wort in euren Berichten erwähnt?«
»Keiner hielt es für wichtig, Kai. Wir hatten genug mit unseren *eigenen* Problemen zu tun ...«
»Es handelt sich um ein Gemeinschaftsunternehmen ...«

»Zugegeben, aber ich muß wissen, worauf es ankommt. Wie soll ich ahnen, daß bereits das ökologische Gleichgewicht ein wesentlicher Faktor ist?«

»Mein Fehler. Aber es wäre gut, wenn ihr jedes ungewöhnliche Vorkommnis melden würdet.«

»Ich gewinne den Eindruck, Kai, daß auf Ireta alles ungewöhnlich ist. Ich arbeite jetzt seit vielen Standardjahren als Geologe, bin aber noch nie auf einen Planeten gestoßen, der sich einfach nicht über das Mesozoikum hinaus entwickeln will.« Bakkun warf Kai einen rätselhaften Blick zu. »Und wer würde erwarten, auf einem solchen Planeten uralte Kernsignale anzutreffen?«

»Rechne immer mit Überraschungen! Das ist das ungeschriebene Gesetz unseres Berufs, oder nicht?«

Die Sonne, die am frühen Morgen kurz aufgetaucht war, um den Beginn des Tages zu überwachen, zog sich nun hinter Wolken zurück. Bodennebel erschwerte das Fliegen, so daß sie ihr Gespräch unterbrachen, um sich besser auf das Gelände zu konzentrieren. Kai beobachtete das seismische Raster und überprüfte die Lage der alten Kerne, die auf sein Signal hin schwach auf dem Schirm zu leuchten begannen.

Die Kerne gingen über die Fluglinie hinaus, hinunter in das Rift und sackten mit dem Boden ab, der das breite Plateau bildete. Sie flogen nun in das Tal, und Bakkun war voll mit dem Aussteuern der Thermik beschäftigt, deren Strömungen nun den leichten Schlitten erfaßten und zu rütteln begannen. Sie überflogen die Kette der alten Vulkane; die Staukuppen stachen wie hagere Finger in die tiefhängenden Regenwolken, und an den Hängen wuchs spärliche Vegetation. Dann lenkte Bakkun den Schlitten auf das eigentliche Rift-Tal zu. An der Bruchkante zeigten sich die verschiedenen Schichten der Erhebung, die zum Entstehen des Tales geführt hatten. Der Schlitten streifte unbekümmert an der geschichtsträchtigen Geologie vorbei, und Kai spürte ein Gemisch aus Ehrfurcht und Belustigung: Ehrfurcht vor den gewaltigen Kräften, die einst das Rift gebildet hatten und auch heute noch am Werk waren, um die Landschaft bis ans ferne Ende des Planeten stets neu zu formen; und Belustigung, daß der Mensch sich erdreistete, einen winzigen Augenblick in diesem unerbittlichen Ablauf festhalten zu wollen, um ihm seinen Stempel aufzuprägen.

»Aasfresser, Kai«, unterbrach Bakkun seine Gedankengänge. Der Plus-G-Weltler deutete auf eine Stelle rechts vom Bug. Kai wandte sich dem Teleskop zu.

»Nein, das müssen die goldenen Flieger sein.«

»Besteht da ein Unterschied?«

»Allerdings. Aber was suchen sie zweihundert Kilometer vom nächsten Gewässer entfernt?«

»Sind sie gefährlich?« Bakkuns Interesse schien zu wachsen.

»Ich glaube nicht. Sie besitzen Intelligenz. Zumindest haben sie uns gestern neugierig beobachtet. Was machen sie nur so weit landeinwärts?«

»Wir werden es bald erfahren. Wir holen auf.«

Kai stellte das Teleskop schräg, um die Gruppen am Boden besser beobachten zu können. Die Geschöpfe bemerkten nun auch die Annäherung des unbekannten Flugkörpers und hoben die Köpfe. Viele hatten ganze Büschel von derbem Gras in den Schnäbeln. Und wie Kai erwartet hatte, folgten ihre Blicke neugierig dem Schlitten, der über ihnen kreiste. Nur einige der jüngeren Lebewesen begannen wieder Gras zu rupfen.

»Ich kann mir nicht vorstellen, daß sie die weite Strecke zurücklegen, nur um hier Gras zu fressen!«

»Ich bin kein Xenobiologe«, meinte Bakkun in seiner phlegmatischen Art. »Kai, sieh doch!« Seine Stimme verriet unvermittelt solches Entsetzen, daß Kai herumwirbelte und sich gegen die Sitzlehne preßte.

»Was zum ...«

Ein Stück weiter vorn ragte ein vorspringender Horst in das Rift-Tal. Und an dieser Engstelle tauchte unvermittelt eines der gewaltigsten Geschöpfe auf, die Kai je gesehen hatte. Mit steifen, plumpen Schritten wälzte es sich uner-

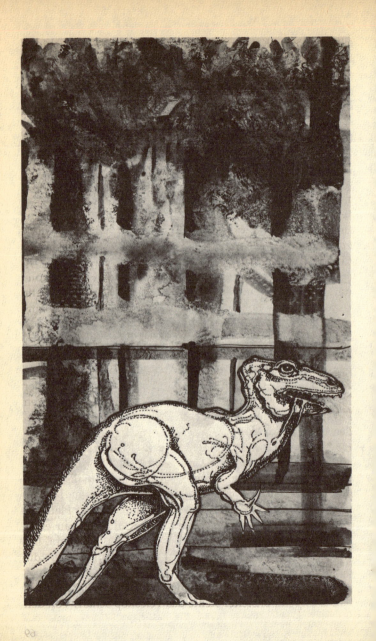

bittlich näher. Kai verstellte das Teleskop und beobachtete, wie der Koloß auf seinen mächtigen Hinterpfoten in das friedliche Tal marschierte.

»Krim! Das ist eine der räuberischen Bestien, die über die Pflanzenfresser herfallen!«

»Schau – die Flieger!«

Nur mühsam riß sich Kai von der Beobachtung des Monsters los und richtete den Blick auf die goldenen Geschöpfe. Ein Teil von ihnen war zu einer merkwürdigen Verteidigungsformation aufgestiegen. Die anderen befanden sich noch am Boden und rupften in aller Hast Grasbüschel. Allem Anschein nach hatte Varian recht mit den Hautsäcken, denn ihre Schnäbel begannen sich an der Unterseite stark zu wölben. Es sah so aus, als stopften die Vögel Grasvorräte hinein.

»Der Riese hat sie entdeckt! Wenn er jetzt angreift, können die Geschöpfe, die das Gras einsammeln, nicht mehr rechtzeitig vom Boden abheben.« Bakkuns Finger umklammerten den Auslöser des Lasergeräts.

»Warte! Da ...«

Das schwere Raubtier hob den Kopf in Richtung der Flieger, als hätte es eben erst ihre Anwesenheit bemerkt. Eine Zeitlang beobachtete er die Verteidigungsformation in der Luft. Die Vorderpfoten, die im Vergleich zu den massiven Hinterbeinen lächerlich klein wirkten, begannen zu zucken. Der breite Stützschwanz zuckte hin und her. Irgendwie gierig, dachte Kai. Eine Weile blieb der Koloß noch aufrecht stehen, dann senkte er ungeschickt den Oberkörper und begann mit den verkümmerten Vorderpfoten Grasbüschel auszureißen, die er sich hastig ins Maul stopfte.

Erst jetzt fiel den beiden Geologen auf, daß der Platz, an dem sich die Vögel versammelt hatten, das Plateau einer niedrigen Anhöhe war. Die Geschöpfe nahmen Anlauf, ließen sich einfach über die Kante fallen und spreizten die Schwingen.

»Da, sie schleppen jede Menge Gras mit, Kai!«

Der Expeditionsleiter stellte das Teleskop scharf. Von den

Klauen der Flieger, die rasch an Höhe gewannen und das Tal verließen, flatterten lange Gräser im Wind.

»Verschwinden sie in Richtung See, Bakkun?«

»Ja, und das bei einem ziemlich starken Gegenwind.«

Kai wandte sich erneut dem Raubtier zu, das immer noch gierig Grasbüschel ausriß und verschlang.

»Merkwürdig, daß zwei so verschiedene Rassen solchen Wert auf dieses Gras legen!« murmelte Kai.

»Vielleicht besitzt es irgendwelche Zusätze, die sie brauchen«, entgegnete Bakkun, dem entgangen war, daß Kai eigentlich ein Selbstgespräch führte.

»Könntest du den Schlitten landen, Bakkun? Am anderen Ende des Tales, möglichst weit weg von unserem Freund. Ich möchte einige Grasproben mitnehmen.«

»Für Varian? Oder für Divisti?«

»Vielleicht für beide. Komisch, daß der Reißer überhaupt keinen Angriffsversuch machte!«

»Vielleicht schmeckt ihm das Fleisch der Flieger nicht. Oder sie sind überlegene Gegner.«

»Nein. Er traf überhaupt keine Anstalten zu einem Angriff. Und die Flieger gingen nur auf vorsichtige Distanz. Fast als ob ... als ob beide diesen Platz als etwas Besonderes respektierten. Als eine Art Friedenszone ...«

»Ein Nichtangriffspakt zwischen Tieren?« Bakkuns Stimme klang skeptisch.

»So sah es zumindest aus. Aber der Koloß ist eindeutig zu primitiv, um nach den Gesetzen der Logik zu handeln. Ich muß Varian fragen.«

»Ja, sie kennt sich mit solchen Dingen wohl am ehesten aus.« Bakkun hatte seine Ruhe wiedergewonnen. Er landete den Schlitten auf der kleinen Anhöhe, von der die Flieger eben losgestartet waren.

»Wir sind keine goldenen Vögel«, meinte der Plus-G-Weltler, als er merkte, daß sich Kai über den Landeplatz wunderte. »Der Kerl da entschließt sich vielleicht, mit uns sein Grasmenü anzureichern.« Er setzte sich ans Teleskop. »Du sammelst ein paar Proben. Ich halte inzwischen Wache.«

Das Monster hatte seine Mahlzeit keine Sekunde unterbrochen und auch nicht weiter auf den Schlitten geachtet. Kai kletterte bereitwillig ins Freie, schaltete sein Energiefeld aus und begann Gräser zu sammeln. Er war froh, daß er Handschuhe trug, denn manche Halme hatten scharfe Ränder – vielleicht kleinere Verwandte der Schwertpflanzen. Ein Büschel löste sich mitsamt dem Wurzelballen; eine Wolke des atemberaubenden Gestanks, der so typisch für Ireta war, stieg Kai in die Nase. Er schüttelte die Erde ab, denn er hatte beobachtet, daß die Vögel nur die Grasspitzen, nicht aber die Wurzeln gefressen hatten. Und obwohl die geflügelten Geschöpfe die derberen Pflanzen verschmäht hatten, nahm Kai doch Proben von allen Gewächsen der Umgebung mit. Er verstaute sie in einem Behälter und kehrte rasch zum Schlitten zurück.

»Da – er frißt immer noch, Kai!« berichtete Bakkun und gab den Platz am Teleskop frei.

Während der Plus-G-Weltler den Schlitten wieder startete, hielt Kai das Teleskop auf das Raubtier gerichtet. Es rupfte unbeirrt Gras und hob nicht einmal den Kopf, als die beiden Geologen vorüberflogen.

Da Kai nichts Gegenteiliges sagte, steuerte Bakkun den Schlitten durch das schmalere Ende des Rift-Tales. Dahinter fiel das Gelände erneut ein Stück ab. Der Boden wirkte sandiger, und der üppige Grasteppich des Rift-Tales ging in eine widerstandsfähige Buschvegetation über.

»Die Kerne weisen in dieses Tal hinunter.« Bakkun lenkte Kais Aufmerksamkeit von dem Monster zurück zu ihrer eigentlichen Aufgabe.

Kai warf einen Blick auf den seismischen Scanner. »Der letzte befindet sich auf der anderen Seite jenes Bergkamms.«

»Dieses Rift-Tal ist sehr alt«, meinte Bakkun. Kai stellte erfreut fest, daß eine unausgesprochene Frage in dem Satz mitschwang. »Und die Kerne enden jenseits des Kammes dort?«

»Genau.«

Es geschah zum erstenmal, daß Kai in der Stimme eines Plus-G-Weltlers Unsicherheit hörte. Aber er verstand und teilte die Gefühle Bakkuns.

Die Überschiebung, die sie jetzt passierten, hatte mindestens eine Million Jahre vor ihrer Ankunft auf diesem Planeten stattgefunden. Dennoch waren die Kerne unzweifelhaft ein Fabrikat der Theks. Es sei denn – und der flüchtige Gedanke amüsierte Kai –, die Theks hatten irgendwie eine noch ältere Zivilisation kopiert ... die Anderen vielleicht? Die Theks als Nachahmer rückte für Kai die Proportionen wieder zurecht. So wie er gegen die Plus-G-Weltler keine Chance hatte, wenn es um die reine Körperkraft ging, so sollte er sich in puncto Langlebigkeit nicht mit den Theks messen. Nur das Hier und Jetzt war wichtig. Doppelt und dreifach wichtig für ihn, wenn er in Betracht zog, welche kurze Lebensspanne ihm trotz aller Wunder der Medizin zur Verfügung stand. Er und sein Team hatten *jetzt* eine Mission auf Ireta durchzuführen. Egal, daß sie schon einmal durchgeführt worden war, zu einer Zeit, da Mensch noch als Einzeller in der Ursuppe herumschwamm.

4

Mit Unterstützung von Paskutti und Tardma gelang es Varian, Mabels Flankenwunde zu versorgen. Dem Koloß war es irgendwie gelungen, die Ränder des Verbandfilms zu lösen, und trotz des Schutzfelds über dem Korral hatten sich Blutsauger an den vereiterten Stellen festgesetzt. Sie mußten Mabel den Kopf an das unverletzte Hinterbein fesseln, ehe sie Varian an sich heranließ.

Nachdem Varian den vereiterten Schorf und die Blutsauger entfernt hatte, stellte sie fest, daß das Fleisch darunter eine gute Heilungstendenz zeigte.

»Ich werde das ganze Bein reinigen und mit einem Verband übersprühen«, erklärte sie Paskutti, der vor Anstrengung keuchte. »Ein Glück, daß ich nur das Opfer und nicht den Räuber vor mir habe. Dem möchte ich lieber nicht begegnen.« Sie dachte an die Aufnahme, die Kai ihr gezeigt hatte: ein häßlicher, bösartiger Kopf mit mehreren Reihen von Zähnen, die an scharfgeschliffene Dolche erinnerten.

»Diese Lebensform scheint es nicht gewohnt zu sein, Widerstand zu leisten«, meinte Paskutti.

Sein Tonfall erstaunte Varian, und sie warf ihm einen raschen Seitenblick zu. Obwohl sie nicht damit rechnete, irgendwelche Gefühlsregungen in den ausdruckslosen Zügen des Plus-G-Weltlers zu erkennen, entdeckte sie ein hartes Flackern in seinen Augen, das ihr einen Moment lang Angst einflößte. Sie konnte sich des Eindrucks nicht erwehren, daß der Mann auf seltsame und abstoßende Weise durch Mabels Wunde erregt wurde – durch den Gedanken, daß ein Tier ein anderes anfiel und bei lebendigem Leib fraß. Sie wandte sich rasch wieder ihrer Arbeit zu. Hoffentlich hatte Paskutti nicht bemerkt, daß sie ihn beobachtete.

Sie versorgten Mabels Wunde ohne weitere Zwischenfälle. Als sie das Tier dann von seinen Fesseln befreiten, begann es so wütend mit dem Schwanz hin und her zu peitschen, daß sie hastig aus seiner Reichweite flohen. Mabels Angriffslust flaute ab, sobald sie ihre Gönner nicht mehr sah. Ihr Schmerzgebrüll verstummte, und sie drehte den Kopf hin und her, als sei sie verwirrt über die Atempause. Die Blicke aus den kurzsichtig blinzelnden Augen schweiften immer wieder über die Menschen hinweg. Varian erkannte, daß Mabel sie nicht sehen würde, wenn sie sich still verhielten. Allem Anschein nach waren die Feinde dieser gigantischen Pflanzenfresser-Rasse noch größer als Mabel selbst. Und der Geruchssinn des verwundeten Geschöpfs schien besser entwickelt als sein Sehvermögen, denn seine Nüstern blähten sich und zuckten unaufhörlich.

»Was machen wir nun, Varian?« fragte Paskutti, als sie den Korral verließen.

Gerade weil seine Stimme so ausdruckslos klang, glaubte Varian eine gewisse Ungeduld herauszuhören.

»Ich schlage vor, daß wir zunächst das unerforschte Territorium jenseits des Kontinentalschilds durchstreifen, damit Kai und seine Leute wissen, was sie erwartet, wenn sie dort ihre Hilfslager aufschlagen. Wir haben heute den Schlitten zur Verfügung, Paskutti. Wenn du noch ein paar Bänder holst, können wir sofort aufbrechen.«

»Waffen?«

»Nur das, was wir zur Selbstverteidigung benötigen. Wir jagen nicht, sondern beobachten nur.«

Sie sprach in einem schärferen Ton als beabsichtigt, weil sie in Paskuttis an und für sich normaler Frage eine Spur von Anspannung, ja Gier zu erkennen glaubte. Tardma folgte dem Gespräch so hölzern und gleichgültig wie immer; Varian wußte, daß sie nicht einmal zu lächeln wagte, ohne zuvor mit einem Blick Paskuttis Erlaubnis einzuholen.

Als sie das Lager betraten, um ihre Ausrüstung zu holen, sah Varian, daß sich die Kinder um Dandys Gehege drängten. Lunzie fütterte den Kleinen gerade. Sein dicker Stummelschwanz zitterte, entweder weil er sich über das Futter oder über die Besucher freute.

»Wie geht es Dandy?«

»Er trinkt schon die zweite Flasche«, erklärte Bonnard mit Besitzerstolz.

»Lunzie sagt, wir dürfen ihn selbst füttern, wenn er uns etwas besser kennt«, setzte Cleiti hinzu, und Terilla nickte mit großen glänzenden Augen.

Arme Schiffsgeborene! dachte Varian, die in ihrer Kindheit ständig von Tieren umgeben gewesen war. Sie konnte sich nicht entsinnen, daß sie je auf einem Planeten gelebt hatte, ohne irgendwelche Tiere zu pflegen. Seit sie einigermaßen selbständig handeln konnte, war es ihre Aufgabe gewesen, die Jungtiere zu betreuen, die ihre Eltern zu Studienzwecken oder zu einer Behandlung heimbrachten. Die einzigen Geschöpfe, die sie von Anfang an nicht gemocht hatte, waren die Galormis. Ihr Tierinstinkt hatte sie gewarnt, als man die sanften Teufel auf Aldebaran-4 entdeckte; aber es war ihre allererste Mission gewesen, und sie hatte es nicht gewagt, ihren Verdacht zu äußern. Nun, sie war noch einmal davongekommen. Lediglich eine Bißspur am Arm erinnerte sie an jene Nacht, als das Galormi die Schläfer in der Kuppel überfiel. Das Geschöpf hatte seinen Betreuer getötet. Wie sich später herausstellte, enthielten seine hohlen Schneidezähne ein Gift, mit dem es seine Opfer lähmte. Zum Glück hatte der Wachtposten ihr Team geweckt, als nach einiger Zeit keine Ablösung kam, und die Galormis waren erwischt, überwältigt und später getötet worden. Von da an galt Aldebaran-4 als tabu.

»Wir wollen erst abwarten, wie sich Dandy verhält, Terilla«, entgegnete Varian. Ein uraltes Sprichwort kam ihr in den Sinn: *Gebranntes Kind scheut das Feuer.* Abgewandelt mußte es vielleicht heißen: Gebissenes Kind scheut die Gefahr.

»Wie geht es Mabel?« erkundigte sich Lunzie und warf ihr einen kurzen Blick zu.

Varian gab Lunzie einen kurzen Bericht. »Wir wollen heute die Gegend weiter im Norden erkunden. Kais Geologen müssen in Kürze Hilfslager errichten, und wir möchten vermeiden, daß sie dabei auf Lebensformen wie unseren Reißer stoßen. Übrigens haben die Leute den Befehl erhalten, das Lager zu verständigen, wenn sie irgendwo verwundete Tiere entdecken. Gib das Signal einfach an mich weiter, Lunie, ja?«

Die Ärztin nickte.

»Könnten wir nicht mitkommen, Varian?« bestürmte sie Bonnard. »Wo du doch den großen Schlitten hast! Bitte!«

»Nicht heute.«

»Du hast Lagerdienst, Bonnard, und das weißt du genau«, warf Lunzie ein. »Außerdem ist da noch der Unterricht.«

Bonnard machte ein so finsteres Gesicht, daß Varian ihm einen leichten Rippenstoß versetzte. Cleiti, die bereits geschickter im Umgang mit Erwachsenen war, versuchte den Freund zu trösten.

»Komm, Bon, wir waren doch gestern unterwegs. Und wir dürfen bestimmt wieder mit, wenn es besser paßt.« Sie lächelte Varian zu, aber auch ihre Miene verriet Sehnsucht nach mehr Freiheit.

Ein nettes Mädchen, diese Cleiti, dachte Varian, als sie mit den Plus-G-Weltlern zum Vorratsschuppen ging, um die Ausrüstung zu holen. Sie checkte nach alter Gewohnheit den Schlitten gründlich durch, obwohl Portegin ihn erst wenige Stunden zuvor überholt hatte.

Ihr Aufbruch fiel in eine günstige Zeit, kurz nach dem ersten Regenguß des Vormittags. Wie meist auf Ireta teilten sich nun zögernd die Wolken und ließen gelblichweißes Licht in die Tiefe sickern. Varian kniff die Augen zusammen, bis sich die Gesichtsmaske verdunkelt hatte. Manchmal fand sie das seltsam gelbe Licht bei wolkigem Himmel greller als den ungehinderten Einfall der Sonnenstrahlen.

Sie flogen zehn Kilometer über den Radius des Lagergeländes hinaus, ehe das Aufzeichnungsgerät die ersten Lebensformen meldete. Die meisten davon hatten sie schon registriert. Der ›tote‹ Ring um das Lager hatte sich seit ihrer Landung ständig ausgedehnt, so als sickerte das Wissen von den Eindringlingen allmählich bei den einheimischen Lebensformen durch. Offenbar breiteten sich auf Ireta Neuigkeiten nur langsam aus, dachte Varian, denn auf zivilisierten ... war das das richtige Wort? ... Nein, fortschrittlich stimmte eher. Auf fortschrittlicheren Welten ging die Nachricht von der Ankunft fremder Geschöpfe meist wie ein Lauffeuer um, und die Bewohner machten sich rar. Es sei denn, man kam auf eine Welt mit intelligenten, friedfertigen Lebensformen, wo sich alles versammelte, um die Neuankömmlinge zu sehen. Manchmal fiel die Begrüßung auch diskret aus, weder abwehrend noch aggressiv, sondern eher distanziert. Varian dachte an das Schutzfeld um die Kuppeln und rümpfte die Nase. Das Ding wurde höchstens dazu benötigt, die Insekten zu vertreiben. Wenigstens im Moment, solange die einheimischen Tiere noch Abstand hielten. Vielleicht lag die Lösung von Kais Problem einfach darin, daß man jenseits des Kontinentalschilds ein Hilfslager errichtete und mit dem Einzug abwartete, bis sich die dort lebenden Geschöpfe zurückgezogen hatten. Alles schön und gut – aber da war Reißer! Allein seine Größe! Sie dachte an Kais Film und die hohen Baumkronen, die das Raubtier beim Durchstreifen des Waldes ins Schwanken gebracht hatte. Der Hauptschirm würde ihn versengen, möglicherweise sogar ganz abschrecken ... sie hatte nicht viele Lebensformen in der Nähe der aktiven Vulkane gesehen und schloß daraus, daß die kleinen und großen Geschöpfe von Ireta die Wirkung des Feuers kannten. Das Problem lag darin, daß die schwächeren Schutzfelder nicht ausreichten, falls Hunger oder Angst das Raubtier zu einem gezielten Angriff trieben. Und das mußte sie einkalkulieren – die Freßgier dieses Kolosses.

Varian hatte einen Nordostkurs eingespeichert. Ihr Ziel war das ausgedehnte Hochplateau, das von den mächtigen ›Mondbergen‹ umgeben wurde, wie Gaber sie nannte. Gaber hatte ihr ausführlich erklärt, daß hier die Ränder von zwei Subkontinenten aneinandergestoßen waren und diese gewaltigen Gesteinsmassen aufgeschoben hatten. Das Plateau war einst ein Meeresbecken gewesen. Jeder, der sich in diese Region begab, hatte von Gaber und Trizein den Auftrag erhalten, nach Fossilien in den Felswänden Ausschau zu halten. Hier am Fuße des neuen Faltengebirges hoffte Kai auf Metalle zu stoßen. Der Abstand zu den alten Kernen war groß genug. Varian fand die Entdeckung der alten Kerne irgendwie beruhigend, und sie begriff nicht, weshalb sie Kai Kopfschmerzen bereiteten. Das EV gab sicher nicht ohne weiteres einen Planeten auf, den es bereits zum zweiten Mal erforschen ließ. Außerdem lebten die Theks lange genug, um einen Fehler, den sie begangen hatten, zu korrigieren – wenn sie je einen Fehler machten. Vielleicht erschienen sie aber auch nur als unfehlbar, weil sie Zeit genug hatten, ihre Scharten wieder auszuwetzen.

Zwischen dem Lager und dem Plateau, auf das sie zuhielten, lag der breite Streifen Regenwald, in dem Mabels Herde umherzog; man konnte davon ausgehen, daß hier das eine oder andere Raubtier von Reißers Format auf Beute lauerte. Die Hochebene selbst war mit derben Pflanzenbüscheln bewachsen – man konnte sie nicht recht als Gras, aber auch nicht als Strauchwerk bezeichnen. Weit im Osten stiegen Wolken auf, Zeichen vulkanischer Aktivität. Hin und wieder nahmen die Schlitten-Sensoren ein Donnergrollen auf, das keinen meteorologischen Ursprung hatte.

Sie erspähten ein paar kreisende Aasfresser und landeten, aber von der Beute war längst nur noch das Gerippe übrig. Kadaver hielten sich auf diesem Planeten nicht lange. Hartnäckige Insekten krochen über das Skelett und bearbeiteten es emsig mit ihren Scheren, so daß auch die Knochen in den nächsten Tagen verschwinden würden. Lediglich der massige Schädel war unversehrt geblieben. Mabel übersprühte ihn mit einem antiseptischen Mittel, ehe sie ihn untersuchte.

»Einer von Mabels Artgenossen?« fragte Paskutti, als Varian den Schädel mit dem Stiefel umdrehte.

»Sieht so aus. Zumindest war er mit einem Kamm versehen. Da, der Nasenkanal erstreckt sich weit nach hinten ... Wenn ich an Mabels Verhalten von vorhin denke, würde ich sagen, daß diese Rasse einen ausgeprägten Geruchssinn besitzt.«

»Ausgerechnet hier, wo so einiges stinkt?« entgegnete Paskutti mit solchem Nachdruck, daß Varian ihn erstaunt musterte. Sie hatte angenommen, er wollte einen Witz machen, aber seine Miene war todernst.

»Sicher, du hast recht, hier stinkt es bestialisch. Aber wenn ein Geschöpf daran gewöhnt ist, kann es die einzelnen Gerüche unterscheiden und sich dementsprechend verhalten. Ja, Mabels Nase ist ihr bester Schutz vor Angreifern!«

Sie machte ein paar Tridi-Nahaufnahmen und brach mit einigem Kraftaufwand ein Stück des Nasenknorpels sowie einen Knochensplitter für eine spätere Untersuchung heraus. Der Schädel selbst war zu unförmig für den Transport.

Die Aasfresser hatten sie keine Sekunde aus den Augen gelassen. Sobald Varian nun den Schlitten wieder startete, stießen sie nieder, als hofften sie, die Eindringlinge hätten an dem Kadaver noch etwas entdeckt, das ihnen selbst entgangen war.

»Wo nichts verschwendet wird, herrscht keine Not«, murmelte Varian. Leben und Tod lagen auf Ireta nahe beieinander. Kein Wunder, daß Mabel trotz ihrer schweren Verletzung mit aller Kraft versucht hatte, auf den Beinen zu bleiben. Wenn ein verwundetes Tier erst einmal am Boden lag, kam es selten wieder hoch. Hatte sie mit ihrer Behandlung Mabel überhaupt einen Gefallen erwiesen oder ihren Tod nur eine Weile hinausgeschoben? Nein, die Wunde heilte. Die Reißzähne hatten weder wichtige Muskeln durchtrennt noch einen Knochen verletzt. Das Tier würde am Leben bleiben und nach einiger Zeit wieder völlig gesund sein.

Der Schlitten näherte sich dem Gebiet, in dem sie Mabel gefunden hatten. Varian schaltete das Haupttriebwerk aus und ließ die Maschine im Leerlauf kreisen. Die Herde befand sich tatsächlich in der Tiefe. Varian erspähte die gefleckten Kolosse unter breiten tropfenden Baumblättern. Der Schlitten nahm eine Position gegen den Wind ein. Beim ersten Mal hatten sie sich zu überstürzt genähert und die Herde in die Flucht geschlagen – mit Ausnahme von Mabel, die nicht schnell genug fortgelaufen war.

Varian machte sich ihre Gedanken über den Intelligenzgrad der Pflanzenfresser. Man hätte annehmen können, daß sie mit der Zeit lernen würden, Wachtposten aufzustellen, wie es die meisten Geschöpfe auf unwirtlichen Welten machten, um die Herde vor gefährlichen Feinden zu warnen. Aber nein, das Gehirn in dem aufgefundenen Schädel war klein gewesen, zu klein, um ein so gewaltiges Wesen zu steuern. Ein zusätzliches Schwanzgehirn vielleicht? Vor langer Zeit und weit weg hatte sie von dieser Kombination gehört. Es wäre durchaus nicht ungewöhnlich, wenn so ein Koloß eine zweite Steuerzentrale besaß. Aber die Nasengänge hatten den Hirnraum zu stark eingeengt. Mehr Geruchssinn als Verstand – das war Mabel!

»Ich sehe wieder ein Tier mit verletzter Flanke!« rief Tardma, die nach links unten spähte. »Es wurde sicher erst vor kurzem angefallen.«

Varian richtete das Teleskop auf das verwundete Tier und erschauerte. Die Flanke war völlig zerfleischt, und doch humpelte das Geschöpf unbeirrt weiter und fraß Laub von den Bäumen. Hunger, der den Schmerz überlagert, dachte sie. Das ist der vorherrschende Trieb auf diesem Planeten – Sättigung des Hungers.

»Da, noch eines ... diesmal mit einer älteren Wunde!« Paskutti tippte Varian leicht an und deutete nach unten.

Die Wunde des zweiten Tieres war verschorft, aber als Varian das Teleskop schärfer einstellte, konnte sie an der Flanke ein Gewimmel von Parasiten erkennen. Hin und wieder hörte das Geschöpf zu fressen auf und kratzte an der Wunde. Dann fielen ganze Wolken von Blutsaugern zu Boden.

Der Schlitten kreiste langsam, immer auf der windabgewandten Seite der Herde. Bis auf wenige Ausnahmen zeigten sämtliche Tiere die furchtbaren Flankenbisse. Und die Ausnahmen waren die Jungtiere.

»Können sie schneller laufen als die erwachsenen Exemplare?« fragte Tardma.

»Ich nehme eher an, daß ihr Fleisch nicht so saftig schmeckt«, entgegnete Varian.

»Oder sie werden besser beschützt«, meinte Paskutti. »Ich erinnere mich, daß bei unserem ersten Zusammentreffen mit der Herde die Jungtiere immer in der Mitte liefen.«

»Ich würde zu gern wissen, warum ...«

»Vielleicht erfahren wir es jetzt.« Paskutti deutete in die Tiefe.

Am Saum des Regenwaldes hatte einer der Kolosse zu fressen aufgehört und sich auf den Hinterbeinen aufgerichtet. Sein Kopf mit dem hohen Kamm war starr nach Norden gerichtet. Dann duckte er sich, wirbelte herum, stieß ein röchelndes Pfeifen aus und begann nach Süden zu laufen. Ein zweites Geschöpf schien nun ebenfalls den Feindgeruch aufzunehmen. Es stieß einen langgezogenen Pfiff aus, ließ sich auf die Vorderpfoten plumpsen und floh schwerfällig. Ein Tier nach dem anderen ergriff nun die Flucht. Die Jungen liefen ihren Müttern nach und überholten sie rasch. Man hatte jedoch den Eindruck, daß es sich um Einzelaktionen handelte und nicht um einen gemeinsamen Entschluß der Herde.

»Sehen wir uns das an?« Tardmas Finger über den Bedienungselementen zitterten.

»Ja.« Mit Unbehagen bemerkte Varian Tardmas Anspannung.

Sie mußten nicht lange warten. Noch ehe sie etwas sahen, hörten sie ein Krachen und Splittern im Unterholz. Dann jagte ein Geschöpf mit gesenktem Kopf heran. Es streckte die kurzen Vorderpfoten nach vorn aus und benutzte den dicken Schweif als Stütze für den massigen Körper. Das Maul stand offen, und Speichelblasen quollen hervor, ohne jedoch den Blick auf die scharfgeschliffenen Zähne zu verdecken. Als das Monster am Schlitten vorbeirannte, sah Varian einen Moment lang die Augen, die hungrigen kleinen Augen, die bösartigen Raubtieraugen.

»Sollen wir es verfolgen?« fragte Tardma atemlos.

»Ja.«

»Willst du etwa das ökologische Gleichgewicht stören?« warf Paskutti ein.

»Was diese Bestie macht, hat mit dem ökologischen Gleichgewicht nichts zu tun. Sie tötet nicht aus Notwendigkeit, sondern verstümmelt die armseligen Kolosse aus reiner Blutgier.«

Varian merkte, daß sie vor Empörung zitterte, und atmete tief durch. Sie durfte sich nicht so aufregen.

»Vielleicht, vielleicht auch nicht«, meinte Paskutti. Er schaltete den Antrieb ein und folgte dem Räuber.

Obwohl sie die Bestie nicht immer im Blickfeld hatten, konnten sie ihren Weg anhand der geknickten oder wankenden Bäume verfolgen, am plötzlichen Aufflattern von Vögeln oder am erschreckten Davonstieben kleiner Bodengeschöpfe. Der Reißer bewegte sich weit schneller als die schwerfälligen Pflanzenfresser, und es war nur eine Frage der Zeit, wann er sie einholen würde. Varian merkte, daß ihr Jagdinstinkt erwacht war. Ihr Puls ging schneller, sie zitterte und hatte eine trockene Kehle. Aber das war nichts im Vergleich zu der Verwandlung, die in den Plus-G-Weltlern vorging. Zum ersten Mal, seit Varian mit ihnen zusammenarbeitete, verrieten sie Gefühle: In ihren verzerrten Gesichtern spiegelten sich Gier und fieberhafte Erregung wider, primitive Reaktionen, die nichts mit einer zivilisierten Rasse gemein hatten.

Varian war entsetzt, und wenn sie den Schlitten gesteuert hätte, wäre sie wohl umgekehrt. Andererseits hätte eine solche Aktion ihre Autorität bei den Plus-G-Weltlern untergraben. Sie tolerierten zwar die physische Unterlegenheit der ›Leichtgewichtler‹, moralische Feigheit hätten sie ihr jedoch kaum verziehen. Schließlich hatte sie selbst diese Expedition organisiert, um herauszufinden, wie gefährlich die Raubtiere den Geologen-Teams werden konnten. Jetzt durfte sie nicht aus Zimperlichkeit umkehren. Außerdem begriff sie sich selbst nicht recht. Sie hatte schlimmere Todesarten miterlebt, schlimmere Kämpfe zwischen fremden Lebewesen.

Das Raubtier hatte die Herde eingeholt. Es sonderte ein Opfer aus und trieb das verstörte Geschöpf in eine Sackgasse aus gestürzten Bäumen. Verzweifelt versuchte der Pflanzenfresser die Stämme zu überklettern, aber er war zu schwer, und seine verkümmerten Vorderpfoten besaßen keine Kraft. Blökend und pfeifend blieb er stehen. Mit einem mächtigen Hieb seiner Hintertatze fegte der Reißer das angstgelähmte Tier zu Boden. Er maß mit den Vorderpfoten den Abstand der zuckenden Flanke, eine Geste, die beinahe obszön wirkte. Der Pflanzenfresser schrie auf, als sich die Zähne des Raubtiers in seine Flanke vergruben und ein Stück Fleisch herausfetzten. Varian kämpfte gegen Übelkeit an.

»Vertreib die Bestie, Paskutti! Bring sie um!«

»Du kannst nicht sämtliche Pflanzenfresser dieser Welt retten, indem du ein Raubtier tötest«, meinte Paskutti. In seinen Augen funkelte Blutgier, als er die Szene in der Tiefe betrachtete.

»Ich will nicht alle retten, sondern diesen hier!« fauchte sie und griff nach dem Steuer.

Paskutti hatte wieder seine undurchdringliche Miene aufgesetzt. Er jagte das Triebwerk hoch und ging im Sturzflug auf das Raubtier los, als es eben zu seinem zweiten Angriff ausholte. Die heißen Ausstoßgase des Schlittens versengten den Kamm des Reißers, und er brüllte auf. Dann stützte er sich auf seinen Schweif und hieb mit den Vorderpfoten wütend in die Luft.

»Das gleiche noch einmal, Paskutti!«

»Ich weiß, was ich zu tun habe.« Paskuttis Stimme klang gefährlich ruhig.

Varian warf Tardma einen Blick zu, doch auch sie hatte nur Augen für den merkwürdigen Kampf. Paskutti spielt mit der Bestie! dachte Varian entsetzt.

Diesmal brachte der Plus-G-Weltler den Reißer beim Anflug aus dem Gleichgewicht. Die Bestie mußte ihr Opfer loslassen, um nicht zu stürzen.

»So steh doch auf, du albernes Biest! Steh auf und lauf weg!« rief Varian, als der Pflanzenfresser mit einem armseligen Pfeifen am Boden liegenblieb.

»Er besitzt nicht genug Verstand, um zu erfassen, daß er frei ist«, warf Tardma mit einer Spur von Verachtung ein.

»Treib den Räuber zurück, Paskutti!«

Die Aufforderung war unnötig. Der Reißer, der die Gefahr von oben erkannt hatte, versuchte den Feind mit Pfotenhieben und Stößen des mächtigen Schädels aus der Luft zu fegen. Statt dessen wurde er selbst immer weiter zurückgedrängt, weg von dem verwundeten Opfer.

Paskutti spielte mit dem Geschöpf, das sich vergeblich zur Wehr setzte. Ehe Varian merkte, was Paskutti beabsichtigte, schwang der Mann den Schlitten herum und jagte dem

Raubtier einen vollen Düsenstrahl an den Kopf. Schmerzgeheul drang an ihre Ohren, als der Schlitten einen heftigen Satz nach vorne tat. Tardma und Varian wurden gegen die Gurte gepreßt und gleich darauf in die Sitzlehnen geworfen, als Paskutti kehrtmachte, um die Wirkung seiner Strafaktion zu betrachten.

Der Reißer tastete nach seinem blutenden, schwarz versengten Gesicht. Er rollte den Kopf hin und her und tappte blind im Kreis.

»Mal sehen, ob er seine Lektion gelernt hat«, sagte Paskutti und stieß mit dem Schlitten erneut in die Tiefe.

Das Raubtier hörte das Triebwerk, brüllte auf und stolperte hastig davon.

»Siehst du, Varian? Er weiß jetzt, daß ein Schlitten gleichbedeutend mit Schmerzen ist. Der macht von heute an einen weiten Bogen, wenn er das Geräusch eines Triebwerks vernimmt!«

»Das war eigentlich nicht meine Absicht, Paskutti.«

»Ach, ihr Xenos mit eurer Rührseligkeit! Dieser Killer ist zäh. Der erholt sich schon wieder. Willst du die Wunde des Pflanzenfressers versorgen?«

Varian hatte Mühe, ihren plötzlichen Ekel vor Paskutti zu verbergen. Sie nickte kurz und wandte sich ihrer medizinischen Ausrüstung zu. Das verletzte Tier lag immer noch am Boden; es war zu verstört, um sich aufzurichten und die Flucht zu ergreifen. Seine Flanke zitterte, und es wimmerte kläglich, wenn die freigelegten Muskelstränge zuckten. Varian befahl Paskutti, den Schlitten dicht über den Koloß zu steuern, der in seiner Angst und seinen Schmerzen keine Eindrücke von außen aufnahm. Sie fand es einfacher, das Tier von oben mit einem Antibiotikum und einem Verbandsfilm zu besprühen. Als sie fertig war, lenkte der Plus-G-Weltler den Schlitten ein Stück höher, und sie warteten. Endlich schien das Geschöpf zu begreifen, daß ihm keine Gefahr mehr drohte. Es kam mühsam auf die Beine, schnüffelte umher und schüttelte sich, hielt aber sofort still, als die Reflexbewegung einen neuen Schmerz durch seine

Flanke jagte. Unvermittelt schnappte es nach einem herunterhängenden Ast und begann daran zu kauen. Es wanderte langsam von der Falle weg, suchte nach neuem Futter, hob den Kopf und witterte und stieß dann und wann, wenn ihm sein Schmerz wieder einfiel, ein leises Pfeifen aus.

Varian spürte, daß Paskutti sie beobachtete. Sie hatte Angst, seinem Blick zu begegnen, denn sie wollte nicht, daß er ihren Abscheu darin las.

»Sehen wir uns noch ein wenig in dieser Region um!« sagte sie. »Ich möchte herausfinden, was sich sonst noch in den Hügeln hier herumtreibt, ehe unsere Geologen mit der Arbeit beginnen.«

Paskutti nickte und lenkte den Schlitten wieder nach Nordosten. Sie stießen auf drei weitere Herdentypen und markierten sie. Varian, die ihre Gedanken nur schwer von dem Vorfall mit dem Reißer lösen konnte, vermutete, daß die Tiere von einem gemeinsamen Vorfahren abstammten und sich aufgrund von Umwelteinflüssen in verschiedenen Richtungen weiterentwickelt hatten.

Bei ihrer Rückkehr ins Basislager setzte der Abendregen ein. Varian merkte, daß Tardma und Paskutti ebenso froh waren wie sie selbst, der Enge des Schlittens zu entrinnen. Sie bat Paskutti, den Schlitten zu warten, gab Tardma das Band für Gaber und ging selbst in den Korral, um nach Mabel zu sehen. Der gefräßige Koloß hatte die Bäume in seiner Einfriedung zu Stümpfen reduziert. Der Filmverband versiegelte die Wunde immer noch, und es sah so aus, als nähme Mabel keine besondere Rücksicht mehr auf das verletzte Bein. Varian hätte Mabel gern noch eine Zeitlang beobachtet, aber sie war sich im klaren darüber, daß es dann zu Versorgungsproblemen kommen würde. So beschloß sie, ihre Patientin am nächsten Vormittag freizulassen und ihr in einigem Abstand mit dem Schlitten zu folgen. Sie wollte in Erfahrung bringen, ob die Tiere einen Richtungsinstinkt besaßen und ob sie Kontakt zu anderen Herden- oder Rassenangehörigen aufnehmen konnten. Bei der Annäherung des Reißers hatten die Tiere individuell gehandelt. Zu schade, daß die einfältigen Kolosse sich gegen den Killer nicht mit vereinter Kraft zur Wehr setzten! Wenn sie einen Anführer besäßen, würde ein Funke Mut ausreichen, um den Angreifer allein durch die Masse zu überwältigen.

Sie überlegte, ob es eine Möglichkeit gab, Mabels Intelligenz zu fördern, und entschied sich im nächsten Moment dagegen. Ein solches Ausbildungsprogramm würde zu lange dauern, und die Erfolgschancen waren bei Mabels kleinem Hirnraum sehr gering. Mabels Schädelform ließ eine Ausweitung der Hirnkapazität kaum zu. Es sei denn, sie besaß ein zusätzliches Schwanzgehirn, das ihr eine bessere motorische Kontrolle erlaubte. Varian war bereits des öfteren auf Rassen gestoßen, die eigene Nervenzentren zur Steuerung der Extremitäten besaßen, während die Intelligenz zentral an einer besonders gut geschützten Stelle ruhte. Sie hatte die Erfahrung gemacht, daß der Mensch nicht unbedingt eine ideale Konstruktion darstellte. Diese Ansicht vertraten im übrigen auch die Theks.

Nachdenklich schlenderte sie zum Lager zurück, als sie über sich den Luftzug eines heimkehrenden Kleinschlittens spürte. Kai beugte sich heraus und rief ihren Namen. Sie merkte seiner strahlenden Miene an, daß er ihr etwas Wichtiges zu erzählen hatte. Varian ging ihm entgegen. Selbst Bakkun wirkte sehr zufrieden.

»Wir haben ein paar Bänder mitgebracht, die du dir unbedingt ansehen mußt, Varian! Da war einer dieser Reißer ...«

»O nein ...«

»Was ist? Etwas schiefgelaufen? Aber paß auf, das hier wird dich interessieren. Ich brauche unbedingt deinen Expertenrat.«

»Ich bringe inzwischen unsere Funde zu Gaber«, warf Bakkun ein und ließ die beiden Expeditionsleiter allein, während er zur Kuppel des Kartographen ging.

»Dann hattest du heute einen guten Tag?« Varian schob ihre düstern Gedanken beiseite. Sie hatte nicht das Recht, Kai mit schlechter Laune zu deprimieren oder ihm die Freude an seinem Erfolg zu verderben.

»Einen sehr guten! Warte nur, bis du die Ergebnisse zu sehen bekommst!« Er führte sie in Richtung Fähre. »Übrigens, wie ist es eigentlich bei dir gelaufen? Kannst du den Nordostabschnitt in den Hügeln für ein Hilfslager freigeben?«

»Sehen wir uns zuerst deine Bänder an!« lenkte sie ab und betrat mit ihm die Pilotenkabine.

»Zugegeben, ich verstehe nicht viel von fremden Lebewesen«, meinte er, während er das Band einlegte und auf die Start-Taste drückte, »aber das hier erscheint einfach unlogisch. Du mußt wissen, wir trafen die goldenen Flieger gut hundertsechzig Kilometer vom Wasser entfernt an ...«

»Was? Das ist doch unmöglich ...«

Das Band lief, und die Vögel kamen ins Bild. Man sah deutlich die Gräser aus ihren Schnäbeln hängen.

»Du hast nicht zufällig ...?«

»Selbstverständlich. Ich nahm Proben von sämtlichen Grünzeugsorten mit.«

»Und die Pflanzen waren wirklich grün – nicht purpurn oder blau ...?«

»Nein – jetzt gib acht!«

»Mann, was sucht der denn hier?« Der Reißer war im Tal aufgetaucht, eine winzige Gestalt, bis ihn die Teleskoplinse etwa in Lebensgröße heranholte. »Das ist das Monster, das Mabel angriff.«

»Es kann unmöglich dasselbe Tier sein!«

»Natürlich nicht. Aber die Bestien sind ungeheuer gefährlich. Wir hatten heute eine Begegnung mit einem der Raubtiere. Es riß einem Pflanzenfresser die Flanke auf, ehe wir dazwischenfuhren. He, das darf doch nicht wahr sein ... der Bursche frißt Gras!« Einen Moment lang schüttelte Varian stumm den Kopf. »Ich möchte doch wissen, was an diesem Gras so Besonderes dran ist. Verdammt merkwürdige Geschichte! Man könnte annehmen, daß sie in ihrem gewohnten Lebensraum alles finden, was sie benötigen. Nun ja, der Reißer haust vielleicht hier. Aber die Flieger ... nein, die ganz bestimmt nicht ...«

»Das dachte ich mir auch. Aber das Verrückteste kommt erst noch ...«

Sie betrachteten gemeinsam die Szene, in der die goldenen Flieger das Raubtier entdeckten, eine Schutzformation bildeten und dann einen geordneten Rückzug antraten.

»Kai! Kai! Mann, wo steckst du denn?« hörten sie Dimenon, den ältesten Geologen des Teams, durch die Fähre rufen! »Kai!«

»Hier, Dimenon, in der Kanzel!« entgegnete Kai und drückte auf die Stop-Taste.

Dimenon sürmte in die kleine Kabine, gefolgt von Margit, die nicht weniger aufgeregt schien als er. »Wir sind doch auf Ireta gelandet, um Transurane zu suchen, oder?« fragte er dramatisch.

»Allerdings.«

»Na, dann haben wir heute eine heiße Spur entdeckt! Ein kolossales Pechblenden-Lager, eine Hauptader! Ich wette meinen Kopf, daß wir damit jede Menge Zaster einnehmen!«

»Wo?«

»Wir folgten wie vereinbart den alten Kernen entlang der Südostlinie. Nun, an der Stelle, wo sie aufhörten, befand sich der Rand einer Geosynklinale mit einer sehr viel späteren Orogenese als die umliegende Region. Margit entdeckte die Ader in dem kurzen sonnigen Abschnitt, den wir hatten. Es war nicht mehr als ein bräunlicher Schimmer. Wir führten eine grobe Triangulation mit seismischen Kernen durch. Und hier ist das Ergebnis!« Dimenon schwenkte den Ausdruckstreifen wie eine Siegesfahne. »Ein reicher Fund – und ganz oben auf der Skala angesiedelt! Das allein rechtfertigt die Expedition. Und bei den vielen jungen Faltengebirgen auf Ireta ist das schätzungsweise erst der Anfang. Wir haben einen Treffer gelandet, Kai, einen Supertreffer!«

Kai klopfte Dimenon auf die Schulter, und Varian umarmte Margit. Dann drängten die übrigen Geologen in die enge Kabine, um dem Team zu gratulieren.

»Ich war schon völlig frustriert«, gestand Triv. »Die kläglichen Vorkommen, die wir bis jetzt entdeckten ...«

Gaber hatte Tintenspuren im Gesicht, aber seine Miene verriet zum ersten Mal gute Laune. »Du vergißt, Triv, daß wir auf einem uralten Kontinentalschild gelandet sind. Da mußte die Suche doppelt schiefgehen.«

»Aber der erste Schritt über den Schild hinaus ...« Wieder schwenkte Dimenon den Streifen und führte einen wilden Tanz auf, bis sich das Ende um Portegins Arm wickelte und einriß. Vorsichtig rollte der Geologe die kostbaren Daten wieder auf und stopfte das Band in die Brusttasche. »An meinem Herzen soll es ruhen ...«

»Ich dachte, dieser Platz sei mir vorbehalten«, protestierte Margit.

Lunzie streckte den Kopf herein. »Ich habe so den Eindruck, daß heute eine Feier ansteht.«

»Sag bloß, du hast heimlich ein paar Flaschen Alkohol an Bord geschmuggelt?« Dimenon hob anklagend den Zeigefinger.

»Das nicht, aber wir haben doch gestern Obst gesammelt, und es gibt verschiedene Möglichkeiten, es zu servieren«, entgegnete Lunzie mit Unschuldsmiene.

Varian lachte los. »Das ist wieder echt Lunzie!«

»Ein dreifaches Hoch auf Lunzie, unsere Ernährungsexpertin und Schwarzbrennerin!«

»Wie kommt ihr nur auf den Gedanken, daß ich Schnaps gebrannt habe?« erkundigte sich Lunzie mißtrauisch.

»Wozu sonst hätte wohl Trizein eine Destillieranlage aufgebaut?«

Das rief erneut schallendes Gelächter hervor. Erst jetzt fiel Varian auf, daß die Plus-G-Weltler bis jetzt nicht erschienen waren. Sie erwähnte zwar nichts vor den anderen, aber sie wurde ein wenig unruhig. Ganz sicher hatte Dimenon auf dem Wege vom Schlitten zur Fähre kein Geheimnis aus seinem Fund gemacht. Wo waren die Plus-G-Leute, daß sie an dem ersten echten Triumph der Expedition keinen Anteil nahmen?

Lunzie erklärte eben, daß sie noch nicht genau sagen könne, wie das Gebräu schmeckte, weil es nicht genügend

Zeit zum Absetzen und Reifen gefunden hatte. Aber Dimenon entgegnete zuversichtlich, daß er volles Vertrauen in ihre Künste setzte. Die Gruppe verließ die Fähre und schlenderte zur großen Aufenthaltskuppel hinüber. Varian sah immer noch nichts von den Plus-G-Weltlern, aber in dem Quartier, das sie gemeinsam bewohnten, brannte Licht. Varian löste lachend das Alarmsignal aus. Im nächsten Moment weitete sich die Irisblende in der Kuppel der Plus-G-Weltler. Ein Kopf und massige Schultern tauchten auf.

»Was gibt es?« fragte Paskutti.

»Habt ihr die Neuigkeit noch nicht gehört, Paskutti? Ein riesiges Pechblende-Lager! Und Lunzie hat aus dem hiesigen Obst Schnaps gebraut, den wir zur Feier des Tages probieren wollen!«

Eine schwere Hand winkte, und die Irisblende schloß sich langsam.

»Zieren sie sich schon wieder?« fragte Kai, der stehengeblieben war und auf Varian wartete.

»Allem Anschein nach begeistern sie sich für andere Dinge als wir ...« Und plötzlich mußte Varian daran denken, wie eigentümlich Paskutti auf den Angriff des Reißers reagiert hatte.

»He, Paskutti, willst du ganz bei der Arbeit versauern?« rief Kai, so laut er konnte. »Tardma, Tanegli, Bakkun ... wo bleibt ihr denn?«

Die Schleuse öffnete sich erneut. Die Plus-G-Weltler kamen mit unbewegten Gesichtern über den Platz geschlendert und schlossen sich den ausgelassenen ›Leichtgewichten‹ an.

5

Nach dem ersten Becher von Lunzies Gebräu empfand Kai wesentlich mehr Respekt vor der Vielseitigkeit der einheimischen Früchte und vor Lunzies bereits sprichwörtlichem Erfindungsgeist beim Zubereiten abwechslungsreicher Kost. Vielleicht entwickelte er sich noch zum Obstfanatiker. Kai liebte bei Getränken eine gewisse Schärfe, und Lunzies Schnaps hatte einen herben Beigeschmack, der ihm ganz besonders zusagte.

Zu seiner Verblüffung sah er, daß Lunzie drei kleine Becher an die Kinder ausschenkte. Als er jedoch gerade protestieren wollte, nickte sie ihm beschwichtigend zu. Kai beobachtete, wie Bonnard vorsichtig an seinem Getränk nippte und dann eine enttäuschte Grimasse schnitt.

»Fies, Lunzie, das ist ja bloß Saft!«
»Sicher, was hattest du denn erwartet?«
»Aber du hast irgendwas reingetan, Lunzie, stimmt's?« erkundigte sich Cleiti. Wie meistens versuchte sie Bonnards Ruppigkeit mit einem Lächeln auszugleichen.
»Genau. Ich bin gespannt, ob du errätst, was es ist.«
»Wird schon wieder was *Gesundes* sein!« maulte Bonnard. Lunzie tat, als habe sie nichts gehört, und wandte sich ab.

Kai ging lächelnd an den Eßtisch und füllte seinen Teller. Es gab synthetische und natürliche Speisen, darunter auch eine Pastete aus den Algen, die Trizein angebaut hatte. Das Zeug schmeckte schwach nach dem Hydrotellurid, das auf diesem Planeten alles durchdrang. Kai dachte einmal mehr, daß diese Mission wunderschön sein könnte, wenn er nicht diesen Gestank ertragen müßte.

Er hielt sich während des Essens ein wenig abseits und beobachtete die anderen Expeditionsteilnehmer, um ihre Reaktion auf den Fund von Dimenon und Margit besser abschätzen zu können. Die Gruppe, die ein Erzlager entdeckte, bekam bei der Heimkehr automatisch eine Prämie, und das konnte zu Neid und Mißgunst führen. Allerdings kannten sie nun die Zusammenhänge, und auch die übrigen Teams würden die nahegelegenen Faltungszonen jüngeren Ursprungs durchstreifen. Kai rechnete für die nächste Zeit mit einer ganzen Reihe von Funden.

Und das bedeutete, daß er bald Verbindung mit dem Mutterschiff aufnehmen mußte. Wie lange konnten er und Varian noch geheimhalten, daß die Expedition keinen Kontakt mehr mit dem EV hatte? Ganz bestimmt erwarteten die Teams vom Satellitenschiff eine gewisse Anerkennung für ihre Leistungen. Nun, er verstieß wohl nicht gegen die Regeln, wenn er mit seinem Report wartete, bis sie Ireta gründlich erforscht und den Ertrag abgeschätzt hatten. Das gab ihm wieder eine Frist von ein paar Tagen. Und es lag durchaus im Rahmen des Normalen, wenn die Leute auf dem Mutterschiff die Botschaft erst acht oder zehn Tage später abfragten. Erst danach mußten er und Varian eingestehen, daß die Nachrichtenverbindung abgebrochen war. Vielleicht hatte zu diesem Zeitpunkt das Schiff die Interferenz-Zone des kosmischen Sturms bereits überwunden und die Berichte ausgewertet. Kai beschloß, das Problem im Moment noch beiseitezuschieben, und genehmigte sich einen kräftigen Schluck von Lunzies Gebräu. Es floß angenehm durch die Kehle und schmeckte nur ganz schwach nach Hydrotellurid.

Als Kais Blicke durch den Raum schweiften, fiel ihm auf, daß Varian die Plus-G-Weltler aufmerksam beobachtete. Eine steile Falte zwischen ihren Augenbrauen verriet leise Verwunderung. Paskutti lachte (ein ungewöhnlicher Anblick!) über irgendeine Bemerkung von Tanegli. Konnte es sein, daß Lunzies Obstschnaps die Plus-G-Weltler ein wenig lockerte? Das sollte Varian eigentlich nicht in Erstaunen versetzen. Kai ging zu ihr hinüber.

»Hast du Paskutti noch nie lachen gesehen?«

»Mann, Kai, hast du mich erschreckt!«

»Tut mir leid. Aber sie ... sie sind doch nicht etwa von dem Zeug betrunken ...«

Varian musterte nachdenklich ihren Becher. »Sie haben nicht mehr erwischt als ich, aber sie wirken ... verändert.«

»Ich bemerke keinen besonderen Unterschied, Varian. Gewiß, ich sehe Paskutti heute zum zweitenmal überhaupt lachen, und ich arbeite seit drei Standardjahren mit dem Mann zusammen. Aber das ist doch kein Grund zur Besorgnis.« Er warf ihr einen scharfen Blick zu. »Oder war heute etwas Besonderes los?«

»Ja und nein. Ach, ein ziemlich brutales Schauspiel ... ein Reißer, der eines dieser Herdentiere von Mabels Typ angriff. Scheußlich.« Sie warf den Kopf zurück und lächelte dann gezwungen. »Ich glaube, ich habe zuviel Umgang mit zahmen Tieren.«

»Wie den Galormis?«

Sie schüttelte sich. »Du verstehst es, mich aufzuheitern!« Kai lachte, und sie stimmte ein. »Nein, die Galormis waren auf ihre Weise schlau. Sie brachten es fertig, daß wir sie ins Herz schlossen, wie die Tiere, die wir in all den Tridi-Filmen kennen und lieben gelernt hatten. Dabei hat uns mein guter alter Veterinär-Professor immer davor gewarnt, einem Tier zu trauen, egal wie gut wir es kannten oder wie sehr wir es mochten. Aber ... ach was, die mürrische Clique geht mir wohl ein wenig auf die Nerven, und ich fange an, mir dies und jenes einzubilden! Genießen wir lieber den Abend! Morgen steht uns ein anstrengender Tag bevor.« Sie senkte die Stimme und trat dicht neben Kai. »Sollen wir einen Bericht ans Mutterschiff loslassen?«

»Darüber hatte ich eben nachgedacht.« Kai erzählte ihr von seinem Entschluß, das Problem noch eine Zeitlang aufzuschieben.

»Einverstanden, Kai. Ich glaube, das ist die vernünftigste Lösung. Aber wenn sie sich nach dieser Frist immer noch nicht rühren ...« Varian seufzte und wechselte das Thema. »Sag mal, Kai, könntest du die Theks bei eurem nächsten Kontakt nicht fragen, ob sie etwas von einer früheren Expedition nach Ireta wissen?«

»Hm, soll ich dabei eher Neugier oder Mißbilligung anklingen lassen?«

»Sind die Theks denn empfänglich für emotionelle Anstöße?«

»Ich bezweifle es, aber man muß sie irgendwie dazu bringen, aktiv über alles nachzudenken.«

»Bis die mit einem Gedankengang durch sind, befinden wir uns vielleicht nicht mehr auf Ireta.« Sie machte eine Pause und fügte dann, irgendwie erstaunt über die eigenen Worte, hinzu: »Du glaubst doch nicht, daß der Thek-Älteste persönlich an der ersten Expedition teilgenommen hat?«

»Varian, es dauert eine Jahrmillion, um die tektonischen Veränderungen zu schaffen, die sich anhand der versunkenen Kerne ablesen lassen. Nicht einmal ein Thek lebt so lange.«

»Sein Sohn vielleicht? Eine direkte Weitergabe der Erinnerungen? Ich weiß, daß so etwas zwischen den Generationen üblich ist.«

»Das würde einiges erklären.«

»Was zum Beispiel?«

»Auf welche Weise das Wissen über Ireta verlorenging. Durch ungenaue Weitergabe von Erinnerungen ...«

»Du bist ein undankbarer Mensch, Kai! Erst nehmen dir die Theks die Hälfte der Arbeit ab, und dann gönnst du ihnen nicht mal ihre Unfehlbarkeit!«

Kai warf ihr einen unsicheren Blick zu, aber er merkte, daß sie nur Spaß machte.

»Leider nicht die gefährliche Hälfte: Sie haben sich damit begnügt, den Kontinentalschild auszustecken. Da fällt mir übrigens etwas ein: Könntest du morgen die Plus-G-Weltler aus deiner Mannschaft entbehren? Wir müssen eine Menge Ausrüstung verladen, und nach Dimenons Schilderung ist das Gelände tückisch. Gaber brauchen wir ebenfalls. Er soll an Ort und Stelle genaue Karten anfertigen.«

»Wer bleibt dann noch für den Lagerdienst übrig?«

»Lunzie will sich auf Abruf bereithalten. Divisti muß noch einige Versuchsreihen durchführen, und Trizein rührt sich bestimmt nicht aus seinem Labor. Ach, verflixt, unser Jungvolk ...«

»Keine Sorge, die Kinder übernehme ich. Ich möchte mir die Ader gern selbst ansehen; dabei stören sie mich nicht. Wir drehen ein paar Runden und verschwinden dann, damit du in Ruhe arbeiten kannst. Ich denke, Bonnard kommt mit dem Markiergerät zurecht, wenn wir die Umgebung nach einheimischen Lebensformen absuchen. Das Ganze ist völlig ungefährlich, solange wir im Schlitten bleiben«, fügte sie hinzu, als Kai zu einem Einwand ansetzte.

In diesem Moment gesellte sich Lunzie zu ihnen, und Kai begann ihre neueste Kreation überschwenglich zu loben.

Lunzie warf einen skeptischen Blick auf den halbleeren Krug.

»Ich bin mit dem Geschmack noch nicht zufrieden. Vielleicht gelingt es mir, das Hydrotellurid herauszufiltern, wenn ich das Zeug ein zweites Mal destilliere.«

»Streng dich an, Lunzie, streng dich an!« lachte Kai und reichte ihr den Becher zum Nachfüllen, aber sie schüttelte den Kopf.

»Du kannst dir morgen keinen Brummschädel leisten. Und das Gebräu ist stark.« Lunzie nickte zu den Plus-G-Weltlern hinüber, deren Gelächter immer häufiger durch die Kuppel dröhnte. »Bei ihnen setzt die Wirkung schon ein, und sie vertragen im allgemeinen mehr Alkohol als wir.«

»Sie sehen tatsächlich betrunken aus, findest du nicht auch, Varian?«

»Betrunken? Ich weiß nicht recht ...« Es konnte eine Erklärung für ihr merkwürdiges Verhalten sein, dachte Varian. Bei manchen Rassen wirkte Alkohol als schwaches Aphrodisiakum. Sie hatte allerdings noch nie gehört, daß er Plus-G-Weltler in dieser Richtung beeinflußte. Während sie noch überlegte, ob sie mit ihnen sprechen sollte, verließ die Gruppe wie auf ein geheimes Kommando hin die Kuppel.

»Na, wenigstens erkennen sie ihre Grenzen«, meinte Lunzie. »Ich werde ihren stummen Rat beherzigen und die Versuchung beiseite räumen.«

Varian beschwerte sich, daß sie erst ein einziges Glas getrunken hatte. Lunzie schenkte ihr noch einen winzigen Schluck ein und ging dann zur Schleuse. Gaber wollte ihr folgen, aber an der Tür rief Kai ihn zurück. Stirnrunzelnd trat er zu den beiden Expeditionsleitern.

»Der Abend hat doch eben erst begonnen«, meinte er säuerlich. »Warum mußte sie den Schnaps jetzt schon wegräumen?«

»Sie hatte das Gefühl, daß er etwas zu stark geraten ist.« Varian betrachtete mißtrauisch die blaßgrüne Flüssigkeit in ihrem Becher. »Auf die Plus-G-Leute zumindest hatte er seine Wirkung nicht verfehlt.«

Gaber fauchte verächtlich. »Sie läßt uns auf dem trockenen sitzen, nur weil die Typen mit den harten Muskeln nichts vertragen!«

Kai und Varian tauschten einen raschen Blick. Gabers Aussprache war undeutlich, aber selbst schien er es nicht zu merken. Er nahm einen Schluck und genoß ihn mit halbgeschlossenen Augen. »Das erste vernünftige Gesöff auf diesem Planeten«, meinte er. »Das erste Ding überhaupt, das nicht stinkt! Und Lunzie macht sich damit aus dem Staub! Das ist nicht fair. Einfach nicht fair.«

»Wir haben einen harten Tag vor uns, Gaber.«

»Stammt der Befehl, uns auf kleine Rationen zu setzen, etwa von *euch*?« Gaber schien nur allzu bereit, seinen Ärger über Lunzie an Kai und Varian auszulassen.

»Nein. Sie ist unsere Ärztin und Ernährungsexpertin, Gaber. Das Gebräu hat allem Anschein nach eine unvorhergesehene Wirkung. Es könnte zu körperlichen Beschwerden führen, und morgen ...«

»Ich weiß, ich weiß.« Gaber unterbrach Kai mit einer ungeduldigen Handbewegung. »Wir haben einen harten Tag vor uns. Aber ich finde es nicht schlecht, daß wir auf einen solchen Trost zurückgreifen können, wenn wir ...« Er stockte und warf Kai einen ängstlichen Blick zu, doch der tat, als habe er nichts bemerkt. »Irgendwie schmeckt das Zeug doch sonderbar«, murmelte er und entfernte sich hastig.

»Daß wir auf einen solchen Trost zurückgreifen können, wenn wir ... Was meint er damit, Kai?« fragte Varian besorgt.

»Gaber hat den verrückten Verdacht, daß wir hier ausgesetzt wurden.«

»Ausgesetzt?« Varian preßte eine Hand auf die Lippen und prustete dann los. »Das bezweifle ich. Nicht auf einem Planeten wie Ireta, der so viele Transurane enthält! Unmöglich. Die Konföderation ist auf diese Vorkommen angewiesen. Und man hat uns keinerlei Ausrüstung für den Abbau der Metalle mitgeliefert. Von einer Anlage zur Gewinnung der Transurane ganz zu schweigen! Gaber ist der geborene Pessimist. Er sieht immer alles kohlschwarz.«

»Ich habe ihn auch ausgelacht, Varian, aber ...«

»Das will ich schwer hoffen, Expeditionsleiter Kai!« Varian warf ihm einen strengen Blick zu. »Der Gedanke ist lächerlich, idiotisch! Und ich wäre heilfroh, wenn das Satellitenschiff endlich unsere Berichte bestätigen würde, damit auch die letzten Zweifel verschwinden.« Sie warf Kai einen zornigen Blick zu und schüttelte dann den Kopf. »Nein, das kann er mir nicht weismachen. Wir sind nicht ausgesetzt. Aber wenn wir nicht bald eine Nachricht vom Mutterschiff kriegen, müssen wir damit rechnen, daß Gaber mit diesem Gerücht hausieren geht.« Sie drehte ihren leeren Becher in der Hand. »Verdammte Lunzie! Gerade jetzt könnte ich einen anständigen Tropfen brauchen!«

»War es nicht beschlossene Sache, daß wir uns im Moment keine Sorgen um das Mutterschiff machen?«

»Ich mache mir keine Sorgen. Aber man wird doch noch meckern dürfen! Mir schmeckt das Zeug. Es hat einen ganz eigentümlichen Beigeschmack.«

»Vermutlich irgendwelche Vitamine«, grinste Kai, der an Bonnards Beschwerde denken mußte.

Varian lachte laut. »Das sähe Lunzie ähnlich! Für unsere Gesundheit tut sie alles.«

Dimenon hatte den Arm besitzergreifend um Margit gelegt und kam zu ihnen herübergeschlendert. Er konnte nicht mehr getrunken haben als die anderen, da Lunzie den

Krug nicht aus den Augen gelassen hatte, aber sein Gesicht war gerötet, und er wirkte sehr ausgelassen. Dimenon beharrte darauf, daß man das Pechblende-Lager nach Margit benennen müsse, und sie hielt dagegen, daß sie diesen Triumph teilen sollten, wie es bei jedem Team üblich ist. Nach und nach mischten sich die anderen in das Geplänkel ein, bis eine laute, fröhliche Diskussion in Gang war.

Gaber schien nicht der einzige zu sein, der sich über Lunzies vorzeitigen Rückzug mit dem Schnapskrug ärgerte, und Kai hörte zu seiner Verblüffung eine ganze Reihe verdeckter Beschwerden über die Plus-G-Weltler. Die Spannungen waren ihm bisher nicht aufgefallen, da er sich in erster Linie darum bemüht hatte, keine Eifersucht und Reibereien zwischen den geologischen Teams aufkommen zu lassen.

Am nächsten Morgen hatte er einen Grund mehr, über die Plus-G-Leute nachzudenken, denn sie arbeiteten nicht in der gewohnten ruhigen und zuverlässigen Weise. Ihre Bewegungen wirkten träge und ungeschickt, sie sahen müde aus und schwiegen mürrisch.

»Bei den paar Tropfen Schnaps können sie doch keinen Kater haben!« flüsterte Varian ihm zu, denn auch in ihrer Gruppe herrschte verdrossene Apathie. »Und sie hatten in ihrem Quartier früh dunkel. Eigentlich müßten sie genug Schlaf gefunden haben.«

»Du weißt ja nicht, ob sie gleich schliefen ...«, entgegnete Kai mit einem Grinsen.

Varian starrte ihn verständnislos an, doch dann begann sie leise zu kichern. »Ich vergesse immer wieder, daß die Kolosse auch so etwas wie ein Sexualleben besitzen. Auf ihren eigenen Welten scheint es ein unheimlicher, geradezu zwanghafter Zyklus zu sein. Im allgemeinen leben sie jedoch enthaltsam, wenn sie sich auf einer Expedition befinden.«

»Aber die Enthaltsamkeit schreibt ihnen keiner vor, oder?«

»Nein, es ist nur ...« Sie schüttelte verwirrt den Kopf. »Ach was, sie werden schon wieder zur Vernunft finden, wenn sie da unten schuften!« Sie deutete auf das hügelige Gelände, das sich immer steiler auffaltete, bis die Überschiebungskette den Horizont beherrschte. Kai und Varian standen am Fuß des Sattels, der das Pechblende-Depot enthielt, und verfolgten mit den Blicken den Verlauf der Faltung. An den Stellen, wo der Wind die Bodenkrume weggeweht hatte, war die braunglänzende Ader gut sichtbar. »Das ist ein gewaltiges Vorkommen, Kai. Und es befindet sich an einer leicht zugänglichen Stelle. Die Abbauschiffe brauchen nur zu landen und das Zeug in ihre Luken zu schaufeln.« Sie spreizte die Finger zu Klauen und unterstrich ihre Worte durch die entsprechenden Gesten.

»Ich wußte gar nicht, daß du schon mal mit einem Geologen-Team gearbeitet hattest.«

»Galorm wurde wegen seiner Mineralien erforscht, nicht wegen der einheimischen Lebensformen, Kai. Zugegeben, die Fauna machte letzten Endes die Schlagzeilen, aber wir Xenos waren im Grunde nur lästige Anhängsel der Expedition.«

»Stört dich das eigentlich?«

»Was? Daß wir immer erst an zweiter Stelle kommen?« Sie zuckte mit den Schultern und lächelte schwach. »Nein, Kai. Die Energie eines Planeten ist nun mal von größerer Bedeutung als seine Lebensformen.«

»Das Leben ...« Er machte eine Pause, um das Wort zu unterstreichen. »Das Leben ist viel wichtiger als jede unbeseelte Materie ...« Er deutete auf die Pechblende.

»Aber die unbeseelte Materie dient nun mal zufällig dazu, Leben zu erhalten, auf anderen Welten ebenso wie im All. Unsere Aufgabe ist es, das Leben zu erhalten, zu schützen und zu erforschen. Ich bin auf Ireta, um das hiesige Leben zu erforschen, und du bist hier, um sicherzustellen, daß das Leben anderswo wie bisher in seinem großartigen und ruhmreichen Ausmaß weitergehen kann. Laß dir meinetwegen keine grauen Haare wachsen, Kai! Die Erfahrungen, die ich hier gewinne, können mich eines Tages genau dahin führen, wo ich sein möchte ...«

»Und das wäre?« Kai beugte sich vor und beobachtete, wie Paskutti und Tardma einen Seismographen den Berg hinaufschleppten.

»Am liebsten würde ich als Naturschützerin auf einem Planeten arbeiten.« Sie spürte, daß seine Aufmerksamkeit geteilt war. »Aber dazu ist ein langer Weg nötig. Ich kümmere mich jetzt erst einmal um diese Flieger, die du mir gezeigt hast. Vielleicht fange ich am besten in dieser Region an.«

Sie hielten beide den Atem an, als Tardma mit den teuren Instrumenten am Rücken plötzlich zu schwanken begann und nur mühsam das Gleichgewicht wiederfand.

»Verdammt, ich möchte doch wissen, was Lunzie in diesen Schnaps gemischt hat! Die Plus-G-Weltler benehmen sich schon sehr merkwürdig!«

»Ich glaube, das liegt eher an Ireta als an Lunzies Mixkünsten. Uns hat der Alkohol doch auch nicht geschadet! So, ich sammle jetzt das Jungvolk ein und verschwinde.«

»Es kann sein, daß ich den großen Schlitten noch benötige.«

»Wir sind spätestens bei Sonnenuntergang zurück. Rühr dich, falls du ihn eher brauchst!« Sie deutete auf ihren Armband-Kommunikator.

Bonnard maulte ein wenig, weil er den Schauplatz des Geschehens noch vor der ersten seismischen Detonation verlassen sollte, als ihm aber Dimenon erklärte, daß die Vorbereitungen dazu mehrere Stunden dauerten, kam er friedlich mit.

Terilla hatte ihre dicken Handschuhe übergestreift und sammelte begeistert Proben von einigen Kletterpflanzen mit üppigen Blüten, die sie gewissenhaft in Behälter packte, um sie Divisti mitzubringen. Cleiti, die nur selten von Bonnards Seite wich, beobachtete das Tun des jüngeren Mädchens mit hochmütiger Herablassung. Varian scheuchte das Trio zum Schlitten und befahl ihnen, die Sitzgurte anzulegen. Als sie wie gewohnt das Instrumentenbord kontrollierte, blieb ihr Blick verblüfft an der Einsatz-Anzeige hängen. Zwölf Stunden Flugzeit – so lange hatte sie am Vortag nie und nimmer gebraucht! Selbst wenn sie die beiden Stunden von der Fähre bis hierher in die Berge abzog, war sie höchstens sechs Stunden unterwegs gewesen. Das ließ eine gewaltige Differenz offen ... und bedeutete, daß der Schlitten schnellstens gewartet und nachgeladen werden mußte.

Am besten besprach sie die Angelegenheit abends mit Kai. Vielleicht hatte sie ihren Flug nicht richtig aufgezeichnet, oder die Geologen hatten den Schlitten benutzt, während sie sich hier in der Gegend umsah.

Da sie ein ziemlich unerforschtes Gebiet überflogen, erklärte Varian Bonnard die Zielvorrichtung des Markierstrahlers und Cleiti den Umgang mit dem Anzeigegerät, während Terilla die Aufsicht über den Recorder erhielt. Die jungen Leute zeigten sich begeistert über die neuen verantwortungsvollen Aufgaben und hörten aufmerksam zu, als Varian ihnen das Flugraster erläuterte, mit dessen Hilfe sie die Region nach gefährlichen Lebensformen absuchen wollte. Auch wenn die Biologin bezweifelte, daß die Begeisterung der Kinder lange anhielte, empfand sie ihren Eifer und Optimismus als angenehme Abwechslung zur düsteren Gesellschaft der Plus-G-Weltler.

Die drei jungen Leute hatten seit ihrer Landung auf Ireta bisher erst einmal das Lager verlassen und deshalb kaum eine Chance gehabt, das harte Leben auf einer ursprünglichen Welt aus der Nähe kennenzulernen. Sie unterhielten sich gutgelaunt, während Varian den Schlitten startete und die geologische Fundstelle abzufliegen begann.

Anfangs schwieg das Anzeigegerät. Die meisten Tiere der Umgebung waren klein und hielten sich gut versteckt. Bonnard triumphierte, als es ihm gelang, einige Baumbewohner zu markieren, die nach Varians Ansicht Nachtgeschöpfe waren, da nicht einmal der Lärm des Schlittens sie aus den Nestern scheuchte. Terilla meldete von Zeit zu Zeit, daß der Recorder lief, aber in dem Gelände, das sie überflogen, waren Einzelheiten schwer zu erkennen. Als sie dann in den Vorbergen eine Umkehrschleife flogen, störte das Kreischen des Schlittens eine Gruppe schnellfüßiger kleiner Tiere auf, die Bonnard begeistert markierte und Terilla ebenso begeistert filmte. Cleitis großer Moment kam, als das Anzeigegerät ein paar Höhlengeschöpfe meldete. Die Tiere selbst blieben unsichtbar, aber die Signale waren so leise, daß man kleine Lebewesen voraussetzen konnte, die den Geologen hier draußen kaum gefährlich werden konnten.

Varian kam zu dem Schluß, daß keine Lebensformen von potentiell gefährlicher Größe in den Hügeln rund um das Pechblendelager hausten. Aber, so schärfte sie den Kindern ein, die Größe allein war nicht ausschlaggebend. Gerade unter den kleinsten Geschöpfen gab es einige todbringende Arten. Die Gegner, die man kommen hörte, stellten die geringste Gefahr dar, denn man konnte immer noch die Flucht ergreifen, Bonnard rümpfte bei diesem Gedanken die Nase.

»Ich mag Pflanzen viel lieber als Tiere«, meinte Terilla.

»Pah, Pflanzen können auch gefährlich sein!« trumpfte Bonnard auf.

»Du denkst wohl an die Schwertpflanzen?« fragte Terilla. Ihre Stimme klang so unschuldig, daß Varian nicht erkennen konnte, ob ihre Worte naiv oder boshaft waren.

Bonnard war es sichtlich unangenehm, daß sie ihn an seine schmerzhafte Begegnung mit dieser besonderen Pflanze erinnerte. Man merkte, daß er insgeheim auf Rache sann.

»Achtet auf die Geräte!« mahnte Varian, um jeden Streit im Keim zu ersticken.

Der Schlitten überflog ein Gebiet mit niedrigen Bäumen und dichtem Unterholz, und die Signale des Anzeigegeräts ertönten jetzt lauter und häufiger. Varian beschloß, die Gegend genauer zu erforschen. Das Gelände war felsig und sehr steil; das ließ darauf schließen, daß die Bewohner keine Pflanzenfresser waren. Nachdem sie jedoch ein paarmal über dem Sektor gekreist waren, ohne irgendeine Gefahr zu entdecken, entschied Varian, daß man das Risiko vernachlässigen konnte, insbesondere da sich das Gebiet weit genug von der Erzfundstelle entfernt befand. Sie speicherte die Koordinaten für den Fall, daß man die Gegend später auf dem Landweg erforschte. Auch wenn es auf Ireta eine Reihe von gefährlichen Pflanzenformen gab, hatte es wenig Sinn, übervorsichtig zu sein. Kai mußte das Hilfslager eben an einem höhergelegenen Hang errichten, wo die Reißer im Normalfall keine Nahrung mehr fanden. Zur Abwehr giftiger Insekten und kleinerer Raubtiere reichte das Schutzfeld aus. Sie konnte sich nicht vorstellen, daß eine Herde von Mabels Artgenossen die Hänge heraufgekeucht kam und das Lager niedertrampelte.

Varian beendete ihren Beobachtungsflug. Sie forderte die Kinder auf, die Gurte, die sie beim Bedienen der Instrumente gelockert hatten, wieder festzuziehen, gab die Koordinaten der Inlandsee ein und schaltete den Antrieb auf volle Kraft.

Dennoch dauerte es gut anderthalb Stunden, ehe sie ihr Ziel erreichte. Sie bedauerte, daß Divisti noch keine Zeit gefunden hatte, die Gräser zu analysieren, die Kai und Bakkun im Rift-Tal gesammelt hatten. Der Bericht hätte ihr vielleicht Aufschluß über die Lebensgewohnheiten der Flieger gegeben. Aber vielleicht war es sogar vernünftiger, diese faszinierenden Geschöpfe ohne vorgefaßte Meinung zu beobachten.

Varian empfand die Gesellschaft der Jugendlichen als angenehm. Sie stellten eine Menge aufgeweckter Fragen – manchmal leider auch zu Randbereichen, von denen sie wenig Ahnung hatte. Allem Anschein nach bedauerten sie es, daß sie kein transportabler Datenspeicher war.

Cleiti entdeckte die Flieger zuerst und gab damit später auch mächtig an. Die Geschöpfe saßen nicht, wie Varian unterbewußt angenommen hatte, auf den Klippen und Felsensimsen ihrer natürlichen Umgebung, und sie suchten auch nicht einzeln nach Nahrung. Eine große Gruppe (Varian vermied den Begriff Schwarm, denn darunter verstand sie eine lockere Ansammlung von Tieren, während die Flieger straff organisiert schienen) hatte sich am breiten, tiefen

Ende der Inlandsee versammelt, da wo die Klippen sich zu einem schmalen Isthmus verengten und bei Flut Wasser vom offenen Meer eindrang; die Gezeitenströmung war allerdings so schwach, daß der Seespiegel am fünfzig Kilometer entfernten Gegenufer höchstens ein paar Zentimeter anstieg.

»Ich habe noch nie ein solches Verhalten bei Vögeln beobachtet!« rief Bonnard.

»Wann hast du je Vögel im freien Flug beobachtet?« fragte Varian und schämte sich gleich darauf, weil ihr Tonfall schärfer geklungen hatte als beabsichtigt.

»Oh, ich war schon öfter an Land«, entgegnete Bonnard mit leisem Vorwurf. »Und es gibt schließlich Übungsfilme. Die sehe ich mir alle an. Also, diese Vögel lassen sich mit keiner anderen Rasse vergleichen, die ich kenne.«

»Ich wollte dich nicht kränken, Bonnard. Außerdem bin ich vollkommen deiner Meinung.«

Die goldenen Flieger zogen langsam und in strenger Formation über das Wasser. Der Schlitten war noch ein gutes Stück entfernt, und so konnten die Beobachter nicht erkennen, weshalb die Vögel plötzlich mit einem Ruck ihr Tempo verlangsamten. Einige Flieger sackten ein Stück nach unten ab, fingen sich aber mit kräftigen Flügelschlägen und nahmen ihre Plätze in der Formation wieder ein. Die ganze Gruppe stieg höher und entfernte sich über das Wasser.

»He, die haben doch was in den Klauen!« rief Bonnard, der Cleiti vom Schirm verdrängt und die Szene mit dem Teleskop näher herangeholt hatte. »Ich könnte schwören, daß es ein Netz ist! Klar ist es eins! Sie ziehen damit Fische aus dem Wasser. Mann, o Mann! Und seht doch, was sich da unten abspielt!«

Varian hatte inzwischen die Optik ihrer Gesichtsmaske verstellt, und die Mädchen standen dicht neben Bonnard, wo sie den winzigen Bildschirm des Recorders beobachteten. Das Wasser brodelte und schäumte, als die Bewohner der Tiefe immer wieder versuchten, das Netz an sich zu reißen.

»Netze! Wie in aller Welt können Vögel Netze herstellen?« murmelte Varian vor sich hin.

»Ich kann an ihren Schwingen Klauen erkennen ... etwa in der Mitte, wo sie das Dreieck bilden. Es läßt sich zwar von hier aus nicht feststellen ... aber wenn sie auf der Gegenseite so etwas wie Finger besitzen, Varian, dann könnten sie sehr wohl Netze anfertigen.«

»Sie könnten, ja, und müssen es auch getan haben, denn wir kennen bisher auf Ireta keine andere Rasse, die intelligent genug wäre, um Netze zu knüpfen.«

Cleiti preßte die Hand vor den Mund und kicherte. »Das wird den Ryxi aber gar nicht passen.«

»Warum nicht?« Bonnard schaute die Freundin mit gerunzelter Stirn an. »Wir bekamen in Xenobiologie immer eingeschärft, daß intelligente Fluggeschöpfe sehr selten sind.«

»Die Ryxi halten sich aber für die einzigen klugen Vögel des Universums«, entgegnete Cleiti. »Erinnere dich nur an Vrls Gehabe ...« Sie streckte den Hals, zog die Schultern hoch, schwang die Arme hin und her wie Flügel und nahm einen so arroganten Gesichtsausdruck an, daß die Ähnlichkeit mit dem überheblichen Vrl perfekt war.

Varian lachte, bis ihr Tränen in den Augen standen. »Paß auf, daß Vrl das nie sieht, Kind!« keuchte sie. »Woher hast du denn dieses Schauspieltalent?«

Bonnard und Terilla musterten sie nahezu ehrfürchtig, und Cleiti genoß ihren Erfolg sichtlich.

»Sag, kannst du noch mehr Leute nachmachen?« wollte Bonnard wissen.

»Nicht jetzt, Kinder!« wehrte Varian ab. »Später. Ich will das Verhalten der goldenen Flieger unbedingt aufnehmen.«

Die drei jungen Leute begaben sich augenblicklich an ihre Geräte, und der Schlitten folgte den schwerbeladenen Fischern zu den fernen Klippen. Varian hatte genügend Zeit, um über die tiefere Bedeutung dieses ›Fischzugs‹ nachzudenken. Die goldenen Geschöpfe waren ohne jeden Zweifel die intelligentesten Lebensformen, die sie bis jetzt auf Ireta angetroffen hatten. Und ihr war keine andere Vogelart bekannt, die regelrechte Arbeitsgemeinschaften bildete. Bonnards Lehrer hatten nicht ganz recht, wenn sie behaupteten, es gäbe kaum intelligente Fluggeschöpfe. Richtiger war, daß es unter den intelligenten Fluggeschöpfen kaum dominante Arten gab. In den meisten Fällen befanden sich die geflügelten Rassen nämlich in einem sehr harten Konkurrenzkampf mit den Bodenbewohnern, daß sie ihre gesamte Intelligenz dazu aufwenden mußten, Nahrung zu beschaffen, das Nest zu schützen und die Brut großzuziehen. Sobald eine Lebensform die als Greifwerkzeuge nutzbaren Arme verkümmern ließ und statt dessen Flügel entwickelte, hatte sie zwar bessere Fluchtchancen, aber einen gewaltigen Nachteil beim Behauptungskampf gegen andere Rassen.

Die goldenen Flieger von Ireta besaßen allem Anschein nach neben ihren Schwingen rudimentäre Greiffinger, ein Phänomen, das ihnen entscheidende Vorteile verschaffte.

Hin und wieder glitten kleinere Fische aus dem Netz und klatschten zurück ins Meer. Am Aufschäumen des Wassers erkannte man, daß sich die Bewohner der Tiefe um diese Beute stritten. Zweimal tauchten Monsterschädel an die Oberfläche, als die Flieger mit ihrer verlockenden Last vorbeizogen.

Kurz darauf entdeckten die vier Beobachter hoch in den Wolken eine neue Gruppe der goldenen Flieger. Die Vögel erreichten das Netz, faßten es mit den Klauen und lösten ihre Gefährten ab, die den Fang in die Höhe geschleppt hatten.

»Wie schnell fliegen sie jetzt, Varian?« fragte Bonnard, denn die Xenobiologin hatte die Schlittengeschwindigkeit dem Tempo der Vögel angepaßt.

»An die zwanzig Stundenkilometer, aber ich schätze, daß sie jetzt, da die Verstärkung eingetroffen ist, schneller werden.«

»Sie sind wunderschön«, sagte Terilla leise. »Selbst bei der harten Arbeit wirken sie noch elegant. Und wie sie leuchten!«

»Sie sehen aus wie in Sonnenlicht gehüllt«, meinte Cleiti. »Dabei scheint die Sonne überhaupt nicht.«

»Eben!« warf Bonnard ein. »Ein verrückter Planet, auf dem wir da gelandet sind! Er stinkt, und nie scheint die Sonne. Jedenfalls habe ich sie noch kein einziges Mal gesehen.«

»Bitte sehr – deine Beschwerde ist angekommen!« rief Terilla, als sich genau in diesem Moment die Wolken teilten und einen Spalt des grünen Himmels freigaben. Weißgelb stach die Sonne herunter.

Varian lachte mit den anderen. Sie bedauerte fast, daß sich die Gesichtsmaske sofort dunkel tönte, denn so konnte sie nur an den Schatten der Wasseroberfläche erkennen, daß es im Moment heiter war.

»Wir werden verfolgt«, stellte Bonnard belustigt fest, aber in seiner Stimme schwang eine Spur von Entsetzen mit.

Mächtige Körper durchbrachen das Wasser und stürzten sich auf den Schatten, den der Luftschlitten warf.

»Ich bin froh, daß die uns nicht erwischen können«, sagte Cleiti eingeschüchtert.

»He, das ist ja der schiere Wahnsinn!« Bonnard wirkte so verblüfft, daß Varian sich zu ihm umdrehte.

»Was denn, Bonnard?«

»Keine Ahnung. Ich habe so ein Ding noch nie im Leben gesehen, Varian.«

»Ist es auf dem Band?«

»Nein, tut mir leid«, entschuldigte sich Terilla. »Der Recorder war auf die Flieger gerichtet.«

»Gib mal her, Ter, ich weiß, an welche Stelle ich schwenken muß.« Bonnard setzte sich an das Gerät, und Terilla rutschte zur Seite.

»Das erinnert an ein Stück Stoff, Varian«, murmelte Bonnard, als er sein Ziel über das Heck des Schlittens anvisierte. »Die Ränder bewegen sich, und dann ... dreht es sich irgendwie um die eigene Achse. Da kommt noch eines!«

Die Mädchen stießen kleine Angstschreie aus. Varian schwenkte den Pilotensitz halb herum und sah einen Moment lang ein graublaues Ding, das in der Tat wie ein Stück Stoff in einer starken Brise flatterte. Sie erspähte auf halber Höhe der Ränder zwei Spitzen (Klauen?), dann kippte das Ding über und verschwand im Wasser – nicht mit einem Klatschen, wie Cleiti feststellte, sondern eher mit einem wispernden Geräusch.

»Bonnard, wie groß könnte das Ding gewesen sein?«

»Vielleicht einen Meter längs der Kanten, aber das ist schwer zu sagen, weil es sich ständig bewegte. Ich habe die Aufnahmegeschwindigkeit erhöht, damit du später die Einzelheiten besser erkennst.«

»Das nenne ich mitgedacht, Bonnard!«

»Da kommt schon wieder eines. Mann, seht euch das Tempo an!«

»Lieber nicht«, meinte Terilla. »Aber woher weiß es, daß wir hier sind? Es scheint weder Augen noch Fühler oder sonstwas zu besitzen. Wie erkennt es dann den Schatten des Schlittens im Wasser?«

»Mit den beweglichen Rändern?« überlegte Bonnard. »Womöglich eine Art Sonar?«

»Nicht, wenn es aus dem Wasser schnellt«, widersprach Varian. »Vielleicht gibt uns das Band näheren Aufschluß darüber. Merkwürdig, die beiden Spitzen an den Seiten ... ob das Klauen sind?«

»Wäre das denn schlimm?« Bonnard hatte die Verwirrung in ihren Zügen gelesen.

»Nicht schlimm, Bonnard, nur verdammt ungewöhnlich. Bei den Fliegern, den Pflanzenfressern und den Reißern kann man von einem Fünffingersystem ausgehen, eine Entwicklung, die man häufig antrifft. Aber zwei Finger an jeder Seite ...«

»Ich habe mal Flug-Longies gesehen«, warf Cleiti ein. »Die waren einen Meter lang und schlängelten sich durch die Luft, kilometerweit, obwohl sie überhaupt keine Füße oder sonstwas hatten ...«

»Das war wohl auf einem Planeten mit niedriger Schwerkraft?«

»Ja, Varian. Die Atmosphäre war leicht ... und trocken!«

Die Sonne hatte sich wieder hinter den Wolken versteckt, und der gewohnte Nieselregen hüllte sie ein. Die anderen lachten über Cleitis Stoßseufzer.

»Finger sind ein wichtiger Evolutionsfaktor, nicht wahr, Varian?« fragte Bonnard.

»Ein sehr wichtiger. Man kann Intelligenz besitzen, aber solange eine Rasse es nicht schafft, Werkzeuge zu benutzen, wird sie kaum die Chance haben, sich über ihre Umgebung zu erheben.«

»Die Flieger können das eine wie das andere«, meinte Bonnard und grinste stolz über sein Wortspiel.

»Allerdings, Bonnard.« Sie nickte ihm lächelnd zu.

»Ich habe gehört, daß sie im Rift-Tal Gräser sammeln«, fuhr der Junge fort. »Ob sie die Halme zum Netzeknüpfen verwenden?«

»Kann ich mir nicht denken!« warf Cleiti ein. »In der Gegend, wo wir Dandy aufspürten, gab es eine ganze Menge derbes langes Gras, und das wäre viel näher für sie als das Rift-Tal.«

»Das stimmt, Cleiti. Ich vermute, daß das Gras auf dem Rift-Tal irgend etwas enthält, was die Flieger für ihren Stoffwechsel benötigen.«

»Ich habe Proben von der Vegetation rund um das Obstwäldchen gesammelt«, erklärte Terilla.

»Tatsächlich? Das ist ja großartig. Da können wir einen echten Vergleich anstellen. Du handelst sehr umsichtig, Terilla.«

»Ach, das hat nichts mit Umsicht zu tun«, wehrte das Mädchen verlegen ab. »Ihr wißt doch, wie sehr ich Pflanzen mag.«

»Na, dann wollen wir mal ausnahmsweise deinen Tick übersehen«, erklärte Bonnard ungewohnt großmütig.

»Ich bin sehr gespannt, wie reif ihre Jungen sind«, meinte Varian, nachdem sie eine Zeitlang geschwiegen und über die merkwürdigen Gewohnheiten der goldenen Flieger nachgedacht hatte.

»Reif? Ihre Jungen? Ist das nicht ein Widerspruch?« fragte Bonnard.

»Eigentlich nicht. Ihr zum Beispiel seid nach der Geburt noch sehr unreif ...«

Cleiti kicherte. »Das sind doch alle! Sonst könnten wir ja gleich als Erwachsene auf die Welt kommen.«

»Ich meine nicht das Alter, Cleiti, sondern die Fähigkeiten. Hm, mal sehen, welchen Vergleich ich euch Schiffsgeborenen bieten kann ...«

»Ich habe meine ersten vier Lebensjahre auf einem Planeten verbracht«, sagte Terilla.

»Tatsächlich? Auf welchem?«

»Auf Arthos im Aurigae-Sektor. Und ich habe später noch auf zwei weiteren Welten gelebt, immer gleich für längere Zeit.«

»Und welche Tiere hast du auf Arthos gesehen?« Varian kannte natürlich die Tierwelt von Arthos, aber Terilla kam so selten zu Wort – kein Wunder bei zwei so lebhaften und energischen Gefährten wie Cleiti und Bonnard.

»Wir hatten Milchkühe, vierbeinige Hunde und Pferde. Außerdem gab es noch sechsbeinige Hunde, Exofüchse, Wölflinge und Cantilepen.«

»Hast du schon mal Aufnahmen von Kühen, Hunden oder Pferden gesehen, Cleiti? Oder du, Bonnard?«

»Klar!«

»Nun gut. Kühe und Pferde bringen Junge zur Welt, die bereits eine halbe Stunde nach der Geburt stehen und notfalls sogar ihre Mütter auf der Flucht begleiten können. Sie besitzen von Anfang an eine gewisse Reife, die es ihnen ermöglicht, eine Reihe von Instinkthandlungen durchzuführen. Menschenbabys dagegen sind nach der Geburt völlig hilflos. Man muß ihnen alles beibringen: das Essen, Gehen, Laufen, Sprechen und das selbständige Handeln.«

»Und das heißt?« Bonnard wartete darauf, daß Varian endlich zur Sache kam.

»Das heißt, daß ein Fohlen oder ein Kalb von seinen Eltern wenig beigebracht bekommt, weil es weder geistige

Beweglichkeit noch eine besondere Anpassungsfähigkeit braucht. Menschenkinder dagegen ...«

»... müssen viel zu früh viel zuviel viel zu gut lernen!« sagte Cleiti mit einem übertriebenen Seufzer.

Varian nickte mitfühlend und setzte hinzu: »Nicht nur das! Sie müssen die Hälfte dessen, was sie gelernt haben, wieder umstoßen, wenn ihre Informationen auf einen neueren Stand gebracht werden. Der Hauptvorteil des Menschen ist, daß er lernen *kann*, daß er Flexibilität und Anpassung besitzt. Er meistert mitunter die unangenehmsten Verhältnisse ...«

»... wie den Gestank hier«, warf Bonnard ein.

»Deshalb bin ich neugierig, wie das Jungvolk der Flieger aussieht.«

»Sie dürften zu den eierlegenden Rassen zählen, nicht wahr, Varian?« fragte Bonnard.

»Höchstwahrscheinlich. Würden sie ihre Jungen lebend gebären, müßten sie wegen des zusätzlichen Gewichts zumindest eine Zeitlang auf das Fliegen verzichten. Nein, ich nehme an, daß sie Eier legen und daß die ausgeschlüpften Jungen noch eine ganze Weile flugunfähig sind. Das wäre auch eine Erklärung für dieses Fischfang-Unternehmen. Vermutlich helfen alle Erwachsenen zusammen, um die hungrigen Mägen der Jungbrut zu füllen.«

»Da, sieh doch, Varian!« rief Bonnard, der während des Gesprächs den Schirm nicht aus den Augen gelassen hatte. »Jetzt wechseln die Träger wieder. Zack! Das nenne ich Organisation! Völlig reibungslose Übergabe! Ich bin absolut sicher, daß diese Flieger die intelligenteste Rasse auf diesem Planeten darstellen.«

»Möglich, aber zieh keine voreiligen Schlüsse! Wir fangen eben erst an, Ireta zu erforschen.«

»Heißt das, daß wir in sämtliche Gebiete vordringen?« Bonnards Stimme klang erschrocken.

»Zumindest werden wir versuchen, während unseres Aufenthaltes hier soviel wie möglich zu entdecken«, meinte sie lässig. *Und wenn sie nun doch ausgesetzt waren?* »Abgesehen von seinem Gestank ist Ireta kein übler Planet. Ich war schon auf schlimmeren Welten.«

»Der Geruch stört mich gar nicht so sehr«, begann Bonnard halb entschuldigend und halb, um sich zu verteidigen.

»Ich bemerke ihn gar nicht mehr«, warf Terilla ein.

»Was mich stört, ist der Regen«, fuhr Bonnard fort, ohne auf Terillas Einwand zu achten. »Und das ewige Grau.«

Genau auf diesen Stichpunkt hin zeigte sich die Sonne.

»Den Trick mußt du uns verraten!« rief Varian kopfschüttelnd, während die beiden Mädchen laut loslachten.

»Ich wollte, es gäbe einen!«

Wieder zeichnete das Sonnenlicht einen verzerrten Schatten des Schlittens auf die Wasseroberfläche, und die großen und kleinen Fische sprangen hoch, um nach der vermeintlichen Beute zu schnappen. Varian bat Bonnard, diese Angriffe aufzunehmen. Sie fand, daß man sich auf diese Weise einen guten Einblick in die submarinen Regionen und ihre Lebensformen verschaffen konnte.

»Ich war während eines Landeurlaubs auf Boston-Beteigeuze mal beim Segeln«, erzählte Bonnard, nachdem die Sonne und die Raubfische verschwunden waren.

»Igitt, da würde ich vor Angst sterben!« rief Cleiti und deutete auf das schäumende Wasser.

»Sterben würdest du hier so oder so«, grinste Bonnard. »Die Meeresmonster wären begeistert von dir.«

»Ha, witzig!«

Neue Flieger tauchten auf und lösten ihre ermüdeten Gefährten am Netz ab; befreit von der schweren Last, stoben die goldenen Vögel davon. Ihre Nachfolger steigerten das Tempo und schwenkten ein wenig nach Osten, den hohen Klippen zu. Varian atmete auf. Sie hatte schon befürchtet, die ganze See überqueren zu müssen, ehe sie ans Ziel gelangten.

»He, ich kann erkennen, wohin sie fliegen!« rief Bonnard begeistert. »Auf der Klippe dort drüben warten ganze Scharen ihrer Artgenossen. Und die Steilflanke des Berges ist von vielen Höhlen zerklüftet!«

»Sie leben in Höhlen, damit ihr Fell trocken bleibt und die Jungen vor den Meeresgeschöpfen geschützt sind«, erklärte Terilla mit ungewöhnlicher Bestimmtheit.
»Vögel haben Federn, du schlaues Kind!«
»Nicht immer«, widersprach Varian. »Gelegentlich wird das Federkleid durch Fell ersetzt, eine Abweichung, die allem Anschein nach auch für unsere Flieger gilt.«
»Wir könnten ja landen und nachsehen!« schlug Bonnard vor.
»Damit sie dir das Fell über die Ohren ziehen?« Varian schüttelte den Kopf. »Es ist gefährlich, Tiere beim Fressen oder Füttern zu stören. Aber wir wissen jetzt, wo sie leben. Das sind mehr als genug Daten für einen Tag.«
»Könnten wir nicht wenigstens eine kleine Runde drehen? Das stört sie sicher nicht.«
»Meinetwegen.«
Immer mehr goldene Geschöpfe tauchten aus den Spalten und Höhlen der Klippenwand auf und schwangen sich elegant zum Gipfelplateau. Varian sah, daß dahinter das Gelände etwa fünfhundert Meter ziemlich flach abfiel und erst dann in schroffe, mit Geröll- und Felsbrocken übersäte Hänge überging.
»Ich bin gespannt, was sie vorhaben«, meinte Bonnard. »Das Netz ist viel zu groß für die Höhleneingänge ... he ...« Bonnards Frage beantwortete sich von selbst, als die Flieger die Hochfläche ansteuerten und unvermittelt eine Seite des Netzes losließen. Ein Fischregen ergoß sich auf das Gipfelplateau.
Aus allen Richtungen kamen nun die goldenen Vögel heran. Manche landeten und watschelten mit leicht gespreizten Schwingen ungeschickt auf die verlockenden silbrigglänzenden Berge zu. Andere stießen nieder, füllten ihre Kehlsäcke mit Fischen und verschwanden wieder in ihren Höhlen. Die Aufteilung des Fangs ging ohne jeden Streit und Kampf vor sich. Nach einer Weile schienen alle versorgt. Der Rest der Beute blieb unberührt liegen. Offenbar waren die goldenen Vögel wählerisch.

»Hol das Plateau schärfer heran, Bonnard!« meinte Varian. »Ich brauche ein paar Nahaufnahmen von den Sachen, die sie verschmäht haben.«

»Das sind vor allem winzige Exemplare dieser tuchähnlichen Vierecke ...«

»Vielleicht haben uns die erwachsenen Tiere verfolgt, weil sie dachten, wir hätten ihnen die Jungen geraubt«, warf Terilla ein.

»Quatsch!« wehrte Bonnard ab. »Diese Stofflappen besaßen keine Augen und vermutlich nicht die Spur von Verstand. Ich kann mir nicht vorstellen, daß die eine besondere Bindung zu ihren Jungen entwickeln.«

»Ich weiß nicht. So etwas kann man nie genau sagen. Es gibt Fische, die Emotionen zeigen. Ich habe mal gelesen, daß ...«

»Ach, du!« Bonnard brachte sie mit einer geringschätzigen Geste zum Schweigen.

Varian drehte sich mit einem Ruck um. Sie fand Bonnards Ton überheblich und fürchtete, daß er Terilla allzusehr einschüchtern könnte, aber das Mädchen blieb gelassen. Die Biologin überlegte, ob sie nicht mal ein ernstes Wort mit Bonnard reden sollte, doch dann schob sie diesen Gedanken beiseite. Die jungen Leute aller Rassen lösten ihre Meinungsverschiedenheiten am besten, wenn sich niemand einmischte.

Sie warf einen Blick in den Sucher. »Manche Meeresgeschöpfe sind durchaus zu Gefühlen fähig, aber ich würde sagen, daß dieser Organismus auf einer zu primitiven Entwicklungsstufe steht. Vermutlich legen die erwachsenen Tiere Unmengen von Eiern ab, damit einige wenige überleben, die dann wiederum laichen. Unseren Fliegern scheinen sie allerdings nicht zu schmecken, ebensowenig wie das Stachelzeug da drüben. Bonnard, du hast doch Trizein und Divisti geholfen. Sieh dir die Lebewesen gut an! Erkennst du einige der Exemplare, die wir ihnen zur Untersuchung mitbrachten?«

»Nein. Für mich sind die alle neu.«

115

»Hm. Wir hatten sie auch aus den größeren Meeren geholt ...«

Die meisten Flieger waren inzwischen verschwunden, und nur die ausgesonderte Beute lag auf dem Plateau, wo sie sicher bald verfaulte.

»Varian, komm mal her!« Bonnard, der wieder am Schirm Platz genommen hatte, winkte aufgeregt. »Ich habe das Teleskop genau eingestellt – sieh doch!«

Varian schob seine fuchtelnden Finger zur Seite. Eines der winzigen Vierecke bewegte sich auf die gleiche merkwürdige Weise, wie sie es vorhin bei den großen ›Tüchern‹ im Wasser beobachtet hatte. Es klappte halb zusammen und kippte dann über. Und nun sah sie auch, was Bonnard so fasziniert hatte. Das Geschöpf hatte einen beinahe transparenten Körper, und man erkannte deutlich seine Innenstruktur – eine Art Parallelogramm mit Gelenken an jeder Ecke. Das Ding schnellte einmal und noch einmal herum, blieb mit schwach zuckenden Rändern liegen und bewegte sich schließlich überhaupt nicht mehr. Varian überlegte, daß es eine enorm lange Zeitspanne außerhalb des Wassers überlebt hatte. Besaß es Doppellungen? Oder verbrachte es nur ein bestimmtes Stadium im Wasser und befand sich jetzt in einer Übergangsphase, ehe es ganz auf dem Festland lebte?

»Du hast alles aufgenommen, ja?« fragte Varian den Jungen.

»Sicher, von dem Moment an, da es sich zum erstenmal bewegte. Glaubst du, daß es Sauerstoff atmet?«

»Hoffentlich nicht«, stöhnte Cleiti. »Ich möchte diesem feuchten Lappen nicht in einem dunklen, tropfenden Wald begegnen!« Sie schloß die Augen und schüttelte sich.

»Ich auch nicht«, pflichtete Varian ihr aus ganzem Herzen bei.

»Es könnte doch auch friedlich sein ... ich meine, wenn es gerade keinen Hunger hat«, sagte Terilla.

»Ein nasses, schleimiges Ding, das dich einwickelt und erstickt!« wisperte Bonnard mit Grabesstimme und schnitt dazu Grimassen wie aus einem Gruselfilm.

»Quatsch!« meinte Terilla ungerührt. »Das wickelt keinen ein! Man sieht doch, daß es in der Mitte überhaupt nicht abknicken kann – nur an den Rändern.«

»Jetzt rührt es sich nicht mehr«, meinte Bonnard enttäuscht und ein wenig traurig.

»Dafür müssen wir uns allmählich rühren«, warf Varian besorgt ein. »Die Sonne geht unter.«

»Und woran merkst du das?« fragte Bonnard sarkastisch.

»Weil ich auf die Uhr schaue!«

Cleiti und Terilla lachten.

»Könnten wir nicht landen und uns die Flieger aus der Nähe angucken?« bettelte Bonnard.

»Grundregel Eins: Störe nie ein fremdes Lebewesen beim Fressen oder Füttern! Grundregel Zwei: Geh nie zu nah an ein fremdes Lebewesen heran, ehe du seine Gewohnheiten genau kennst! Auch wenn uns die goldenen Vögel bisher nicht angegriffen haben, können sie theoretisch ebenso gefährlich sein wie die Reißer.«

»Aber irgendwann *müssen* wir sie doch aus der Nähe studieren.« Bonnard gab nicht so rasch auf.

»Das tun wir auch: sobald wir Grundregel Zwei erfüllt haben. Dafür ist es heute aber leider schon zu spät. Ich muß den Schlitten zurück zu diesem Pechblende-Lager bringen.«

»Dürfen wir dich begleiten, wenn du wieder herfliegst?«

»Vielleicht.«

»Ausgemacht?«

»Bonnard, wenn ich ›vielleicht‹ sage, dann meine ich auch ›vielleicht‹.«

»Wie soll unsereiner je mit einem Planeten vertraut werden, wenn wir immer nur in der Fähre hocken und Bilder anglotzen ...«

»Wenn dich irgendein Raubtier oder Parallelogramm anknabbert, kriegen wir es bei der Rückkehr aufs Satellitenschiff mit deiner Mutter zu tun! Also sei jetzt endlich still!« Varian sprach schärfer als gewohnt, aber Bonnards Hartnäckigkeit verärgerte sie ebenso wie seine Einbildung, daß er mit Charme alles erreichen könnte. Ihr war klar, daß ihn die ständigen Verbote reizten. Die Schiffsgeborenen unterschätzten die Gefahren auf einem Planeten, da sie sich innerhalb der kilometerdicken Atmosphäreschicht absolut sicher fühlten. Im All dagegen stand lediglich eine dünne Metallhülle zwischen Leben und Tod. Sobald die Schiffsbewohner keine Rumpfplanken mehr sahen, gab es für sie auch kein Risiko mehr.

»Würdest du bitte das Band noch einmal abspulen?« fragte sie nach einer längeren Pause, in der er finster geschwiegen hatte und sie unnachgiebig geblieben war. »Ich will sehen, ob wir die Vierecke gut im Bild haben, weil ich Trizein ein paar Fragen stellen muß, sobald wir ins Lager zurückkehren. Verflixt, es ist zu schade, daß wir keinen Zugang zu den Datenspeichern des Mutterschiffs haben!«

Nach einer weiteren langen Pause, in der Varian nur das Surren des zurücklaufenden Bandes hörte, meinte Bonnard: »Weißt du, diese Flieger habe ich irgendwo schon mal gesehen ... aber ich kriege die Namen einfach nicht zu fassen ...«

»Wie steht es mit unserem Band?«

»Häh? Ach so ... klare Bilder, Varian.«

»Sehr gut. Du hast recht, Bonnard, mich erinnern sie auch an Geschöpfe, die ich irgendwoher kenne ...«

»Meine Mutter sagte immer, wenn einem was nicht einfällt, soll man einfach eine Nacht drüber schlafen«, erklärte Terilla. »Dann weiß man es am nächsten Morgen plötzlich wieder.«

»Kein schlechter Gedanke, Terilla. Ich will ihn befolgen, und du, Bonnard, solltest das gleiche tun. Aber wir sind jetzt wieder über unbekanntem Gelände. Geht bitte an die Geräte!«

Es gelang ihnen, einen Pflanzenfresser mit kurzen dicken Pfoten zu kennzeichnen, und sie entdeckten ein Rudel von Dandys Artgenossen, die jedoch die Flucht ergriffen, ehe sie markiert waren. Mehrere Schwärme von Aasfressern waren am Werk. Bei Einbruch der Dämmerung erreichten sie das Erzlager. Kai wartete bereits mit Dimenon und Margit neben der Ausrüstung, die per Schlitten transportiert werden sollte.

»Es ist wirklich ein reichliches Vorkommen, Varian«, berichtete Dimenon. Er wirkte erschöpft, aber sehr zufrieden. Einen Moment lang schien er etwas hinzufügen zu wollen, doch dann warf er Kai einen fragenden Blick zu und schwieg.

»Und das nächste Tal enthält ein ebenso reichliches Lager!« triumphierte Kai. Ein Grinsen huschte ihm über das verschwitzte, dreckverschmierte Gesicht.

»Das übernächste hoffentlich auch«, meinte Margit mit einem müden Seufzer. »Aber das erkunden wir erst morgen.«

»Die vom Mutterschiff hätten uns wenigstens einen Fernerkundungs-Scanner mitgeben können«, meinte Dimenon, während er beim Verstauen der Instrumente half. Varian spürte, daß hier ein alter Streit aufgewärmt wurde.

»Ich hatte auch einen beantragt«, entgegnete Kai. »Gar nichts Übertriebenes, nur die Normalausführung. Aber die Logistik erklärte, sie hätte keinen mehr auf Lager. Du darfst nicht vergessen, daß wir im letzten Standardjahr an ein paar vielversprechenden Systemen vorbeigekommen sind.«

»Die Schufterei, die uns erspart geblieben wäre ...«

»Ach, ich weiß nicht«, unterbrach ihn Margit, die gerade eine Rolle Draht auf das Schlittendeck hievte. »Heutzutage geschieht so ziemlich alles per Fernerkundung. Wenn ich mich dagegen abends ins Bett fallen lasse, dann weiß ich wenigstens, was ich getan habe.« Sie stöhnte. »Ich spüre sämtliche Knochen und dazu Muskeln, von deren Existenz ich bisher keine Ahnung hatte. Wir sind einfach verweichlicht. Kein Wunder, daß die Plus-Gs über uns grinsen!«

»Die!« Eine ganze Welt von Verachtung schwang in Dimenons kurzem Ausruf mit.

Kai und Varian wechselten einen raschen Blick.

»Sicher, anfangs hatten sie einen Kater oder sonstwas, aber heute nachmittag war ich schon verdammt froh über Paskuttis Muskelpakete«, fuhr Margit fort. Sie schwang sich auf den Schlitten und nahm neben Terilla Platz. »Los, beeil dich, Di, ich habe Sehnsucht nach einem gründlichen Bad! Hoffentlich ist es Portegin inzwischen geglückt, den Gestank aus dem Wasser herauszufiltern. Hydrotellurid ist nicht gerade eine betörende Duftnote.« Sie wandte sich an Terilla. »Und wie habt ihr den Tag verbracht, Kleines?«

Während die jungen Leute zu erzählen begannen, überlegte Varian, weshalb Dimenon wohl so nörgelig und schlecht gelaunt war. Hatte er sich über das Verhalten der Plus-G-Weltler am Morgen geärgert, oder kam jetzt, nach dem unerwartet ergiebigen Fund, die Reaktion auf die erfolglose Suche der ersten Zeit? Sie beschloß, später mit Kai darüber zu sprechen. Es ging nicht an, daß die beiden Teams in Streit gerieten. Allerdings ließ sich nicht leugnen, daß die Plus-G-Weltler an diesem Vormittag miserabel mitgearbeitet hatten. Vielleicht war Dimenon aber auch sauer, weil Lunzie am Vorabend den Alkohol rationiert hatte.

Es gab fast immer Probleme, wenn Planeten- und Schiffsgeborene zusammenarbeiteten, und die Verantwortlichen auf dem Mutterschiff mischten die beiden Gruppen nur, wenn es sich absolut nicht vermeiden ließ. Für die Expedition von Ireta hatte man die Muskelkraft der Plus-G-Weltler benötigt. So mußten sie und Kai eben dafür sorgen, daß keine allzu gespannte Stimmung aufkam.

Varian fühlte sich ein wenig niedergeschlagen. Die Computer konnten für jede Situation ein Wahrscheinlichkeitsmodell entwerfen. Die Chancen für diese Mission waren durchaus gut gewesen. Aber was konnte eine Maschine mit Parametern wie Gestank, Nieselregen und ständigem Grau anfangen? Der Rechner hatte auch nicht vorhergesehen, daß ein kosmischer Sturm die Nachrichtenverbindung zum Mutterschiff unterbrechen würde. Und er hatte eindeutig die Tatsache verschwiegen, daß ein als unerforscht gespeicherter Planet eindeutige Spuren einer früheren Untersuchung aufwies, dazu Anomalien wie ... Halt, Moment! unterbrach sich Varian. *Wenn* eine frühere Expedition stattgefunden hatte, dann lagen parallele Evolutionen wie fünffingrige Landgeschöpfe und im Wasser lebende Parallelogramme durchaus im Bereich des Möglichen! Aber welche Evolution hatte ihren Ursprung auf Ireta? Beide gleichzeitig ... das ging nicht.

Flieger, die so weit entfernt von ihrem natürlichen Lebensraum Gräser sammelten? Varian atmete schneller. Wenn die goldenen Flieger, die mit ziemlicher Sicherheit in die Gruppe der fünffingrigen Geschöpfe zählten, nicht von Ireta stammten, dann waren auch die Grasfresser und die Reißer keine einheimischen Lebensformen! Keine Anomalien also, eher ein Rätsel, zu dessen Lösung noch einige Fakten fehlten! Wie waren die Geschöpfe hierhergelangt? Und durch wen? Die Anderen? Nein, nicht die allgegenwärtigen Anderen! Wenn man den Gerüchten über ihre Existenz Glauben schenken durfte, vernichteten sie außerdem jedes Leben.

Die Theks wußten vielleicht über die Vorstudie Bescheid ... Wenn Kai sie nur dazu bringen könnte, ernsthafte Nachforschungen anzustellen! Beim Universum: Sie würde höchstpersönlich einen dieser endlosen Kontakte durchstehen, um die Wahrheit herauszufinden! Kai sollte sich wundern.

6

Kai hing ebenfalls seinen Gedanken nach, während er den Schlitten zum Lager zurücksteuerte. Was ihn am meisten störte, war die Tatsache, daß durch Paskuttis und Tardmas Ungeschick ein Teil der unersetzlichen Ausrüstung in eine Spalte gerutscht war. Er hatte vom Mutterschiff ohnehin nur die allernötigsten seismischen Geräte erhalten, und ihm wollte nicht in den Kopf, daß ausgerechnet die Plus-G-Weltler sie aufs Spiel setzten. Im allgemeinen arbeiteten sie so gründlich und umsichtig, daß es kaum zu Unfällen kam. Er konnte den Kolossen wohl nicht verbieten, von dem Obstschnaps zu trinken, aber er würde Lunzie bitten, das Zeug stark zu verdünnen. Noch mehr Verluste konnte er sich nicht leisten.

Jede Gruppe bekam nämlich nur eine bestimmte Summe für unvorhergesehene Geräteverluste gutgeschrieben; was über diesen Betrag hinausging, mußten die Expeditionsleiter ersetzen. Einen Abzug von seinem Konto hätte Kai allerdings leichter verschmerzt als das Fehlen der Geräte, besonders da der Zwischenfall auf reiner Nachlässigkeit beruhte. Das ärgerte ihn. Und der Ärger verdarb ihm irgendwie die Genugtuung und den Stolz über diesen Tag, der ihn ans Ziel seiner Wünsche gebracht hatte; denn eigentlich war mit dem Auffinden des riesigen Erzlagers seine Mission erfüllt. Mit einem Seufzer schob er die unangenehmen Gedanken beiseite.

Gaber, der neben ihm saß, zeigte erstmals seit ihrer Ankunft auf Ireta strahlende Laune und redete pausenlos auf ihn ein. Berru und Triv besprachen bereits die Arbeit des nächsten Tages; sie konnten sich nicht einigen, welcher der neuentdeckten Seen wohl die meisten Mineralien enthielt. Triv begann das alte Gejammer darüber, daß sie keinen einzigen Satellitensensor an Bord der Fähre hatten. Ein tüchtiges Infrarotauge zum Durchdringen der Wolkendecke, meinte er, und die Mission wäre nach einem einwöchigen Polar-Orbit erledigt.

»Wir besitzen doch die Ergebnisse der Sonde«, hielt ihm Berru entgegen.

»Die helfen uns kaum weiter. Man erkennt zwar die Verteilung der Landmassen und Meere, aber es ist alles ungenau – verhüllt von der ewigen Wolkenschicht!«

»Ich hatte Sensoren für die Lande-Orbits beantragt«, warf Gaber leicht gereizt ein.

»Ich ebenfalls«, meinte Kai. »Man gab mir den Bescheid, daß keine geeigneten Satelliten mehr zur Verfügung stünden und daß wir den Planeten schon an Ort und Stelle erkunden müßten.«

»Das ist alles eine Frage der Fitneß«, erklärte Triv. »Wann hat man dich je in den Sporträumen des Mutterschiffs gesehen, Gaber? Offen gestanden, mir macht die Herausforderung Spaß! Ich war schon so richtig schlapp. Die Reise wird uns allen guttun. Wir haben uns zu sehr daran gewöhnt, unser Leben per Knopfdruck zu regeln. Zurück zur Natur ... wir müssen unsere Körper trainieren, das Blut in den Adern spüren ...«

»... die Lungen tief mit dieser stinkigen Luft füllen, was?« warf Gaber gehässig ein, als Triv, überwältigt von seiner eigenen Beredsamkeit, einen Moment lang stockte.

»Aber, Gaber! Hast du schon wieder deine Nasenfilter verschlampt?«

Gaber gehörte zu den Leuten, die man leicht aus der Fassung bringen konnte, und Triv stichelte auf den Kartographen ein, bis der Schlitten den Einschnitt der Hügel erreichte und sich dem Lager näherte. Kai hatte so getan, als sähe er Gabers bedeutungsvolle Blicke nicht. Natürlich paßte der Befehl, daß sie den Planeten an Ort und Stelle erkunden sollten, ausgezeichnet zu Gabers finsterer Vermutung. Und es gab noch mehr Lücken in der Ausrüstungsliste, die diesen Verdacht erhärteten. Fernerkundungssatelliten waren kostspielig und nützten den Ausgesetzten wenig. Sollte andererseits die ›Kolonie‹ selbständig existieren, dann hätte man zumindest die technische Grundausrüstung zur Metallgewinnung und -verarbeitung bewilligen müssen. Wie sonst sollten die Kolonisten beschädigte oder gealterte Werkzeuge und Schlittenteile ersetzen? ›Zurück zur Natur‹ – das klang bedrohlich in Kais Ohren. Er beschloß, ein längeres Gespräch mit Varian zu führen.

Wenn es sich jedoch um eine normale Expedition handelte (und die chronische Knappheit der Konföderation an Transuranen sprach dafür), dann würde in Kürze jemand die Botschaft des Peilsenders abrufen und dafür sorgen, daß die reichen Erzvorkommen auf Ireta abgebaut wurden. Bei dieser Gelegenheit nahm das Mutterschiff die Expeditionsmitglieder bestimmt wieder an Bord. Dieser Gedanke gab

Kai neuen Mut, und er begann im Geiste die Botschaften zu formulieren, die er abschicken wollte: eine für die Theks und eine für die Langstrecken-Kapsel. Nein, halt, er besaß nur eine einzige dieser Kapseln! Nicht einmal zwei riesige Erzlager rechtfertigten ihren Einsatz. Er beschloß, erst einmal die Theks von den alten seismischen Kernen und den Uran-Depots auf Ireta zu verständigen. Die Langzeit-Kapsel wollte er für den äußersten Notfall zurückhalten. Abgesehen vom unbestimmten Verdacht eines alternden Kartographen gab es keinen echten Anlaß zur Besorgnis.

Zu seinem Erstaunen waren die Plus-G-Weltler, die den Fundort per Lift-Aggregat erheblich früher verlassen hatten als er, bei seiner Landung noch nicht im Lager eingetroffen. Die übrigen Schlitten befanden sich alle in ihren Boxen. Die Kinder streichelten Dandy unter den wachsamen Blicken von Lunzie, die allem Anschein nach die Arbeit im Freien als Ausrede benutzte, um Portegin und Aulia keinen Alkohol aushändigen zu müssen. Kai sah weder Varian noch Trizein und vermutete, daß sich beide in das Labor des Xenochemikers zurückgezogen hatten. Als er gerade zur Fähre hinübergehen wollte, kamen die Plus-G-Weltler in ihrer gewohnt strengen Formation von Norden her geflogen. Von Norden? Kai schlenderte Paskutti entgegen, um ihn zu fragen, welchen Sinn dieser Umweg haben sollte, doch da tauchte Varian an der Fähren-Schleuse auf und rief nach ihm. Ihre Stimme klang so aufgeregt, daß er Paskutti vergaß. Er konnte sich den Mann später noch vornehmen.

»Kai, Trizein hat vermutlich herausgefunden, weshalb die Flieger diese Gräser brauchen«, begann sie, noch ehe er sie erreicht hatte. »Das Zeug enthält jede Menge Karotin-Vitamin A. Das ist wichtig für das Sehvermögen und die Pigmentbildung.«

»Komisch, daß sie diese wichtigen Grundsubstanzen von so weit weg holen müssen . . .«

»Gar nicht so komisch! Es stützt meine These, daß die fünffingrigen Geschöpfe von Ireta keine einheimischen Lebensformen sind!«

Kai, der gerade durch die Irisblende kletterte, hielt mit einem Ruck an und stemmte beide Hände gegen die Seitenkanten der Öffnung.

»Keine einheimischen ... was zum ... was meinst du denn damit? Es muß sich um einheimische Lebensformen handeln. Schließlich existieren sie hier.«

»Aber Ireta ist nicht ihre Ursprungswelt.« Varian winkte ihn ins Innere der Fähre. »Anders sieht die Sache bei den Meeres-Parallelogrammen aus, die ich heute sah. Sie passen überhaupt nicht zu den Wirbeltieren, die wir bisher aufspürten – den Pflanzenfressern, den Raubtieren oder auch den Fliegern.«

»Du scheinst ja ganz schön durcheinandergeraten ...«

»Ich nicht. Der Planet ist ganz schön durcheinandergeraten. Wo gibt es schon Tiere, die Hunderte von Kilometern von ihrem eigentlichen Lebensraum entfernt nach wichtigen Nährstoffen suchen? Im allgemeinen erhalten sie alles, was sie für ihren Stoffwechsel benötigen, in ihrer unmittelbaren Umgebung.«

»Moment mal, Varian! So überleg doch! Wenn deine fünffingrigen Geschöpfe nicht von Ireta stammen, dann muß sie jemand hierherverpflanzt haben. Und wer käme wohl auf den Gedanken, Kolosse wie den Reißer oder deine Mabel auf eine andere Welt zu schaffen?«

Sie schien zu erwarten, daß er die Antwort auf diese Frage selbst kannte.

»Wer wohl? Sie haben ja ziemlich deutliche Spuren hinterlassen. Die Theks natürlich, du Schnelldenker!« fügte sie hinzu, als er sie stumm anstarrte. »Die unergründlichen Theks! Sie waren vor uns da. Sie haben die seismischen Kerne hinterlassen.«

»Das ergibt keinen Sinn, Varian.«

»Für mich schon!«

»Was könnte die Theks zu einer derartigen Aktion bewogen haben?«

»Das wissen sie inzwischen vielleicht selbst nicht mehr.« Varian grinste boshaft. »Ebenso, wie sie allem Anschein nach die Tatsache vergessen haben, daß sie diesen Planeten bereits einmal erforschten.«

Sie hatten das chemische Labor erreicht. Trizein beugte sich über die stark vergrößerten Aufnahmen einiger Pflanzenfasern.

»Natürlich müßten wir diese Vögel näher untersuchen, Varian, um festzustellen, ob sie tatsächlich Karotin verarbeiten«, murmelte Trizein. Ihm schien gar nicht aufgefallen zu sein, daß Varian das Labor für eine Weile verlassen hatte.

»Wir haben Mabel«, erklärte Varian. »Und den kleinen Dandy.«

»Was, du hältst Tiere im Lager?« Trizein blinzelte erstaunt.

»Das sagte ich dir doch, Trizein. Die Proben, die du gestern und vorgestern für mich analysieren mußtest ...«

»Ach ja, jetzt erinnere ich mich ...« Das klang so vage, daß seine Besucher lächelten. Ganz offensichtlich erinnerte er sich an gar nichts.

»Mabel und Dandy sind keine Flieger«, widersprach Kai. »Sie gehören völlig anderen Rassen an.«

»Das schon, aber sie besitzen fünf Finger. Das gleiche gilt für unseren Reißer – und *er* benötigte das Gras.«

»Mabel und Dandy sind Pflanzenfresser«, gab Kai zu bedenken. »Der Reißer und die Vögel leben von anderen Tieren.«

Varian dachte darüber nach. »Hmm. Im allgemeinen nehmen Fleischfresser von den Tieren, die sie töten, genug Vitamine auf.« Sie schüttelte ratlos den Kopf. »Demnach hätte der Reißer dieses Tal nicht aufsuchen müssen. Er erhält genügend Karotin von Geschöpfen wie Mabel. Ich begreife das nicht ... noch nicht. Wenn Terilla recht behält, könnten die Flieger außerdem noch einen anderen Grund zum Sammeln dieser Gräser haben.«

»Du sprichst wieder mal in Rätseln«, meinte Kai und deutete dann auf Trizein, der sich über sein Mikroskop beugte und ihre Anwesenheit völlig vergessen hatte.

»Warte, bis du die Bänder siehst, die wir heute von den Fliegern machten, Kai! Komm mit – oder hast du etwas anderes zu erledigen?«

»Ich muß eine Botschaft an die Theks aufsetzen, aber das ist nicht so eilig.«

»Übrigens«, berichtete Varian, als sie das Labor verließen, »fanden wir in unmittelbarer Nähe des Pechblende-Sattels keine Lebensformen, die eine Gefahr für das Hilfslager darstellen könnten. Wenn ihr eine vernünftige Stelle wählt, am besten auf einer kleinen Anhöhe, und das Schutzfeld etwas tiefer anlegt, dann dürfte deinem Team eigentlich nichts zustoßen.«

»Endlich eine gute Nachricht! Aber selbst wenn du ganze Horden von Reißern aufgespürt hättest, ich glaube nicht, daß meine Leute von diesem gewinnträchtigen Fleck gewichen wären!«

»Nur der Ordnung halber: Reißer sind Einzelgänger!«

Sie hatten die Pilotenkabine erreicht, und während Varian das Band einlegte, berichtete sie von ihren Erkenntnissen und dem Wunsch, die Kolonie der goldenen Flieger so bald wie möglich näher zu erforschen.

»Wie nahe, Varian?« erkundigte sich Kai. »Die Vögel sind nicht klein, und ein Hieb ihrer kräftigen Schwingen könnte durchaus gefährlich sein. Auch mit den scharfen Schnäbeln möchte ich keine Bekanntschaft machen.«

»Du hast recht. Ich werde auf der Hut sein. Aber wenn sie so intelligent sind, wie es den Anschein hat, Kai, dann gelingt mir vielleicht eine Art persönliche Verständigung.« Kai wollte etwas einwenden, aber sie wehrte mit einer raschen Geste ab. »Die Flieger sind weder so dumm wie Mabel noch so ängstlich wie Dandy oder so gefährlich wie der Reißer. Ich kann mir auf keinen Fall die Gelegenheit entgehen lassen, eine Vogelrasse zu untersuchen, die ein derart gut organisiertes Verhalten an den Tag legt.«

»In Ordnung, aber unternimm nichts auf eigene Faust, Mädchen! Ich bestehe darauf, daß du dich bei solchen Missionen von den Plus-G-Weltlern begleiten läßt.«

»Du bist mir ein wahrer Freund! Haben sie sich im Lauf des Tages ein wenig gefangen?«

»Kaum. So ungeschickt waren sie noch nie – langsam, ja, aber nicht linkisch! Paskutti und Tardma ließen eines der seismischen Geräte in eine Spalte fallen. Dabei besitze ich ohnehin nicht genug von den Dingern. Wenn das so weitergeht, kann ich die geologischen Untersuchungen nicht abschließen. Ich bin ihnen nicht persönlich böse, aber unangenehm ist die Sache schon.« Kai schüttelte den Kopf und seufzte. »Was machen wir nur mit diesem Obstschnaps, den Lunzie gebraut hat? Ich begreife nicht, daß er bei ihnen so stark wirkt, während er bei uns Leichtgewichtlern nicht einmal einen Kater hervorruft.«

»Vielleicht lag es gar nicht am Schnaps.«

»Was soll das wieder heißen?«

Varian zuckte mit den Schultern. »Nichts Bestimmtes, mehr so eine Ahnung.«

»Dann müssen wir uns eben Gewißheit verschaffen. Lunzie soll einige Tests durchführen. Vielleicht handelt es sich um eine Mutations-Allergie. Übrigens, hast du den Plus-G-Weltlern heute noch einen Auftrag erteilt? Mußten sie für dich in den Norden fliegen?«

»In den Norden? Nein. Sie waren den ganzen Tag dir zugeteilt. Aber zurück zu diesem Pechblende-Sattel! Du willst morgen wieder dort arbeiten? Gut, dann lasse ich das Gelände von einer Bodenmannschaft auf seine Fauna hin untersuchen. Es scheint nur kleinere Tiere in der Gegend zu geben. Aber wie ich bereits den Kindern gepredigt habe, ist die Größe nicht ausschlaggebend. Welche sonstigen Regionen schweben dir als Hilfslager vor?«

Kai ließ sich vom Computer Gabers Karte ausdrucken, in die nun bereits der Pechblende-Sattel und die alten Kerne eingetragen waren.

»Im Nordwesten liegt der Rand des Kontinentalschilds nur zweihundert Kilometer entfernt. Also benötigen wir dort vorläufig keine Hilfslager. Aber Portegin und Aulia möchten die Seen untersuchen und weiter ins Flachland vorstoßen. Berru und Triv sollen sich im Westen umsehen. Dort scheint sich ein großes Kontinentalbecken auszubreiten. Vielleicht enthält es Rohöl – als Energiequelle nichts Besonderes, aber für viele andere Dinge sehr nützlich. Wir könnten das Zeug verarbeiten und als zusätzlichen Treibstoff für ...«

»Moment, Kai, da fällt mir etwas ein! Hat heute vormittag jemand längere Zeit den großen Schlitten benutzt?«

»Nein, wir flogen damit nur an die Fundstelle. Dann hast du ihn übernommen. Warum?«

»Weil er eine weit höhere Flugzeit als normal anzeigt. Das verdammte Ding braucht schon wieder neue Energiezellen!«

»Ja, und?«

»Ich weiß nicht – aber im allgemeinen kann ich mich auf mein Zahlengedächtnis verlassen.«

»Wir haben auch so schon genügend am Hals, Varian. Es nützt nichts, wenn wir mit Gewalt neue Sorgen herbeizerren.«

Varian schnitt eine Grimasse. »Du meinst die Funkstille vom Mutterschiff, nicht wahr? Wir werden bald Farbe vor den Teams bekennen müssen ...«

»Noch bleibt uns eine Schonfrist, und die möchte ich voll nutzen.«

»Genau. Zeit schinden, so heißt die Parole. Die Kinder haben sich übrigens als ausgezeichnete Helfer erwiesen. Ich glaube, ich nehme sie wieder mit ... wenn wir nicht landen«, setzte sie hastig hinzu, als sie die Ablehnung in Kais Zügen sah. Dann lachte sie leise. »Oder ist es dir lieber, wenn Bonnard dich auf einer seismischen Expedition begleitet?«

»Nun hör mal, Varian ...«

»Es heißt doch, daß die Realität oft von Träumen heilt.«

»Auch wahr. Hilfst du mir bei meiner Botschaft an die Theks?«

»Tut mir leid, Kai, aber ich muß vor dem Abendessen noch Mabel freilassen, mich mit Lunzie beraten und eine

Dusche nehmen.« Varian öffnete rasch die Irisblende. »Aber ich sehe mir deinen fertigen Text gerne an!«

Er tat, als wollte er ihr etwas nachwerfen, und sie lief lachend davon.

Eine Stunde später war Kai überzeugt davon, daß Varian selbst an einem rabenschwarzen Tag einen besseren Text verfaßt hätte als er. Aber er enthielt alles Wesentliche sowie die Bitte um rasche Informationen.

Kai schlug eine Kontaktstunde für zwei Tage später vor und schickte die Nachricht ab. Damit ließ er den Theks zwar nicht viel Zeit zum Nachdenken, doch sie konnten seine Fragen im Prinzip mit Ja oder Nein beantworten und die schwierigeren Probleme zurückstellen.

Der nächste Tag verlief wie geplant. Die Plus-G-Weltler schienen sich erholt zu haben; Tardma und Tanegli kämpften sich zu Fuß durch die dicht bewachsene Gegend, in der Varian und die Kinder eine Reihe kleinerer Lebensformen registriert hatten. Die Geschöpfe selbst ließen sich nicht blicken, aber die noch nicht von Aasfressern und Insekten vernichteten Kadaver und Skelette deuteten darauf hin, daß es sich bei den Tieren um kleine Nachträuber handelte, die wohl keine ernsthafte Gefahr darstellten. Außerdem war es unwahrscheinlich, daß sie aus ihrem eigentlichen Revier bis in die Region vordrangen, in der das Hilfslager errichtet werden sollte. Kai wählte am Nachmittag zusammen mit Dimenon und Margit die günstigste Stelle aus, und man kam überein, daß auch Portegin und Aulia das Lager als Basis für ihre Vorstöße in westlicher Richtung nutzen sollten.

Lunzie teilte Kai und Varian später im Vertrauen die Ergebnisse ihrer Tests mit. Danach hätten die Plus-G-Weltler den Alkohol weit besser vertragen müssen als die Leichtgewichtler und die Schiffsgeborenen. Die Medizinerin konnte sich einfach keinen Reim auf ihre Überreaktion machen. Sie hielt nichts davon, das Getränk zu rationieren oder zu verdünnen; statt dessen schlug sie vor, im Lauf der nächsten Tage alle Expeditionsteilnehmer einer Routine-Untersuchung zu unterziehen. Dabei ließen sich allergische Tendenzen und latente Infektionen, die eventuell seit der Landung aufgetreten waren, am leichtesten aufspüren.

Am Abend gab Lunzie genug Obstschnaps für ein echtes Gelage aus. Die Plus-G-Weltler tranken nicht mehr als die anderen, fielen nicht durch unkontrolliertes Gelächter aus dem Rahmen und zogen sich zur gleichen Zeit wie die übrigen Expeditionsmitglieder zurück. Am nächsten Tag arbeiteten sie so tüchtig wie gewohnt, was ihr Verhalten am ersten Abend um so rätselhafter erscheinen ließ.

Kai hielt die vereinbarte Kontaktzeit mit den Theks pünktlich ein, und Varian gesellte sich zu ihm, als die schwerfällige, umständliche Botschaft eintraf.

Die Informationen des Peilsenders waren immer noch nicht abgerufen und bestätigt worden, und es bestand auch noch keine Verbindung zum Mutterschiff. Daß die Theks die Frage nach einer früheren Erkundung Iretas zurückstellen würden, hatte Kai bereits erwartet. Die Meldung des Pechblende-Lagers kommentierten sie mit: »Hervorragend!« und dem Nachsatz: »Suche bitte fortsetzen!« Und seine Anmerkung, daß er auch mit den Ryxi Kontakt aufgenommen hatte, wurde nur lapidar bestätigt. Im allgemeinen hieß es zwar, daß die Theks allen vernunftbegabten Rassen gleich wohlwollend gegenüberstanden, aber Kai wurde den Eindruck nicht los, daß es den Theks herzlich egal war, ob sich die Ryxi meldeten oder nicht.

Ihre Bitte um Aufschub hinsichtlich der früheren Erkundung Iretas weckte in ihm gemischte Gefühle. Er hatte einerseits vage gehofft, sie würden den einen oder anderen Hinweis besitzen, obwohl das natürlich Unsinn war, denn sie hatten ebensowenig wie er Kontakt zum Mutterschiff. Irgendwie wartete er auf den Beweis, daß auch sie sich irren konnten. Andererseits aber ... wenn dieser Fall ihren Ruf der Unfehlbarkeit erschütterte, dann ging für ihn etwas ungeheuer Stabiles, Sicheres in diesem Universum verloren.

»Sie wissen also nichts!« stellte Varian genüßlich fest.

»Zumindest haben sie die Daten im Moment nicht parat.«

Um seine ketzerischen Gedankengänge wiedergutzumachen, war Kai sofort bereit, die Partei der Theks zu ergreifen. »Da es allerdings nur ein paar Millionen Planeten im Universum gibt, auf denen sich Leben der einen oder anderen Art entwickelt hat ...«

»Diese Ausrede höre ich nicht zum erstenmal. Unser Interesse konzentriert sich aber im Moment nun mal auf diesen stinkenden Planeten!« Varian machte eine Pause und setzte dann hinzu: »Übrigens müssen wir noch einiges besprechen, ehe wir dein Hilfslager errichten. Nach dem Verlauf der alten Kerne erstreckt sich der Kontinentalschild in einer langen Spitze etwa zweitausend Kilometer nach Südosten. Das macht einen Pendelverkehr zum Hauptlager unrentabel. Ich möchte deshalb Tanegli, Paskutti, Tardma und Lunzie mitnehmen und die Region gründlich untersuchen.« Sie breitete Gebietskarten aus, auf denen Gaber mit seiner geschickten Hand bereits einen Teil der topographischen Merkmale eingetragen hatte. Die Flächen waren verschieden getönt, mit einer Farbskala am Rande der Karte. »Hier siehst du die Reviere der Geschöpfe, die wir bisher markieren konnten. Ich glaube, daß die Einträge in etwa stimmen. In dieser Region allerdings ...« Sie deutete auf das Plateau und den Regenwald jenseits der Lagergrenzen. »... gibt es so viele Lebensformen, daß ich nur die größten und gefährlichsten vermerkt habe. Hier ist ein Raster aller Geschöpfe, die wir genau genug beobachtet haben, um sie als Pflanzen-, Fleisch- oder Allesfresser einzuordnen. Wie du siehst, haben wir noch eine Menge Arbeit vor uns, ehe wir auch nur einen groben Überblick besitzen.« Sie deutete auf die riesigen Flecke der Landmasse, die noch völlig leer waren. »Hier leben die Drachen«, flüsterte sie dumpf.

»Drachen?«

»Na, das behaupteten die Menschen der Vorzeit doch immer, wenn sie irgendwo auf unerforschtes Land stießen.«

»Mit anderen Worten, wir wissen nichts über die einheimischen Lebensformen, die sich hier befinden.«

Sie schüttelte den Kopf und reichte ihm mehrere Kopien

der Karten. »Die geologischen Untersuchungen gehen vor. Deshalb haben wir uns auf eine Art Übersicht beschränkt.«

»Die Karte ist großartig, Varian. Ich dachte, du seist heute mit deinen Teams unterwegs gewesen ...«

»Nein, ich habe sie allein losgeschickt und ihnen den Auftrag gegeben, die noch bestehenden Lücken in unserem Informationsmaterial zu schließen. Inzwischen arbeiteten Terilla und ich an dieser Bildmontage.«

»Terilla hat dir geholfen?« Erstaunt beugte sich Kai über die Karten.

»Genau. Ich weiß, daß man uns die Kinder praktisch in letzter Minute untergejubelt hat, aber es wäre wirklich sinnvoll gewesen, wenn wir wenigstens einen Einblick in ihre Personalakten bekommen hätten. Terilla ist eine echte Entdeckung. Wenn ich geahnt hätte, was sie alles leistet, hätte ich sie von Anfang an Gaber zugeteilt. Stell dir vor, sogar er ist mit ihr zufrieden!« Varian grinste Kai an. »Und wenn es dich erleichtert: Bonnard wird dir nicht mehr auf Schritt und Tritt folgen.«

»Oh, kümmert er sich jetzt um Dandy? Oder um Mabel? Weder das eine noch das andere wäre besonders schmeichelhaft für mich.«

»Mabel haben wir längst freigelassen. Nein, Bonnard möchte unbedingt an meiner Expedition zu den goldenen Fliegern teilnehmen.«

»Na, wenigstens hat er sich die intelligentesten Geschöpfe dieses Planeten als Ersatz ausgesucht.«

»Du siehst geradezu erleichtert aus!«

»Varian!«

»Wann ist eigentlich der Nachrichtenaustausch mit den Ryxi fällig?«

»Heute nachmittag um fünfzehn Uhr dreißig. Wenn sie die Verabredung nicht vergessen ...«

»Unsere Expedition scheint überhaupt im Zeichen der Vergeßlichkeit zu stehen. Die Ryxi vergessen den Kontakttermin, die Theks vergessen nachzudenken, und die Leute vom Mutterschiff vergessen, sich mit uns in Verbindung zu setzen. Na, dann gehe ich mal wieder an mein Zeichenbrett ...« Sie öffnete die Tür der Pilotenkabine. »Oh, Tag, Gaber!«

»Varian, hast du alle meine Kartenkopien mitgenommen?«

»Nur die, an denen Terilla arbeitet. Warum?«

»Ach so, das wußte ich nicht. Ich wußte es einfach nicht, und deshalb ...«

»Ich hatte es dir aber gesagt, Gaber. Vermutlich warst du so in die Aufzeichnungen vertieft, daß du meine Worte überhörtest. Tut mir leid. Ich habe Kai einige der Kopien gegeben und wollte den Rest eben zurück in deine Höhle bringen.«

»Dann ist es ja gut. Entschuldige, daß ich so unaufmerksam war ...«

Kai hatte das Gefühl, daß die Entschuldigung eher ein Tadel war. Er beugte sich noch einmal über die Karte mit der Verteilung der Lebewesen. Die großen Pflanzenfresser wie Mabel und drei ähnliche Herdentypen fanden sich überall in den Regenwäldern; ihre mutmaßlichen Wanderwege durch das Gebirge waren mit winzigen Skizzen der jeweiligen Rasse gekennzeichnet. Die Raubtiere, die Varian Reißer nannte, jagten einzeln. Bisher war man erst auf eine Zweiergruppe gestoßen; zwischen den beiden Kolossen hatte ein wilder Kampf getobt, der später, wie Paskutti etwas enttäuscht berichtete, mit einer Paarung endete. Die Qualität der Karten wurde ein wenig durch die großen leeren Flächen beeinträchtigt, in die Gaber lediglich die von der Sonde erfaßten topographischen Umrisse eingetragen hatte.

Sie hatten sich zunächst auf die etwas kühlere Region des Kontinentalschilds konzentriert, da die Polgegend aufgrund der Thermalverhältnisse im Planetenkern beträchtlich heißer war als die Äquatorialzone. Nun aber würden sie bald in die dampfenden Dschungel vordringen müssen, eine Aufgabe, die Kai überhaupt nicht behagte. Varian hatte ihn bereits bei ihren Vorbesprechungen an Bord des Mutterschiffs gewarnt. Die üppigen tropischen Wälder boten Nahrung in

Hülle und Fülle, und so konnte sich eine ungeheure Vielfalt von Lebensformen entwickeln, die ständig im Konkurrenzkampf miteinander lagen. Bei einem kühleren Klima (obwohl es auf Ireta keine ausgesprochen gemäßigte Zone gab) sorgten die härteren Umweltbedingungen dafür, daß sich der Artenreichtum in Grenzen hielt.

Mit verständlichem Stolz nahm Kai die neuen Karten und trug die beiden Pechblende-Fundstellen ein, ebenso die Kupferlager, die Portegin und Aulia am Vortag entdeckt hatten, und das Eisenerz, auf das Berru und Triv in den Bergen gestoßen waren. Wer immer in grauer Vorzeit hier gelandet war, hatte lediglich die Bodenschätze des Kontinentalschilds abgebaut, während die instabilen Zonen im Laufe der Epochen aufgrund der Plattentektonik einen immer größeren Erzreichtum ansammelten. Diese Mission stellte im Grunde Kais erste richtige Erkundung dar. Seine früheren Aufträge waren eher Hilfsmaßnahmen gewesen: Da mußte er Adern aufspüren, die nach Verwerfungen verschwunden waren, überflutete Meßgeräte retten oder mit Schleppnetzen Manganknollen aus der Tiefsee fischen ... alles wertvolle praktische Erfahrungen, die man bei einer planetarischen Expedition wie dieser gut nutzen konnte.

Er war so in seine Gedanken vertieft, daß ihn das Warnsignal seines Armband-Computers völlig überraschte. Einen Moment lang überlegte er verwirrt, weshalb er die Zeit eingestellt hatte.

Die Ryxi! Jetzt erst kam ihm in den Sinn, daß es besser gewesen wäre, die Botschaft an sie vorzubereiten. Geschriebene Sätze ließen sich rasch herunterlesen; wenn er frei sprach, verhaspelte er sich allzuleicht. So kritzelte er rasch ein paar Notizen nieder, während er das Kommunikationsgerät einschaltete. Vor allem die Beschreibung der goldenen Flieger erforderte Fingerspitzengefühl und Diplomatie.

Vrl meldete sich pünktlich zum vereinbarten Zeitpunkt und wollte wissen, ob die Verbindung zum Mutterschiff wiederhergestellt sei, schien aber nicht allzu besorgt, als Kai verneinte. Er erklärte, daß er einen ausführlichen Bericht per Langzeitkapsel an seine Heimatwelt abgeschickt habe, und gab zu verstehen, daß es ihm reichlich egal sei, wie lange das Ding bis zur Ankunft brauchte. Dann fügte er hinzu, daß sich seine Gruppe auf dem neuen Planeten bereits sehr heimisch fühle. Kai war versucht, die Existenz der goldenen Flieger nicht zu erwähnen, falls Vrl vergessen sollte, nach ihnen zu fragen. Aber der Leiter des Ryxi-Teams tat ihm den Gefallen nicht. Kai erzählte von seinen und Varians Beobachtungen. Zum Glück hatte er das Band eingeschaltet, denn Vrls Antwort klang so aufgeregt und schnell, daß er kein Wort verstand. Er gewann lediglich den Eindruck, daß Vrl ihn der Lüge bezichtigte und den Verdacht äußerte, die Humanoiden hätten die goldenen Flieger erfunden, weil sie den Ryxi neidisch seien. Vrl unterbrach den Kontakt, ehe Kai sich rechtfertigen oder einen neuen Termin vereinbaren konnte.

Kai war immer noch etwas erschüttert von Vrls überzogener Reaktion, als er im Hintergrund ein schwaches Räuspern hörte. Gaber stand im Eingang der Fähre.

»Tut mir leid, daß ich störe, Kai, aber uns fehlt ein Satz Gebietskarten. Hast du aus Versehen zwei behalten?«

Kai blätterte die dünnen, aber widerstandsfähigen Karten durch. Sie klebten gelegentlich zusammen, wenn die Kopierlösung trocknete. »Nein, ich habe von jeder Sorte nur eine Kopie.«

»Komisch, dann ist ein ganzer Satz spurlos verschwunden!« Gaber setzte eine empörte Miene auf und wandte sich zum Gehen.

Kai sah, daß der alte Mann immer noch den Kopf schüttelte, als er zum Ausgang marschierte. Hoffentlich nahm Varian bald eine gründliche Studie der Flieger vor, dachte Kai, während er das Band mit Vrls Antwort noch einmal ganz langsam ablaufen ließ.

7

Im Laufe der nächsten Woche waren die Expeditionsteilnehmer zu sehr damit beschäftigt, die Außenlager zu errichten, um sich mit irgendwelchen Dingen zu befassen, die außerhalb ihrer vordringlichen Ziele lagen. Varian kehrte einmal zu den Klippen zurück und brachte Trizein vom Fischfelsen einige vertrocknete kleine Exemplare der Meeres-Parallelogramme mit. Der Mann vergrub sich in seinem Labor, bis Lunzie ihn schlafend an seinem Schreibtisch fand. Sie zwang ihn, eine Pause zu machen, vernünftig zu essen und ins Bett zu gehen. Trizein gehorchte nur widerwillig; nachdem er aufgewacht war, stolperte er mit leerem Blick durch das Lager. Nur ein einziges Mal blieb er stehen und musterte Dandy mit einem sonderbar verwirrten Gesichtsausdruck.

Das kleine Geschöpf war inzwischen fast zahm und durfte sein Gehege verlassen, wenn Bonnard und Cleiti in der Nähe waren. Varian hatte beschlossen, es nicht freizulassen, da es nach dem Tod seiner Mutter keine natürliche Beschützerin mehr hatte. Kai beugte sich ihren Argumenten, zumal der Gast sicher nie die Ausmaße von Mabel erreichen würde und deshalb keine große Belastung für die Expedition darstellte. Dandy war von Natur aus scheu und begnügte sich damit, hinter den Kindern herzulaufen. Seine großen samtbraunen Augen wirkten stets ein wenig traurig oder ängstlich. Insgeheim wünschte sich Kai, daß der kleine Kerl ein wenig draufgängerischer gewesen wäre, andererseits aber hätte ein aggressives Verhalten im Lager wohl gestört.

Die goldenen Flieger tauchten immer wieder am Himmel auf, und Varian stellte eines Abends fest, daß die Vögel das gleiche Interesse an den Expeditionsmitgliedern zeigten wie umgekehrt. Sie hatte im übrigen das Band mit Vrls Antwort langsam abgespielt und die hysterische Reaktion des Ryxi-

Anführers schadenfroh zur Kenntnis genommen. Vrl wies die Existenz einer fremden vernunftbegabten Vogelrasse entrüstet ins Reich der Fabel und kündigte schwerwiegende Schritte für den Fall an, daß irgend jemand die Vorherrschaft der Ryxi in der Konföderation anzweifeln sollte. Er schlug den Zweibeinern vor, den geschmacklosen Scherz wieder zu vergessen, widrigenfalls er sich genötigt sähe, die diplomatischen Beziehungen zwischen Ryxi und Menschen ein für allemal abzubrechen.

Nachdem Terillas Tier-Karten die Runde gemacht hatten, rissen sich Tanegli und Gaber um das Mädchen mit dem außergewöhnlichen Zeichentalent, und schließlich griff Varian in den Streit ein, weil sie befürchtete, die beiden könnten das Kind überfordern. Terilla schien das Aufsehen, das sie erregte, kaum zu bemerken, und erklärte nur, daß ihre persönliche Vorliebe den Pflanzen und nicht den Tieren gehörte. Varian verstand, was sie meinte, als sie eine Karte sah, in die Terilla für Tanegli die Flora der Tiefebenen und Sümpfe eingetragen hatte. In Absprache mit Kai bestimmte sie, daß die Kleine künftig je drei Nachmittage für Gaber und für Tanegli arbeiten sollte und die Vormittage zu ihrer freien Verfügung standen. Auch Bonnard und Cleiti bekamen nun, da jede Hand benötigt wurde, feste Aufgabenbereiche zugewiesen. Meist halfen sie Taneglie, wenn Terilla keine Zeit für seine botanischen Exkursionen hatte. Bonnard begleitete hin und wieder auch Bakkun und bediente das Aufzeichnungsgerät, wenn Kai den Plus-G-Weltler nicht bei der geologischen Arbeit unterstützen konnte.

An diesen Tagen blieb Cleiti dann bei Lunzie, die Boden- und Vegetationsproben des neuen Planeten untersuchte, um eventuellen Heilwirkungen auf die Spur zu kommen.

Man errichtete und bezog zwei Hilfslager, aber es zeigte sich, daß man einen dritten Stützpunkt benötigen würde, sobald die Erkundung der östlichen Landmasse Fortschritte machte. Kai hatte für die Erforschung der östlichen Hemisphäre über die Hälfte der Expeditionszeit eingeplant. Da Ireta eine Achsneigung von etwa fünfzehn Grad besaß, rechnete er mit einer leichten Abkühlung der Polregionen für später, wenn die Teams auf die westliche Hemisphäre zurückkehrten, um ihre Untersuchungen zu vervollständigen.

Die beiden nächsten Kontakte mit den Theks brachten ihn keinen Schritt weiter. Sie besaßen weder eine Nachricht vom Mutterschiff, noch war es ihnen gelungen, seine Fragen hinsichtlich der alten seismischen Kerne zu klären. Kai wußte, daß es ihm nicht mehr lange gelingen würde, seine Leute hinzuhalten, und er sprach sich mit Varian über das weitere Vorgehen ab. Deshalb war er einigermaßen vorbereitet, als Dimenon ihn zu dem Eingeständnis zwang, daß keine Verbindung zum Satellitenschiff bestand. Kai sprach so lässig und selbstsicher von dem kosmischen Sturm, daß Dimenon gar nicht auf den Gedanken kam, sich zu erkundigen, ob die Meldung der Erzfunde die einzige Botschaft war, die das Mutterschiff abzurufen versäumt hatte.

»Mal sehen, ob uns das eine Verschnaufpause gibt!« sagte Kai später besorgt zu Varian.

»Du mußt sie nur ständig beschäftigen. Solange sie ihre Prämien für das Auffinden neuer Erzlager ausrechnen, werden sie nicht fragen.«

Kai nickte. »Der Planet ist unvorstellbar reich an Bodenschätzen, Varian!«

»Um so mehr Grund für das Mutterschiff, wieder Kontakt mit uns aufzunehmen! Die sind doch enorm scharf auf neue Energiequellen, oder?« Als Kai keine Antwort gab, schaute Varian ihn scharf an und zog eine Augenbraue hoch. »Du denkst doch nicht etwa an Gabers lächerliche These?«

»Gelegentlich kommt sie mir in den Sinn.« Kai rieb sich mit der Hand verlegen über den Nasenrücken. Obwohl ihm das alles albern vorkam, war er irgendwie froh, daß Varian die Geschichte anschnitt.

»Hmm, ja. Gelegentlich kommt sie mir auch in den Sinn. Haben sich übrigens die Ryxi wieder gemeldet?«

»Nein.« Kai grinste. »Das war auch nicht zu erwarten.«

»Allerdings.« Sie stimmte in sein Lachen ein. »Diese ...

diese pompösen Paranoiker! Als ob eine neuentdeckte intelligente Vogelrasse sie in ihrer Existenz bedrohen könnte! Die Giffs«, – das war Varians Spitzname für die goldenen Flieger –, »*sind* ohne jeden Zweifel vernunftbegabt, aber so weit weg von den Ryxi, daß es lächerlich ist, Neid oder Eifersucht zu zeigen.« Varian seufzte. »Ich würde den Intelligenzgrad dieser Vögel gern testen.«

»Warum tust du es nicht?«

»Weil ihr im Moment alle nur dieses Lager im Osten im Kopf habt.«

»Plan doch den nächsten Ruhetag dafür ein! Wenn du sie einfach nur aus der Nähe beobachtest, findest du dabei vielleicht sogar die nötige Entspannung.«

»Glaubst du, das ginge?« Varian strahlte. »Ich könnte den großen Schlitten nehmen und in ihrer Nähe kampieren. Wir wissen inzwischen eine Menge über ihre Fluggewohnheiten und haben mehrmals miterlebt, wie sie ihre mit Fischen gefüllten Netze herumschleppten, aber wir kennen weder ihren Alltag noch ihr Brutverhalten. Nur an dieser einen Stelle im Rift-Tal sammeln sie die Gräser, die sie fressen. Ihre Netze weben sie aus dem härteren Sumpfgras; wie das allerdings genau geschieht, kann ich nicht sagen.« Sie musterte ihn von der Seite. »Dir könnte eine schöpferische Pause auch nicht schaden. Warum begleitest du mich nicht bei dieser Exkursion? Paskutti und Lunzie würden uns hier im Lager vertreten.«

»Und wenn die Giffs nun ebenfalls einen Ruhetag einlegen und sich nicht blicken lassen?« Er blinzelte ihr zu.

»Nun, mit der Möglichkeit müssen wir leben«, erwiderte sie, ohne den Köder anzunehmen.

Kai wunderte sich selbst, wie sehr ihn die Aussicht auf eine Unterbrechung der Rackerei aufmunterte. Das allein zeigte, wie recht Varian mit ihrem Vorschlag hatte. Lunzie stellte sich voll auf ihre Seite. Die Ärztin erklärte, sie sei ohnehin im Begriff gewesen, ihnen eine Arbeitspause zu verordnen. Und obwohl sie meinte, daß eine Nahbeobachtung der goldenen Vögel kaum die rechte Entspannung bringen würde, war sie doch selbst neugierig, mehr über diese Geschöpfe zu erfahren.

»Was uns wohl an Vögeln so besonders reizt?« meinte sie nachdenklich, als sie nach dem Abendessen zusammensaßen und ein Glas Obstschnaps tranken.

»Ihre Unabhängigkeit?« fragte Kai.

»Wem das Fliegen vorbestimmt ist, der erhält auch Schwingen!« Varian ahmte einen Moment lang die nasale Fistelstimme von Vrl nach und fuhr dann im normalen Tonfall fort: »Ich nehme an, es hat mit der Freiheit zu tun, vielleicht auch mit der Aussicht, der Perspektive, dem Gefühl des unendlichen Raumes. Ihr Schiffsgeborenen empfindet diese Sehnsucht vielleicht nicht so stark wie wir, aber ich brauche die Weite der Landschaft, an der sich mein Auge erfreuen und die Seele erheben kann.«

»Jedes Abkapseln, sei es nun freiwillig oder unfreiwillig, kann negative Auswirkungen auf Temperament und Psyche haben und zu schweren seelischen Störungen führen«, meinte Lunzie. »Das ist mit ein Grund, weshalb wir die jungen Leute so oft wie möglich in Planeten-Missionen eingliedern.«

Kai, der gelegentlich selbst an einer beklemmenden Platzangst litt, schwieg. Er wußte, daß Lunzie nur zu recht hatte.

»Wir besitzen zwar Ersatzflügel«, fuhr Lunzie fort, »in Form von Schlitten und Lift-Aggregaten ...«

»Die uns aber nicht die gleiche Freiheit gewähren«, warf Kai ein. Ihm kam der Gedanke, wie man sich wohl fühlte, wenn man unabhängig von allen künstlichen Hilfen war, wenn man in die Tiefe stürzen, sich hoch in den Himmel schrauben, dahingleiten und -schweben konnte, ohne unterbewußt ständig an Energieverbrauch, Metallermüdung und Grenzen der Technik zu denken.

Varian sah ihn verblüfft an. »Du verstehst das, Kai?«

»Vielleicht unterschätzt ihr Planetengeborenen uns beschränkte Schiffstypen doch ein wenig«, entgegnete er mit einem schwachen Lächeln.

Dimenon hatte am Nachmittag zusammen mit Margit

nicht nur Goldnuggets in einem Bachlauf, sondern auch die dazugehörige Ader gefunden, und er befand sich deshalb in strahlender Laune. Er brachte sein Minipiano mit und stimmte eine ausgelassene Ballade mit zahllosen Strophen an. Der Refrain hatte eine so ansteckend fröhliche Melodie, daß alle mitsangen. Zu Kais großem Erstaunen schlossen sich auch die Plus-G-Weltler an. Sie klatschten begeistert und stampften mit ihren schweren Stiefeln den Rhythmus mit.

Margit schleifte Kai auf den Plastiboden und rief Dimenon zu, ein Ende mit dem albernen Gesang zu machen und endlich ein paar flotte Tänze zu spielen. Kai konnte später nicht genau sagen, wann die Plus-G-Weltler verschwanden, aber das Fest dauerte noch an, als der dritte Mond heraufgezogen war.

Gegen Morgen schreckte Kai unvermittelt aus dem Schlaf, erfüllt von einer merkwürdigen Unruhe. Er kroch aus dem Schlafsack und trat ans Fenster seiner Kuppel. Draußen war alles ruhig. Dandy lag in seinem Gehege und schlief. Nichts rührte sich. Der helle Fleck hinter den Wolken, der die Sonne darstellte, befand sich bereits ein gutes Stück über den östlichen Hügeln. Von der Gefahr, die Kais Unterbewußtsein beherrschte, war nichts zu sehen.

Aber er fand keinen rechten Schlaf mehr, und so beschloß er, gleich aufzubleiben. Er holte einen frischen Anzug heraus und wechselte das Innenfutter seiner Stiefel. Dann nahm er aus der kleinen Speisekammer, die sich in seiner Kuppel befand, einen Weckdrink. Irgendwann in nächster Zeit mußte er mit Lunzie sämtliche Vorräte überprüfen. Kai beschloß, einen Rundgang durch das Lager zu machen, da es ihm immer noch nicht gelang, seine Unruhe abzuschütteln.

Aus der Hauptkuppel stieg noch kein Rauch auf. Gaber schlief in seinem Kartographenraum, und auch die Fenster der übrigen Kuppeln waren verdunkelt. Da Kai wußte, daß Trizein oft die ganze Nacht durcharbeitete, wandte er sich mit raschen Schritten der Fähre zu und betätigte den Irisblendenverschluß der Schleuse. Die Klimaanlage im Innern der Schiffs ließ ihn mit einem Ruck stehenbleiben. Plötzlich merkte er, daß er keine Nasenfilter trug – und doch war ihm der Gestank von Iretas Atmosphäre überhaupt nicht aufgefallen!

»Heiland! Ich gewöhne mich an diese Welt!« Sein leiser Ausruf hallte durch die leere Hauptkabine der Fähre. Kai schlenderte zu Trizeins Labor im Heck, zog die Blende auf und warf einen Blick ins Innere. Er entnahm den blinkenden Lämpchen und surrenden Geräten, daß eine Reihe von Experimenten lief, aber Trizein lag noch auf seinem Klappbett und schnarchte.

Als Kai das Labor verließ, merkte er, daß der Eingang zum Lagerraum offenstand. Er mußte Trizein zur Vorsicht mahnen; Lunzie bewahrte dort immerhin ihren Alkohol auf. Kai war am Vorabend aufgefallen, daß Dimenon große Mengen davon getrunken und ziemlich aggressiv reagiert hatte, als Margit erklärte, nun sei es genug. Kai konnte nicht ausschließen, daß der Geologe versuchen würde, einen ›Schlaftrunk‹ mit ins Außenlager zu schmuggeln. Und solche Dinge durfte ein Expeditionsleiter auf keinen Fall einreißen lassen.

Obwohl ihn der Rundgang dahingehend beruhigt hatte, daß keine unmittelbare Gefahr drohte, wollte das Unbehagen nicht weichen. Erst nachdem er in seine Kuppel zurückgekehrt war und damit begann, die jüngsten Ergebnisse in die Datenspeicher des Computers zu tippen, vergaß er seine Unruhe allmählich. Als die übrigen Expeditionsteilnehmer aufstanden, hatte er den größten Teil der Arbeitsrückstände aufgeholt. So hatte sich das frühe Aufwachen für ihn doch noch gelohnt.

Bei Dimenon hatte das Gelage des Abends keine sichtbaren Spuren hinterlassen. Als er mit Margit die Aufenthaltskuppel betrat, waren beide bereit für ihre Rückkehr zum Außenlager. Sie aßen rasch und richteten alles für den Abflug her. Im Hinausgehen erkundigte sich Dimenon noch, wann Kai den nächsten Kontakt mit den Theks eingeplant habe. Er schien nicht sonderlich beunruhigt, als Kai von drei Tagen Pause sprach.

»Ich bin ja gespannt, wie die Leute vom Mutterschiff unsere Arbeit auf diesem stinkenden Planeten einschätzen! Obwohl...« Dimenon zog die Stirn kraus und faßte sich an die Nase. »Verdammt, ich habe schon wieder vergessen, die Dinger mitzunehmen!«

»Und riechst du was?« fragte Kai belustigt.

Dimenon riß Mund und Augen weit auf.

»Mann, ich habe mich an den Gestank gewöhnt!« brüllte er los und schüttelte den Kopf mit übertriebenem Entsetzen. »Du, Kai, sorg dafür, daß uns die vom Mutterschiff unbedingt vor Ablauf der Zeit zurückholen! Stellt euch sowas vor! Ich habe mich an den Gestank von Hydrotellurid gewöhnt!« Er faßte sich an die Kehle und verzerrte das Gesicht wie in Todespein. »Das halt ich nicht aus – ich halt das im Kopf nicht aus!«

Lunzie, die alles eher wörtlich nahm, kam besorgt herbeigerannt, obwohl Kai beruhigend abwinkte. Die anderen grinsten über Dimenons Aufführung, mit Ausnahme der Plus-G-Weltler, die nach einem kurzen Blick auf den Geologen achselzuckend ihre leisen Gespräche wieder aufnahmen. Lunzie hatte immer noch nicht bemerkt, daß Dimenon nur Theater spielte. Jetzt packte er sie an beiden Schultern.

»Bitte, Lunzie, bitte sag mir, daß ich wieder genesen werde! Mein Geruchssinn kommt doch zurück, nicht wahr? Sobald ich mich wieder in einer einigermaßen vernünftigen Atmosphäre befinde, ja? Bitte, bitte, ich werde wieder ganz normal riechen können...?«

»Wenn es sich um eine permanente Akklimatisierung handeln sollte«, entgegnete Lunzie scheinbar todernst, »dann kannst du immer noch eine Klimaanlage mit dem Luftgemisch von Ireta in deiner Kabine installieren lassen.«

Dimenon schaute sie entgeistert an, bis er merkte, daß ihn nun die Ärztin auf den Arm nahm.

»Nun komm schon, du Joker!« meinte Margit und packte

ihn am Ellbogen. »Was hältst du von dem berauschenden Duft eines neuen Erzfundes?«

»Kann man sich tatsächlich so an den Gestank von Ireta gewöhnen, daß man nie wieder normal riecht?« erkundigte sich Bonnard ein wenig besorgt bei Lunzie, als die beiden Geologen verschwunden waren.

»Nein«, meinte Lunzie mit einem trockenen Lachen. »Der Gestank ist zwar übermächtig, aber ich bezweifle, daß er eine Desensibilisierung auf Dauer bewirken kann. Das momentane Abstumpfen der Geruchsnerven empfinde ich eher als Segen. Du nicht auch?«

Bonnard nickte unsicher. »Bloß ... ich hatte gar nicht gemerkt, daß ich nichts mehr rieche. Erst als Dimenon davon sprach, fiel es mir auf.« Das schien ihn zu beunruhigen.

»Dann versuch allmählich die Gerüche zu erfassen, die bis jetzt von dem Gestank überlagert waren«, riet ihm Lunzie.

»Ich kann die verschiedenen Düfte der Blumen unterscheiden, die ich zeichne«, meinte Terilla. »Und manche Blätter haben ein starkes Aroma, wenn man sie zerreibt. Kein schlechtes Aroma übrigens«, setzte sie eifrig hinzu.

An diesem Vormittag befragte Kai Lunzie wegen der Vorräte, und die Ärztin, die alles sehr genau nahm, schlug ihm einen Kontrollgang durch den Lagerraum vor.

»Mir fehlt kein Schnaps, wenn es das ist, was dir Sorgen bereitet, Kai«, erklärte sie in ihrer direkten Art. »Bis jetzt haben wir auch unsere Lebensmittel noch nicht allzusehr geplündert. Ich konnte die meisten nach und nach durch einheimische Proteine ersetzen.«

»Tatsächlich?« Kai zeigte sich überrascht.

»Das ist dir gar nicht aufgefallen?« Ein Lächeln huschte über Lunzies Züge, doch dann wurde sie ernst. »Mit der Ausrüstung steht es allerdings wesentlich schlechter, und das macht mir Kummer.«

»Welche Ausrüstung?«

»Messer, dünnes und dickeres Blech, Energiezellen für die Lift-Aggregate ...«

»Was haben die Leute zu den Außenlagern mitgenommen?«

»Längst nicht soviel, wie hier verschwindet. Es sei denn, sie haben die Verluste nicht gemeldet und sich stillschweigend Ersatz beschafft, während ich anderswo zu tun hatte.« Die Erklärung klang plausibel. »Wenn du nichts dagegen hast, ernenne ich Cleiti zur Magazinverwalterin, so daß sich jeder an sie wenden muß, der etwas aus dem Lager benötigt. Auf diese Weise können wir die Leute überwachen, ohne Verdacht zu erregen ...«

Oder sie warnen, dachte Kai. Gleich darauf schob er den Gedanken beiseite. Seine Phantasie ging wieder einmal mit ihm durch. Er benötigte in der Tat dringend etwas Entspannung.

Varian kehrte am Frühnachmittag vor dem geplanten Ruhetag von einem ihrer Erkundungsflüge zurück. Sie stöberte Kai in seiner Kuppel auf, schob verächtlich die Bandspulen beiseite, die sich vor ihm türmten, und zerrte an dem langen seismischen Streifen, auf dem die vulkanischen Aktivitäten des Nordwestens ausgedruckt waren. An einer langgestreckten Transform-Störung baute sich nämlich Druck auf, und Kai hoffte, daß die seismischen Geräte Alarm schlugen. Falls es zu einem Beben kam, wollte er es an Ort und Stelle beobachten.

»Laß das Zeug jetzt, Kai! Mit ausgeruhtem Gehirn kannst du die Berichte schneller durcharbeiten!«

»Es ist doch noch viel zu früh ...«

»Von wegen! Ich bin eigens jetzt schon zurückgekommen, um dich aus deiner Höhle zu schleppen, ehe die Teams hereinbrechen und dir Haufen von neuen Fakten auf den Tisch knallen, die du un-be-dingt sehen mußt!« Sie trat an die Irisblende. »Cleiti? Hast du unseren Proviant hergerichtet? Und wo ist Bonnard?« Kai konnte die Antwort nicht verstehen, aber er sah, daß Varian befriedigt nickte. »Gut. Wenn er alles beisammen hat, soll er es in den Schlitten neben meinen Sachen legen. Kai, wo ist dein Zeug? Ha, das habe ich mir gedacht! Was brauchst du alles?«

Varian ging so entschlossen auf seinen Spind zu, daß Kai aufsprang und sie beiseite winkte. Sie stand lächelnd, aber unerbittlich neben ihm, während er das Nötigste in seinen Schlafsack packte und seine Sicherheitsausrüstung checkte. Mit einer übertriebenen Verbeugung gab er zu verstehen, daß er ab jetzt zu ihren Diensten stand.

»Ich wußte doch, daß ich dich eigenhändig hier herausholen mußte!« meinte Varian streng und selbstzufrieden zugleich.

»Weshalb trödelst du dann so lange herum?« grinste Kai und lief an ihr vorbei ins Freie. Dann aber kehrte er noch einmal um und verriegelte die Irisblende. Er wollte nicht unbedingt, daß jemand auf die Bänder mit den Thek-Botschaften stieß.

Varian startete den großen Schlitten und steuerte ihn in einer eleganten Schleife über das Lager. Auf dem Schutzfeld zerstoben wie immer die Insekten in blauen Funken. »Wir hätten eine Minikuppel mitnehmen sollen«, stöhnte Varian. »So müssen wir heute nacht die Sicherheitsgurte anbehalten und ihre Energiefelder einschalten.«

»Nicht, wenn wir auf dem Schlittenboden schlafen«, meinte Bonnard und betrachtete nachdenklich die Ausmaße des Fluggeräts. »Ich denke, der Platz reicht, wenn wir unsere Sachen auf den Vordersitzen stapeln und die Seitenbänke wegklappen. Soll ich das Aufzeichnungsgerät einschalten?«

»Heute ausnahmsweise nicht«, meinte Varian. »So nahe am Lager gibt es bestimmt keine unmarkierten Tiere mehr.«

Ein angenehmes Schweigen umgab die drei, und sie brachen es kaum während ihres langen Fluges zum Binnengewässer. Sie erreichten das Gebiet im letzten schwachen Abendlicht. Varian hatte einen guten Landeplatz ausfindig gemacht, eine flache Terrasse, die ein Stück entfernt unterhalb der Klippe lag, auf der sich die Giffs im allgemeinen versammelten. Von hier aus hatten sie einen guten Blick auf das Gipfelplateau.

Die erste Stunde nach Sonnenuntergang brachte eine kurze Erleichterung, denn die Tagesinsekten verschwanden allmählich, und die Quälgeister der Nacht waren noch nicht aufgetaucht. In dieser Zeit wärmte Varian das Abendessen auf der blanken Steinterrasse. Dann holte sie zu Bonnards und Kais Verblüffung ein Bündel trockener Äste aus dem Frachtraum des Schlittens und entfachte ein kleines Feuer.

»Ein Lagerfeuer ist etwas sehr Tröstliches, auch wenn ihr Schiffsgeborenen es vielleicht für primitiv haltet. Mein Vater und ich machten auf unseren Expeditionen nachts immer ein Feuer.«

»Es sieht wunderschön aus!« sagte Bonnard und schielte vorsichtig zu Kai hinüber, um die Reaktion seines großen Vorbilds zu beobachten.

Kai lächelte und entspannte sich ganz bewußt. Feuer an Bord eines Schiffes bedeutete höchste Gefahr. Deshalb war sein erster Reflex gewesen, irgend etwas an sich zu reißen und damit die Flammen zu ersticken. Je länger er jedoch in das kleine Feuer schaute, desto stärker schien es ihn anzuziehen. Von den tanzenden hellen Zungen ging eine hypnotische Kraft aus. Sie schufen Wärme und einen Kreis von Licht und hielten außerdem die Insekten fern.

»Das älteste Schutzfeld der Welt«, meinte Varian und stocherte mit einem Ast in der Glut, bis sie neu aufloderte. »Die Bewohner von Protheon wählten beispielsweise für ihre Feuer nur ganz besondere Hölzer, die ein angenehmes Aroma verbreiteten. Wärme und Licht mußten mit duftendem Rauch gepaart sein. Auf Ireta hätten wir es da etwas schwerer.«

»Ich weiß nicht.« Bonnard blickte tief in die Flammen. »Terilla sagt, daß es hier einige Pflanzen gibt, die sehr gut riechen. Weißt du übrigens schon, Varian, daß ich nichts mehr rieche? Lunzie meint, das sei normal. Aber wenn sie sich nun täuscht und mein Geruchssinn nie mehr funktioniert?«

Varian und Kai lachten los. »Wart ab, bis wir aufs Mutterschiff zurückkehren!« sagte Varian.

»Hmm.« Bonnards Antwort klang alles andere als begeistert.

»Du würdest lieber hierbleiben?«

»Allerdings, Kai, und das nicht nur, weil ich dann bei Dandy wäre. Es gibt hier soviel zu tun. Ich meine, Filme sind ja okay und bestimmt besser als gar nichts, aber auf dieser Reise erfahre ich Hunderte von Dingen. Das Lernen bekommt plötzlich einen Sinn ...«

»Man braucht aber eine theoretische Grundlage, ehe man an die Praxis herangehen kann«, warf Varian ein.

Bonnard winkte verächtlich ab. »Ich habe so viele Grundlagen gebüffelt, daß ich die Daten aus allen Poren schwitze, aber das ist längst nicht das gleiche wie hier, wo man alles echt miterlebt!« Bonnard hieb sich mit der flachen Hand auf das Knie. »Wie das Feuer hier und alles andere. Mann, an Bord rennst du zum nächsten Schaumlöscher, wenn irgendwo nur ein Funke glimmt!«

Varian grinste Kai an, und der nickte wehmütig.

»Ich verstehe, was du sagen willst, Bonnard«, erklärte sie. »Und ich verspreche dir, daß du weitere Expeditionen mitmachen darfst, sobald Kai und ich unseren Bericht abgegeben haben. Bakkun ist sehr zufrieden mit deiner Arbeit am Aufzeichnungsgerät.«

»Tatsächlich?« Bonnards Miene heiterte sich beträchtlich auf. »Seid ihr da ganz sicher?« Sein Blick wanderte von Varian zu Kai.

»So sicher man bei einem Plus-G-Weltler sein kann.«

»Sind denn noch mehr Expeditionen geplant, Varian?« drängte Bonnard.

»Mehr oder weniger«, entgegnete sie ausweichend. »Ich habe jedenfalls einen Vertrag für drei Expeditionen innerhalb eines Zeitraums von vier Standardjahren unterzeichnet. Bei dem nächsten Unternehmen könnte ich dich bereits als Assistent mitnehmen – falls du nicht lieber Geologie als Xenobiologie machst.«

»Ich mag Tiere«, sagte Bonnard mit einem Zögern. Allem Anschein nach wollte er es sich weder mit ihr noch mit Kai verderben. »Aber was mich dabei mehr reizt, ist ... na ja, die technische Seite eben ...«

»Dann solltest du dich vielleicht mit allen Geräten vertraut machen, damit du auf diesem Sektor so vielseitig wie möglich arbeiten kannst«, half ihm Varian.

»Glaubst du wirklich, das geht?«

Seine erleichterte Reaktion zeigte Kai und Varian, daß es in der Tat die Instrumente und ihre oft knifflige Bedienung waren, die den Jungen faszinierten. Sie plauderten über die Technik im Dienst der Wissenschaft, bis das Feuer heruntergebrannt war. Als Kai endlich vorschlug, daß sie sich schlafen legen sollten, besaß Bonnard das feste Versprechen der beiden Expeditionsleiter, daß sie ihm so oft wie möglich die Geräte überlassen würden, damit er herausfand, ob seine Talente tatsächlich auf diesem Sektor lagen.

Unbelästigt von den Nachtgeschöpfen Iretas schliefen sie unter dem sicheren Schutzfeld des großen Schlittens.

Varian erwachte am nächsten Morgen, als eine Hand ihre Schulter antippte. Sie war noch ziemlich müde, aber die Hand tippte sie nun energischer an. Bonnard wisperte ihren Namen.

»Varian! Varian, wach auf! Wir haben Besuch.«

Sie öffnete die Augen und machte sie gleich wieder zu, weil sie einfach nicht glauben wollte, was sie da erblickte.

»Varian, du mußt aufwachen!«

»Ich *bin* wach. Ich habe sie gesehen.«

»Was sollen wir tun?«

»Hast du dich schon bewegt?«

»Nur, um dich anzustupsen. Bist du erschrocken?«

»Nein.« Sie redeten beide im Flüsterton. »Kannst du Kai ebenso vorsichtig wecken wie mich?«

»Ich kann es versuchen, aber ich habe keine Ahnung, wie er reagiert.«

Damit hatte Bonnard nicht unrecht. Es half nichts, jemanden sanft anzustoßen, der dann wie ein Torpedo in die Höhe schoß. Varians Verhalten kannte der Junge, denn er hatte sie oft aus dem Schlaf geholt, wenn sie nachts gemeinsam Dandy fütterten.

»Kai bleibt einigermaßen ruhig, wenn du nicht allzu gewaltsam ans Werk gehst!«

Varian lachte in sich hinein. Es tat ihr nicht leid, daß sie Bonnard auf diesen Ausflug mitgenommen hatte. Das Gespräch des letzten Abends hatte gezeigt, daß er sowohl die Ermutigung wie auch die Gelegenheit brauchte, offen zu sprechen. In Gegenwart der beiden Mädchen und der älteren Expeditionsteilnehmer war das nur selten möglich. Kai hatte sich zwar ein wenig enttäuscht gezeigt, daß sie nicht zu zweit waren, aber nun, da es ihr einmal gelungen war, ihn von seinen Pflichten wegzulocken, würde sie die Gelegenheit öfter wahrnehmen ... und dann und wann auch ohne Bonnard.

Während der Junge nun Kai mit dem Fuß gegen die Schulter stupste, flüsterte Varian dem Freund ins Ohr:

»Kai, rühr dich nicht, wenn du wach bist! Die Beobachter werden beobachtet!«

Sie hatte die Augen jetzt halb offen, denn die Giffs drängten sich so dicht um den Schlitten, daß sie bei offenen Augen einen Blickkontakt nicht hätte vermeiden können.

Beinahe prustete sie los, als ein orangeroter Schnabel vorsichtig gegen den Plastischirm klopfte.

»Heiliger Mullah!« flüsterte Kai entsetzt und belustigt zugleich.

»Ob ich es riskieren kann, die Augen ganz aufzuschlagen und zu gucken?« fragte Bonnard leise.

»Warum eigentlich nicht? Sie beobachten uns ja auch.«

»Könnten sie hier eindringen?« erkundigte sich der Junge besorgt.

»Kaum«, entgegnete Varian ungerührt. Sie glaubte zwar nicht, daß der Plastischirm einer konzertierten Aktion der harten Schnäbel widerstehen würde, aber die Besucher wirkten nicht sonderlich aggressiv.

Kai schob sich langsam aus dem Schlafsack und stützte den Kopf auf eine Hand. »Wie war das doch, Varian? Du wolltest den Alltag dieser Vögel kennenlernen, nicht wahr?« Er starrte an ihr vorbei zu den mit goldenem Flaum überzogenen Gesichtern, die sich um den Schirm drängten.

»Das hatte ich vor.«

»Und ich fragte dich noch, was wir tun, wenn sie gerade ihren Ruhetag haben!«

Varian und Bonnard konnten sich das Lachen nicht länger verbeißen.

»Du meinst, sie haben einen Tag freigenommen, um uns zu beobachten?« kicherte Bonnard.

»Zumindest scheinen sie sich den Morgen freigenommen zu haben«, sagte Varian und kroch nun ebenfalls aus dem Schlafsack.

Die Luftgeschöpfe spreizten unruhig die Flügel und wichen etwas zurück.

»He, sie können die Schwingen am Gelenk drehen ...«

»Ja, Bonnard, das ist mir auch aufgefallen.« Varian hatte außerdem bemerkt, daß die Giffs ihre drei Fingerglieder mit den gelblichen Krallen am Ende abwinkeln konnten. Daumen und kleiner Finger waren in die Schwinge umgewandelt. Varian hatte keine Ahnung, wie die Vögel mit den drei Flügelfingern ihre Netze weben konnten.

»He, unsere Nummer zieht wohl nicht bei allen!« meinte Bonnard und deutete mit einer maßvollen Geste nach oben.

Zum Glück kauerte keiner der Giffs auf der Kuppel des Plastischirms, und sie hatten einen freien Blick zum Himmel. So sahen sie, wie eine Staffel der goldenen Flieger zu den Wolken aufstieg und sich nach Südosten wandte.

»Ich nehme an, daß uns vor allem die Jungen belagern«, meinte Varian.

»Die *ganz* Jungen, wenn du mich fragst!« Kai schnitt eine Grimasse und deutete auf die bräunliche Soße, die an der Außenseite des Schlittens heruntertropfte.

Bonnard unterdrückte ein glucksendes Lachen. »Und was machen wir jetzt? Ich habe Hunger.«

»Dann essen wir eben«, entgegnete Varian und streifte den Schlafsack von den Füßen, ganz vorsichtig, um die Giffs nicht zu erschrecken. »Ja, es sind die Jungen«, bekräftigte sie, nachdem sie aufgestanden war und auf die kleinen Geschöpfe herabblickte, die den Schlitten umdrängten.

Nun, da die Perspektive stimmte, sah sie, daß keiner der Giffs auch nur annähernd erwachsen war. Der Schopf des größten ging ihr gerade bis zur Taille. Sie schätzte, daß ein erwachsener Giff etwa so groß wurde wie ein Mensch und eine Flügelspanne von acht bis zehn Metern erreichte.

»Was sollen wir tun?« erkundigte sich Bonnard.

»Setzt euch ganz langsam auf«, meinte sie und rutschte in Richtung Proviant. »Ich bringe euch das Frühstück sozusagen ans Bett.«

Kai und Bonnard gehorchten und nahmen dankbar einen dampfendheißen Becher in Empfang.

»Mahlzeit!« sagte Kai mit einer kleinen Verneigung zu den Vögeln hin und trank den ersten Schluck.

»Ich wollte, sie würden sich rühren oder was sagen!« Bonnard schaute nervös umher, während er in den Dampf blies, um das Getränk etwas abzukühlen. Um ein Haar wäre ihm der Becher entglitten, als einer der Giffs sich plötzlich streckte und mit den Flügeln schlug. »Die stehen da wie festgewurzelt.«

»Wahrscheinlich dürfen sie nur gucken, aber nichts anfassen«, grinste Kai. »Aber ich muß gestehen, daß mir das auch lieber ist. Diese Schnäbel wirken ziemlich scharf.« Er warf einen Blick auf Varian. Die Biologin hielt jetzt ein kleines Aufzeichnungsgerät in Taillenhöhe und filmte damit die Gesichter ihrer Besucher.

Dann hievte sie den Apparat mit betont langsamen Bewegungen auf eine Schulter und schaltete ihn erneut ein. Sie schwenkte ihn im Kreis, hielt aber dann so lange an, daß Kai verwundert fragte, was denn los sei.

»Ich habe das Gerät auf den Hauptgipfel gerichtet. Dort oben rührt sich einiges. Ich kann nicht genau erkennen, was los ist, aber ... doch, jetzt sehe ich es! Es sind die Erwachsenen. Ich möchte wetten ... ja, sie rufen die Kleinen zu sich!«

Zögernd wie alle neugierigen Kinder wandten sich die

jungen Giffs vom Schlitten ab und watschelten schwerfällig davon. Einen Moment später waren sie verschwunden, so unvermittelt, daß Bonnard einen kleinen Schrei ausstieß.

»Keine Sorge, Bonnard!« sagte Varian, die im Stehen die bessere Aussicht hatte. »Wir befinden uns dicht neben dem Klippenrand. Sie lassen sich einfach über die Kante fallen. Wenn du einen Blick nach hinten wirfst, kannst du sehen, daß sie völlig unversehrt davonfliegen.«

Kai schnitt eine ärgerliche Grimasse. »Wir haben versäumt, sie zu markieren, und dabei waren sie so nahe!«

»Von wegen! Das hätte sofort ihre Eltern auf den Plan gerufen. Außerdem ist es nicht nötig, die Giffs zu markieren. Wir kennen ihren Lebensraum und ihre Fluggewohnheiten recht gut.« Varian deutete auf das Aufzeichnungsgerät. »Außerdem habe ich ihre Gesichter auf Band.«

»Sie selbst haben uns auch sehr genau beobachtet«, meinte Bonnard. »Ich möchte wissen, ob sie sich das nächste Mal an *unsere* Gesichter erinnern.«

Varian lachte. »Alle Lebewesen ohne goldenes Fell und ohne Schopf sehen gleich aus!«

Nun, da die Vögel weg waren, konnten sie sich wieder frei im Schlitten bewegen. Varian brachte jedem von ihnen einen Riegel Protein-Konzentrat. Sie lümmelte sich in den Pilotensitz und kaute das trockene Zeug.

Nach dem Frühstück bereiteten sie sich auf ihre eigentliche Mission vor. Kai und Bonnard trugen die Aufzeichnungsgeräte und Bandkassetten, während Varian die Grasbüschel vom Rift-Tal herrichtete, die sie als Geschenk mitgebracht hatte. Kai steckte außerdem einen Betäubungsstrahler ein, obwohl er hoffte, daß er ihn nicht benützen mußte. Insgeheim glaubte er ohnehin, daß sie im Fall eines Kampfes unterliegen würden, da sie niemals die Wendigkeit der Giffs besaßen.

Als sie den Schlitten verließen, brach die Sonne durch die Wolkendecke – zu ihrer Morgeninspektion, wie Bonnard meinte. Und im gleichen Moment kamen ganze Scharen von goldenen Fliegern aus den Höhlen in den Klippen, wie magisch angezogen von den gleißenden Sonnenstrahlen. Bonnard schulterte die Kamera und fing das Schauspiel ein. Hunderte von Giffs wandten sich der Sonne entgegen; sie spreizten die Schwingen und stimmten einen merkwürdig trillernden Gesang an.

»Hast du so etwas schon mal erlebt, Varian?« fragte Kai erstaunt.

»Nein, nicht ganz in dieser Art. Es sind prachtvolle Geschöpfe. Rasch, Bonnard, nimm die Gruppe an der dritten Terrasse links auf!«

Die Giffs ließen sich einer nach dem anderen über den Felsensims fallen, spannten die Flügel und fingen sich ab, drehten Saltos und glitten in langsamen Rollen und Spiralen dahin, fast als wollten sie das Sonnenlicht mit jeder Pore ihres Körpers einsaugen. Es war ein majestätisches Ballett der Lüfte, das die Zuschauer in seinen Bann zog.

»Sie halten die Augen geschlossen«, meinte Bonnard, der sie durch die Linse des Aufzeichnungsgeräts beobachtete. »Hoffentlich stoßen sie nicht zusammen ...«

»Sie besitzen vermutlich eine Art Radar-Wahrnehmung«, meinte Varian. Sie holte die Vögel mit der Vergrößerungsmechanik ihrer Gesichtsmaske näher heran. »Ich frage mich ... haben sie die Augen geschlossen, weil das Sonnenlicht sie blendet, oder stellt das Ganze mehr eine mystische Handlung dar?«

»Karotin soll gut für die Augen sein«, warf Bonnard ein.

Varian dachte nach, ob die Reißer oder Herdentiere bei Sonnenschein je geblinzelt oder die Augen geschlossen hatten. Sie konnte sich nicht erinnern. Ungefiltertes Licht war auf Ireta so selten, daß sich zumindest die Blicke der Menschen unweigerlich auf die Sonne richteten. Sie beschloß, nach der Rückkehr ins Lager noch einmal die alten Bänder zu überprüfen.

»Schau mal, Varian, nur ein Teil der Giffs betätigt sich als Luftakrobaten.« Bonnard hatte das Aufzeichnungsgerät herumgeschwenkt und stellte es nun auf einige Jungtiere ein, die am Gipfelplateau herumliefen.

Einer der Kleinen stieß einen erschreckten Laut aus, als er etwas am Boden untersuchte, verlor das Gleichgewicht und fiel auf den Rücken. Hilflos ruderte er mit den Flügeln. Seine Gefährten betrachteten ihn, unternahmen aber nichts.

Ohne lange nachzudenken, begann Varian den Gipfel zu erklimmen, um dem Kleinen zu helfen. Sie versuchte sich eben über die Kante zu ziehen, als ein erwachsener Giff auf dem Fischplateau landete. Er wandte sich Varian zu und stieß einen schrillen Schrei aus, der wie ein Befehl klang. Die Biologin stellte ihre Klettertour sofort ein. Der Giff richtete das Junge geschickt mit den Flügelklauen wieder auf und legte eine Schwinge schützend um ihn.

»Okay, ich habe verstanden«, sagte Varian. »Das war deutlich genug.«

Wieder kreischte der erwachsene Giff, ohne Varian aus den Augen zu lassen.

»Varian!« Kais Stimme klang besorgt.

»Alles in Ordnung. Er hat mir nur eben erklärt, daß ich auf Distanz bleiben soll.«

»Ich schlage sogar vor, daß du die Distanz vergrößerst!«

»Wenn er mich angreifen wollte, hätte er das längst getan. Laß den Betäubungsstrahler stecken!«

»Woher sollen die Giffs wissen, was ein Betäubungsstrahler ist?«

»Auch wahr! Ich werde jetzt versuchen, unsere friedlichen Absichten zu demonstrieren.« Betont langsam holte Varian die Grasbüschel des Rift-Tales aus der Schenkeltasche ihres Coveralls und hielt sie so hoch, daß der erwachsene Giff sie gut sehen konnte.

Der goldene Flieger starrte ihr unentwegt in die Augen, aber Varian spürte, daß er das Gras bemerkt hatte. Sie schob das Bündel vorsichtig über den Rand des Gipfelplateaus. Der Giff schnarrte diesmal ein wenig leiser und weniger aggressiv.

»Bitte, gern geschehen!« entgegnete Varian und hörte im Hintergrund Bonnards spöttisches Lachen. »Höflichkeit ist nie verschwendet, Bonnard. Tonfall und Gesten übermitteln eine bestimmte Botschaft, aus der Fremde einen Teil deiner Absichten ablesen können.«

Sie trat den Rückweg zur Schlitten-Terrasse an, Schritt für Schritt, ohne den Giff aus den Augen zu lassen. Als sie neben Kai und Bonnard stand, trat der Giff schwerfällig an den Rand des Plateaus, nahm das Gras in den Schnabel, zog sich an die Klippenkante zurück, die dem Wasser zugewandt war, und ließ sich fallen. Sobald er genügend Raum hatte, breitete er die Schwingen aus, gewann an Höhe und verschwand aus dem Blickfeld der Beobachter.

Kai stieß einen Seufzer der Erleichterung aus. »Faszinierend!« sagte er dann leise.

Bonnard schaute Varian mit offener Bewunderung an.

»Puh! Ein einziger Schnabelhieb, und du wärst nach unten gesegelt!«

»Das Verhalten des Giffs enthielt keinerlei Drohung.«

Kai legte ihr den Arm um die Schultern. »Varian, sei bitte vorsichtig!«

»Ich nehme doch nicht zum erstenmal Kontakt mit einer fremden Rasse auf!« Dann las sie die Sorge in seinem Blick. »Ich bin immer vorsichtig. Sonst wäre ich jetzt nicht hier. Im allgemeinen fällt es mir leicht, mich mit fremden Lebewesen anzufreunden. Aber wie soll ich je mehr über die jungen Giffs in Erfahrung bringen, wenn die Eltern sie so abschirmen . . . « Sie unterbrach sich und stieß einen leisen Pfiff aus. »Eigentlich ist das Problem schon gelöst! Der Giff fuhr dazwischen, weil er es gewohnt ist, seine Jungen zu beschützen! Also sind sie noch unselbständig, wenn sie auf die Welt kommen. Dennoch«, – seine Stimme klang etwas enttäuscht –, »ich hätte mich zu gern in einer ihrer Höhlen umgesehen . . . «

»Sieh doch, Varian!« wisperte Bonnard und deutete mit dem Daumen unauffällig halb nach hinten.

Langsam drehte sich Varian um. An der Gipfelkante entdeckte sie eine Reihe von halbwüchsigen Fliegern. Sie hatten die Schwingen angelegt, klammerten sich mit den Krallen und Klauen an den Felsen fest und reckten die Hälse weit vor, damit sie besser in die Tiefe starren konnten. Varian schüttelte lachend den Kopf. »Ich möchte wirklich wissen, wer da wen beobachtet«, sagte sie leise.

»Laß ihnen doch die Freude!« Kai lehnte sich mit verschränkten Armen gegen den Schlitten. »Was ist der nächste Punkt auf deinem Tagesprogramm? Daß wir ihnen unsere Morgentoilette vorführen?«

»Warum nicht? Es wäre interessant zu erfahren, wie lange ihre Aufmerksamkeit anhält. Aber da oben scheint eine ganze Menge los zu sein.« Sie deutete zum Himmel, wo die Giffs kreisten und sich zu Gruppen sammelten, die dann mit kraftvollen Schwingenschlägen in verschiedene Richtungen davonflogen. »Offenbar haben wir doch keinen Ruhetag erwischt«, sagte Varian lächelnd zu Kai. »Bonnard, wenn wir dir helfen, den Plastischild zu erklimmen, kannst du vielleicht einen Blick auf das Gipfelplateau werfen. Ich würde gern wissen, was die Halbwüchsigen dort oben suchen und was den Kleinen so sehr erschreckte, daß er umkippte.«

»In Ordnung.«

»Paß aber auf, daß du mir mit deinen Stiefeln nicht den Kunststoff verkratzt!« Bonnard wollte etwas entgegnen, aber Varian winkte ab. »Nein, du kannst sie *nicht* ausziehen!«

Sie stemmten ihn gemeinsam hoch, und Bonnard balancierte vorsichtig über die Kuppel, bis er den Gipfel gut sehen konnte.

»Ich erkenne ein paar schleimige Tangbüschel ... und eine Menge toter Parallelogramme. Aber ... Mann, das hältst du doch im Kopf nicht aus!«

Die halbwüchsigen Giffs, angelockt durch Bonnards Kletterei, verließen ihre Aussichtsplattform und kamen nähergewatschelt, bis sie genau in Bonnards Blickfeld standen. Ärgerlich stemmte er beide Hände in die Hüften und starrte sie wütend an, bis sie mit Gekreisch ein paar Schritte zurückwichen. Kai und Varian grinsten über die jugendlichen Hitzköpfe auf beiden Seiten.

»He, Jungfilmer, du hast ein paar schöne Aufnahmen verpaßt!«

»Als ob ich das nicht selber wüßte!«

»Komm jetzt wieder runter!« meinte Varian. »Wir haben in Erfahrung gebracht, was wir wissen wollten.«

Sie schlenderte zum anderen Ende der Terrasse, wo die Klippe senkrecht zum Meer hin abfiel, legte sich flach auf den Boden und spähte über die Kante in die Tiefe.

»Wenn sie mich nicht nach oben lassen, könnte ich es ja mal ein Stockwerk weiter unten versuchen. Etwa zwanzig Meter zur Linken scheint eine Höhle zu sein, Kai. Mit Gurtgeschirr und Leine schaffe ich das vielleicht.«

Kai hegte keine große Begeisterung für solche Turnübungen, aber das Gurtgeschirr, das mit Tau und Winde fest an den Außenstreben des Schlittens verankert war, konnte sogar einen Plus-G-Weltler tragen. Varian schnallte sich fest und begann mit Kais Hilfe hin und her zu pendeln.

»Beobachten sie mich, Bonnard?« fragte sie per Funk.

»Vor allem die Jungen ... Moment, einer der Erwachsenen schaut ebenfalls zu.«

»Mal sehen, wie weit ihre Schutzzone reicht ...«

»Varian ...« Kais Besorgnis wuchs, als der erwachsene Giff näher heranflog. Varians Körper schwang hin und her.

»Er zeigt nur Neugier, Kai. Damit hatte ich gerechnet. Noch ein Schwung und ... ah, geschafft!« Sie hatte einen Felsvorsprung am Höhleneingang erwischt, klammerte sich mit beiden Händen daran fest und kletterte geschickt ins Innere.

»Mann! Ein gigantischer Raum ... und verlassen. Führt so weit in den Berg hinein, daß ich das Ende gar nicht erkennen kann.« Varians Stimme klang dumpf und hohl. »Sekunde – genau das, was ich gesucht hatte. Ein Ei. Und die haben mich trotzdem in die Höhle gelassen? Oh, es klappert. Tot. Ein sehr kleines Ei. Immerhin ein indirekter Beweis dafür, daß ihre Jungen bei der Geburt ziemlich unreif sind. Hmm. Hier liegen Gräser herum, die eine Art Nest bilden. Allerdings ziemlich verstreut. Könnte auch was anderes bedeuten. Sie werden die Höhle doch nicht wegen eines einzigen unfruchtbaren Eies aufgegeben haben? Weder Gräten noch Schuppen. Das läßt vermuten, daß sie die Fische ganz verschlingen. Gutes Verdauungssystem ...«

Bonnard und Kai tauschten vielsagende Blicke, während sie auf Varians Monolog und die verschiedenen Geräusche horchten, die aus dem Kommunikator drangen.

»Die Nestgräser kommen nicht aus dem Rift-Tal, sie haben eher Ähnlichkeit mit den harten Sumpfgewächsen. Ich möchte wissen ... okay, Kai!« Ihre Stimme klang jetzt klarer. Allem Anschein nach hatte sie die Höhle verlassen. »Du kannst mich wieder nach oben ziehen.«

Als sie über dem Rand der Terrasse auftauchte, hatte sie ein paar Grasbüschel in den Händen, und das Ei beulte ihre Coverall-Tasche aus.

»Irgendwelchen Grund zur Besorgnis?« fragte sie.

Kai, der an der Winde stand, schüttelte den Kopf. Bonnard lief ihr entgegen und löste das Gurtgeschirr.

»Mann, das Ei ist aber winzig. Darf ich es mal schütteln?«

»Nur zu. Der Inhalt ist längst vertrocknet.«

»Warum?«

Varian zuckte mit den Schultern. »Wir übergeben es am besten Trizein zur Untersuchung. Vielleicht findet er die Ursache. Ich möchte es nicht unbedingt zerbrechen. Gib mir mal einen Probebeutel, Kai!« Sie hüllte das Ei in die verdorrten Gräser und verstaute es in einem Plastiksack. Dann rieb sie sich die Hände. »Arbeit macht durstig«, meinte sie, während sie neue Drinks und Konzentratriegel aus dem Schlitten holte.

Nach einer kleinen Pause meinte sie nachdenklich: »Ich glaube, daß jede der Gruppen, die vorhin wegflogen, einen bestimmten Auftrag hatte ...«

Kai schaute sie fragend an. »Mit anderen Worten: Wir bleiben hier und warten ihre Rückkehr ab?«

»Wenn es dir nichts ausmacht ...«

»Nein.« Er nickte zu den Jungvögeln hinüber, die allmählich das Interesse an den Fremden verloren und am anderen

Ende des Gipfelplateaus zu spielen begannen. »Die Rollen scheinen sich allmählich wieder zu vertauschen.«

»Stimmt. Nur schade, daß ich keine der bewohnten Höhlen aufsuchen kann ...«

»Alles an einem Tag?«

»Du hast recht, Kai. Ich verlange zuviel. Zumindest haben wir herausgefunden, daß sie nicht aggressiv sind. Der Erwachsene schien zu verstehen, daß ich keine Bedrohung für sein Junges darstellte. Er akzeptierte das Gras ...«

Unvermittelt schrillte ein langgezogener Ton über den Schlitten hinweg. Die Köpfe der Beobachter fuhren nach oben. Auf dem Gipfelplateau erstarrten die Giffs, die eben noch umhergetollt hatten. Varian deutete auf das Aufzeichnungsgerät, doch Bonnard hatte es bereits eingeschaltet. Er suchte den Himmel ab, ehe er die Linse auf die Jungvögel richtete.

Aus allen Höhlen quollen Flieger, stürzten sich in die Tiefe und flogen dann mit schnellen Schwingen auf die Nebelfelder im Südwesten zu.

»Dort liegt der Isthmus, nicht wahr? Ob wohl die Netzfischer zurückkommen?«

»Die Jungen räumen das Plateau«, stellte Bonnard fest. »Allem Anschein nach gibt es heute mittag wieder Fisch.«

Aus dem Nebel tauchte nun eine Gruppe völlig erschöpfter Giffs auf. Sie taumelten dicht über dem Wasser dahin und hatten alle Mühe, sich auf die Felsensimse zu schwingen. Varian entdeckte bei mindestens einem Grashalme in den Klauen. Die Menschen warteten ebenso angespannt wie die Jungvögel, die einander hin und her schubsten und ab und zu Schnabelhiebe austeilten. Bonnard wurde ungeduldig. Er trat an den Schlittenausgang, und noch ehe Varian ihn zurückrufen konnte, landete ein erwachsener Giff auf ihrer Terasse.

»Rühr dich nicht vom Fleck, Bonnard!«

Der Giff beobachtete aufmerksam den Schlitten.

»Und jetzt komm Schritt für Schritt zu uns zurück!« befahl Varian. Als der Junge wieder neben ihnen stand, seufzte sie erleichtert. »Was habe ich dir erst kürzlich gepredigt? Man darf fremde Geschöpfe nicht beim Fressen stören. Und man darf sie schon gar nicht stören, wenn sie auf ihr Futter warten!«

»Tut mir leid, Varian.«

»Ist schon gut. Aber du mußt dir diese Dinge einprägen, Bonnard. Zum Glück ist diesmal kein Schaden entstanden – weder für uns noch für unsere Mission.« Sie lächelte, als sie Bonnards niedergeschlagene Miene sah. »Nun nimm es nicht so tragisch! Wir haben ganz nebenbei in Erfahrung gebracht, daß sie uns keine Sekunde aus den Augen ließen. Und sie fanden heraus, an welcher Stelle wir diesen Schlitten verlassen und betreten. Wirklich kluge Geschöpfe!«

Bonnard kauerte sich auf den Schlittenboden, den Blick fest auf seinen Bewacher gerichtet.

Sie warteten etwa eine dreiviertel Stunde, dann machte Kai sie mit einer verhaltenen Geste auf die Rückkehr der Giffs aufmerksam. Aus sämtlichen Höhlen erscholl lautes Geschrei, und so viele Vögel flogen durcheinander, daß Bonnard ganz verzweifelt erklärte, auf seinen Bildern sei bestimmt nichts außer goldenem Fell und Flügeln zu erkennen.

Für Bonnard und Varian wiederholte sich das Schauspiel, das sie bereits einmal erlebt hatten. Ganze Berge glitzernder Fische wurden aus den Netzen auf das Plateau geschüttet. Die Jungvögel begannen zu fressen; als sich einer den Schnabelsack vollstopfen wollte, versetzte ihm ein Erwachsener ein paar kräftige Hiebe und zwang ihn, das Zeug wieder auszuspucken. Kai beobachtete einen Giff, der Meeres-Parallelogramme aussortierte und mit geschickten Schnabelstößen über die Klippenkante warf. Als er mit seiner Arbeit fertig war, wetzte er den Schnabel an einem Stein sorgfältig sauber.

Varian schaute Bonnard fragend an, und der nickte. »Ich habe alles auf Band«, versicherte er. Im gleichen Moment deutete Kai auf eine andere Stelle. Dort stand ein Giff, dem seine Gefährten Fische in den Schnabelsack stopften. Er watschelte schwerfällig zur Kante, ließ sich in die Tiefe fallen und segelte in eine der größeren Höhlen. Ein anderer nahm seinen Platz ein, wurde ebenfalls bedient und steuerte eine andere Höhle an. Die Halbwüchsigen durften offenbar jeder nur einen Fisch nehmen. Wieder erschraken zwei Jungvögel so sehr vor einem Parallelogramm, daß sie auf den Rücken purzelten und von Erwachsenen wieder aufgerichtet werden mußten. Bonnard maulte vor sich hin, weil er im Schlitten bleiben mußte, obwohl er vom Plastischirm aus weit bessere Aufnahmebedingungen gehabt hätte.

Allmählich schwand der Vorrat an Fischen, und die halbwüchsigen Vögel verließen das Plateau. Kurze Zeit später waren alle Giffs verschwunden. Varian wollte noch eine Weile abwarten, aber sie merkte, daß Kai allmählich die Geduld verlor.

Mittag war längst vorbei. Varian hatte soviel Material auf Band, daß sie stundenlang damit beschäftigt sein würde. Als sie erklärte, daß man allmählich an den Rückflug denken könnte, fand sie die ungeteilte Zustimmung ihrer Begleiter. Kai checkte in Windeseile den Schlitten, bedeutete Bonnard, daß er sich setzen und festschnallen sollte, und tat selbst das gleiche. Beide waren startbereit, noch bevor Varian am Steuer Platz nahm.

Nach dem Start kreiste die Biologin einmal über dem Gipfelplateau, wo nur noch einige Parallelogramme auf dem Felsen verdorrten. Viele ihrer Fragen waren beantwortet, aber es hatten sich im Lauf des Tages auch neue Rätsel aufgetan. Dennoch fühlte sie sich zufrieden und glücklich, denn sie hatte sich für eine Weile nur mit den Dingen befaßt, die ihr wirklich Spaß machten.

8

Kai fiel die Abwesenheit der Schlitten auf, sobald sie über dem merkwürdig reglosen Lager kreisten. Nur Dandy war zu sehen; er lag dösend in seinem Gehege, einen Hinterlauf leicht angewinkelt. Irgendwie beruhigte das Kai. Dandy schien stets sofort zu spüren, wenn etwas Ungewöhnliches vorging. Dann zog er sich in die hinterste Ecke seines Geheges zurück und preßte sich eng an den Zaun.

»Offenbar haben unsere Leute das mit dem Ruhetag wörtlich genommen«, meinte Varian, die den Schlitten steuerte. »Meine Teams sind wohl ziemlich früh zu den Außenlagern zurückgekehrt.«

»Ja, aber wo stecken meine schweren Jungs? Ich finde es komisch, daß sämtliche Schlitten fehlen.«

»Bakkun sagte, daß er einen Abstecher zu seinem Platz machen wolle«, warf Bonnard ein.

»Seinem Platz?« wiederholte Kai und Varian wie aus einem Mund.

»Ja. Im Norden.« Bonnard deutete vage. »Bakkuns Lieblingsplatz liegt im Norden.«

Varian gab Kai mit einem raschen Blick zu verstehen, daß er ihr die Fragen überlassen sollte. »Was gibt es denn dort so Besonderes? Warst du schon mal da?«

»Ja, letzte Woche, als ich mit Bakkun arbeitete. Ich weiß auch nicht, was ihn an dem Fleck so reizt. Eine große runde Lichtung im Wald, die an einem Ende von einer schroffen Felskante begrenzt wird. Es wimmelt dort von Pflanzenfresser-Herden – Kolossen wie Mabel, aber einer Reihe kleinerer Arten. Die meisten haben riesige Flankenwunden. Bakkun erzählte mir, daß Paskutti sich näher mit ihnen befaßte. Wußtest du gar nichts davon?«

»Vielleicht fand er noch nicht die Zeit dazu«, entgegnete Varian so lässig, daß Kai sofort Bescheid wußte. Paskutti hatte die Sache mit keiner Silbe erwähnt.

»Zeit? Aber das liegt eine Woche zurück!«

»Wir waren alle ziemlich beschäftigt«, meinte Varian mit gerunzelter Stirn, während sie den Schlitten geschickt in die Landebucht steuerte und elegant aufsetzte.

Lunzie erwartete sie an der transparenten Schleuse.

»Nun, wie war der Ausflug?« begrüßte sie die Heimkehrer. »Hattet ihr Erfolg?«

»Das kann man wohl sagen. Bei euch scheint alles sehr ruhig verlaufen zu sein, was?« fragte Varian.

Lunzie warf ihr einen langen, forschenden Blick zu.

»Soweit ich das beurteilen kann, ja«, entgegnete sie. Ihre Stimme klang gedehnt, und sie schaute Varian immer noch in die Augen. »Terilla arbeitet in Gabers Kuppel an ein paar Zeichnungen, und Cleiti liest im Aufenthaltsraum.«

»Darf ich Cleiti die Bänder zeigen, Varian?«

»Natürlich. Aber lösch sie nicht aus Versehen!«

»Varian! Ich arbeite jetzt seit Wochen mit dem Zeug und habe noch nie etwas kaputtgemacht.«

Kai spürte, daß Varian froh war, Bonnard außer Hörweite zu haben. Und er merkte, daß die beiden Frauen ohne Worte irgendwelche Informationen austauschten. Sie schienen darauf zu brennen, ungestört miteinander reden zu können. Aber auch Kai hatte einige Fragen an Varian, die sich um Bakkun, Paskutti und eingefangene Pflanzenfresser drehten.

»Sind meine Teams schon unterwegs?« erkundigte sich Kai bei Lunzie, um das auffällige Schweigen zu überbrükken, das Bonnards Weg über den Lagerplatz begleitete. Der Junge blieb kurz bei Dandy stehen und streichelte ihn.

»Ja, alle bis auf Bakkun, der mit den Plus-G-Weltlern einen Ausflug unternahm.« Lunzie deutete auf die Fähre, und sie schlenderten gemeinsam hinüber. »Du hattest doch nach unseren Vorräten gefragt, Kai«, fuhr sie leise fort. »Ich habe festgestellt, daß eine Reihe von Medikamenten fehlt. Und der Synthesizer braucht eine neue Energiezelle. Dabei hatte ich ihn so gut wie gar nicht benutzt. Um ganz sicherzugehen, bat ich Portegin vor seinem Abflug, das ganze System zu überprüfen. Er konnte keinerlei Fehlfunktion feststellen. Also muß jemand die Maschine in Betrieb genommen haben. Was damit hergestellt wurde, kann ich leider nicht sagen.«

»Wohin sind die Plus-G-Weltler geflogen, Lunzie?« fragte Varian.

»Keine Ahnung. Ich war bereits ins Lager gegangen und hörte plötzlich das Geräusch der Triebwerke und Lift-Aggregate. Dann kam Portegin und berichtete, daß die Plus-G-Weltler gestartet waren...« Lunzie zog plötzlich die Stirn kraus. »Sonderbar. Ich war im Lager, aber sie kamen nicht, um sich mit Proviant zu versorgen.«

»O nein!« Varians unterdrückter Ausruf verwirrte Kai und die Ärztin.

»Was ist denn los, Varian?«

Sie lehnte sich gegen die Metallwand und sah mit einem Mal sehr blaß und elend aus.

»Nein, ich muß mich täuschen...«

»Täuschen?« Lunzie schaute sie scharf an.

»Es ... es ist unmöglich. Sie hatten doch keinen Grund für einen solchen Rückfall in die Barbarei. Oder ... was meinst du, Lunzie?«

»Rückfall in ...« Lunzies Augen wurden schmal. Sie schaute Varian an, die immer noch kraftlos an der Wand lehnte. »Du glaubst doch nicht ...?«

»Weshalb sonst sollte sich Paskutti verwundete Tiere ansehen, ohne mir etwas davon zu sagen? Bakkun habe ich nie für besonders sensibel gehalten, aber daß er so offen vor dem Jungen sprach ...«

Lunzie lachte abfällig. »Die Plus-G-Weltler haben keine besonders hohe Meinung von uns Leichtgewichtlern, geschweige denn von Schiffsgeborenen. Und die Kinder auf ihren Welten dürfen den Mund nicht auftun, bis sie ihre erste Beute getötet haben...«

»Wovon sprecht ihr beide eigentlich?« wollte Kai wissen.

»Ich fürchte, daß Varians These stimmt.«

»*Welche* These?« fragte Kai gereizt.

»Daß die Plus-G-Weltler dazu übergegangen sind, sich von tierischem Protein zu ernähren.« Obwohl Lunzie betont kühl und gelassen sprach, gelang es ihr nicht, die Brutalität ihrer Worte abzumildern.

Kai kämpfte plötzlich gegen eine starke Übelkeit an.

»Sie ...« Er konnte den Satz nicht wiederholen und winkte nur schwach ab. »Aber sie gehören der Konföderation an. Sie sind zivilisiert ...«

»Sie passen sich an, wenn es die Konföderation verlangt«, sagte Varian tonlos. Man merkte ihr an, wie geschockt sie war. »Aber ich habe schon auf manchen Expeditionen mit ihnen zusammengearbeitet, und sie kehren zu ihren Gewohnheiten zurück, wenn immer es geht. Ich dachte nur nicht... ich wollte nicht daran glauben, daß sie es auch hier tun würden.«

»Sie sind diskret vorgegangen«, warf Lunzie ein. »Versteht mich recht, ich will sie nicht verteidigen. Aber wenn Bonnard nicht zufällig diese Bemerkung aufgeschnappt hätte ... Nein.« Lunzie betrachtete mit gerunzelter Stirn die Bodenplatten. »Ich ahnte längst etwas ... seit jener Nacht ...«

Varian wirbelte herum und wandte sich mit erhobenem Zeigefinger der Ärztin zu. »Als du ihnen den Obstschnaps gabst! Sie waren nicht betrunken, sondern high. Und wißt ihr, weshalb?« Die anderen fanden keine Zeit, ihre Frage zu beantworten. »Weil sie sich an der Gewalt aufgeilt hatten ...«

»Ja. Blutrausch plus Alkohol mußten sie stimulieren.« Lunzie nickte nachdenklich. »Sie besitzen von Natur aus einen langsamen Stoffwechsel«, erklärte sie, als Kai sie verständnislos anschaute. »Und einen schwachen Sexualtrieb, der sie im allgemeinen zu idealen Hilfskräften auf Expeditionen macht. Aber wenn der richtige Anreiz da ist ...« Lunzie zuckte mit den Schultern.

»Es war meine Schuld«, sagte Varian und fuhr sich mit der Hand über die Augen. »Ich hätte nicht zulassen dürfen, daß sie damals auch noch Alkohol tranken. Es ... es war der Tag, an dem der Reißer ein Herdentier angriff. Paskutti und Tardma zeigten eine starke Reaktion, aber ich glaubte zu dem Zeitpunkt, ich hätte mir alles nur eingebildet ...«

»Blutrausch plus Schnaps!« Lunzie seufzte tief. »Das muß eine Orgie gegeben haben.«

»Und wir dachten, sie seien besonders früh zu Bett gegangen ...« Varian begann zu lachen, doch dann verstummte sie plötzlich und schlug sich mit der Hand gegen die Stirn. »Nein ... nein, das nicht!«

Was?« fragte Kai scharf.

»Sie kehrten zurück.«

»Wohin?« Kais Verwirrung wuchs.

»Weißt du noch, Kai, als ich dich am nächsten Tag nach der Flugzeit des großen Schlittens fragte? Sie war weit länger, als ich in Erinnerung hatte.«

»Sie kehrten zurück und schlachteten das verwundete Herdentier?« fragte die Ärztin.

»Mußt du dich unbedingt so vulgär ausdrücken?« fauchte Kai Lunzie an. Er war wütend, weil sein Magen immer noch rebellierte.

»Ja«, meinte Lunzie, ohne Kais Einwand zu beachten. »Sie brauchten zusätzliches tierisches Protein ...«

»Lunzie!« Nun versuchte Varian sie zu bremsen, aber die Ärztin fuhr in ihrer nüchternen Art fort:

»Ich glaube, sie haben eine besondere Vorliebe für tierisches Protein. Auf ihrem Heimatplaneten müssen sie es essen, denn auf Welten mit hoher Schwerkraft wächst wenig Gemüse, das für Humanoiden verträglich ist. Im allgemeinen kommen sie mit synthetischen Proteinen aus. Die Nahrung, die ich für sie zusammenstellte, hatte einen hohen Anteil an ...« Lunzie stockte. »Ob der Synthesizer deshalb überlastet war?«

»Protein?« Kai stöhnte. Allem Anschein nach brachen die Mitglieder seiner Expedition mit sämtlichen Grundregeln einer kontrollierten Ernährungsweise.

»Nein, die anderen Stoffe, die sie nicht durch eine reine

Fleischkost bekommen. Protein ist noch reichlich in unseren Vorräten vorhanden.«

Varian hatte sich grünlich verfärbt. Sie versuchte Lunzie mit einer schwachen Geste zum Schweigen zu bringen.

»Ich hätte gar nicht gedacht, daß du zu den zimperlichen Typen zählst, Varian«, meinte Lunzie. »Das läßt darauf schließen, daß du eine gute Erziehung genossen hast. Im allgemeinen findet man bei Planetengeborenen noch häufig den Drang, tierisches Fleisch ...«

»Kai, was sollen wir tun?« fragte Varian.

Lunzie lachte. »Offen gestanden – auch wenn du mich nicht gefragt hast – glaube ich kaum, daß du irgend etwas tun kannst. Sie haben Rücksicht auf unsere Gefühle genommen und sich diskret zurückgezogen. Aber dieser ganze Vorfall stützt meine These, daß man angeborene Triebe auch durch Konditionierung nie völlig ausschalten kann. Man muß mehrere Generationen beobachten, ehe man eine gültige Aussage zu den Ergebnissen treffen kann.« Lunzie hatte wie immer selbstbewußt, beinahe autoritär gesprochen. Nun stutzte sie plötzlich und fuhr ein wenig unsicher fort: »Wie ist das eigentlich, Kai, Varian? Ihr glaubt doch auch, daß uns das Mutterschiff hier wieder abholt?«

»Wir haben nicht den geringsten Grund, es zu bezweifeln«, erklärte Kai entschieden.

»Warum fragst du, Lunzie?« Wieder schien Varian etwas in der Frage der Ärztin zu hören, das Kai entgangen war.

»Gaber scheint nicht überzeugt davon.«

Kai zwang sich, seiner Stimme einen unbekümmerten Klang zu geben. »Ich sagte es schon zu Dimenon: Wir haben im Moment zwar keinen Kontakt zum Mutterschiff, aber wenn das den Theks keine Sorgen bereitet, dann soll es uns auch keine bereiten.«

»Die Theks machen sich nie Sorgen«, meinte Lunzie. »Sorgen sind etwas für Leute, die von der Zeit gehetzt werden. Seit wann ist der Kontakt abgebrochen, Kai?«

Der Expeditionsleiter zögerte den Bruchteil einer Sekunde, aber Varian nickte ihm kaum merklich zu. Auf Lunzie konnte man sich verlassen. Sie war eine gute Verbündete.

»Seit der Erstbericht vom Sendesatelliten abgerufen wurde.«

»So lange schon?«

»Wir nehmen an, daß der kosmische Sturm, den das Mutterschiff untersuchen wollte, zu Interferenzen geführt hat. Die Theks scheinen unsere Meinung zu teilen.«

Lunzie nickte und strich sich mit den Fingern über den Nacken, als müßte sie die verspannten Muskeln lockern.

»Vermutlich verbreitet Gaber schon wieder seine alberne These, daß man uns auf Ireta ausgesetzt hat.« Kai hoffte, daß seine Lässigkeit echt klang.

»Nun, ich habe ihn ebenfalls ausgelacht, aber ich bezweifle, daß die Plus-G-Weltler den gleichen Sinn für Humor wie wir besitzen.«

»Es wäre eine Erklärung für ihr regressives Verhalten«, meinte Varian. »Sie fühlen sich auf diesem Planeten zweifellos sehr wohl und hätten auch gute Überlebenschancen.«

»Ihre Generation hätte gute Überlebenschancen.« Lunzie spielte wieder die Lehrmeisterin. »Nicht aber die nächste ...«

»Was redet ihr da für ein Zeug?« brauste Kai auf. »Die nächste Generation! Wir sind nicht ausgesetzt.«

»Wir wohl nicht«, entgegnete Lunzie ruhig. »Unsere Gruppe ist zu klein, um eine gute genetische Grundlage zu bieten; auch die Alterszusammensetzung paßt nicht. Aber das würde die Plus-G-Weltler nicht daran hindern, sich selbständig zu machen und ...«

»Auf Ireta zu bleiben?« Kai starrte sie entgeistert an.

»Oh, sie haben hier alles, was sie brauchen«, meinte Lunzie. »Alkohol, tierisches Protein ... Plus-G-Weltler stellen nicht selten ihre eigene Gesetze auf. Du kennst die Geschichten sicher, Varian ...« Die Biologin nickte langsam. »Ich jedenfalls habe von mehreren Gruppen gehört, die auf Expeditionen ganz einfach verschwanden.«

»Das können sie doch nicht!« Kai war wütend und hilflos zugleich. Wie sollte er die Plus-G-Weltler davon abhalten, einen solchen Plan durchzuführen? Physisch waren die Kolosse den anderen Mitgliedern der Expedition überlegen, und sie hatten sowohl ihm wie auch Varian zu verstehen gegeben, daß sie die Leichtgewichtler als Anführer der Gruppe nur duldeten, aber nicht anerkannten.

»Sie können durchaus, und es wäre besser, wenn wir dieser Tatsache ins Auge sehen«, erklärte Lunzie. »Es sei denn, wir entdecken auf diesem Planeten noch einen Nachteil, der gewichtig genug ist, um sie zu einer Rückkehr zu bewegen.« Sie schien selbst nicht daran zu glauben, daß es auf Ireta etwas gab, das die Plus-G-Weltler abschrecken konnte.

»Deine Beiträge sind echt konstruktiv!« seufzte Varian.

»Stop, nun mal langsam!« sagte Kai entschieden. »Noch haben wir nicht den geringsten Hinweis, daß sie eine Flucht beabsichtigen. Vielleicht haben wir uns selbst in diese Krise hineingeredet. Heiland, was gehen uns die Sexgewohnheiten der Plus-G-Weltler an? Wenn sie bestimmte Anreize brauchen, um ihren Trieb zu befriedigen – na, bitte! Wir unterstellen ihnen alle möglichen unappetitlichen und rohen Handlungsweisen und wissen noch nicht einmal, ob unsere Spekulationen stimmen.«

Lunzie nickte etwas verlegen, aber Varian ließ sich nicht so leicht einschüchtern.

»Mir gefällt die Sache nicht. Irgend etwas ist faul. Ich spüre das seit dem Tag, an dem wir Mabel zu Hilfe kamen.«

»Blutgier *ist* ein Stimulus für die Plus-G-Weltler«, sagte Lunzie. »Und auch für uns mit unserer älteren Zivilisation könnte sie sich als Anreiz erweisen, eine primitive, verabscheuenswerte, aber durchaus gültige Reaktion.« Lunzie zuckte mit den Schultern. »Wir sind alle noch nicht weit genug entfernt vom Urschleim der Schöpfung und vom Selbsterhaltungsinstinkt. Deshalb werde ich den Alkohol von nun an für uns alle verdünnen.« Sie schlenderte zum Ausgang und drehte sich noch einmal um. »Aber natürlich so, daß es keiner merkt.«

»Sieh mal, Varian, wir wissen doch gar nichts Bestimmtes«, sagte Kai, als er merkte, wie niedergeschlagen die Xenobiologin war. »Wir haben uns da aus Einzelfakten etwas zusammengereimt ...«

»*Ich* habe mir aus Einzelfakten etwas zusammengereimt«, unterbrach ihn Varian. »Aber du mußt zugeben, Kai: Einiges ist faul!«

»Ja, und gerade deshalb brauchen wir keine zusätzlichen Probleme.«

»Von Expeditionsleitern erwartet man, daß sie Schwierigkeiten vorhersehen und rechtzeitig alles unternehmen, um sie aus dem Wege zu räumen.«

»Etwa die Schwierigkeit, daß die Typen vom Mutterschiff uns im Stich lassen?« Kai warf ihr einen belustigten Blick zu.

»Das ist nicht unsere Schuld. Aber ich habe schon mehrmals mit Plus-G-Weltlern zusammengearbeitet, Kai. Ich ...« Sie lachte leise. »Ich hielt es sogar zwei Wochen auf ihrem Planeten Thormeka aus, um mir ein Bild von den Bedingungen zu machen, die ihr Dasein geprägt haben. Und ich sah mit eigenen Augen, wie Paskutti und Tardma beim Angriff des Reißers reagierten. Soweit man bei Plus-G-Weltlern eine Reaktion erkennen kann.«

»Wir haben kein Recht, uns um das Sexualverhalten einer Gruppe zu kümmern, solange es mit Diskretion praktiziert wird, Varian.« Als sie zögernd nickte, fuhr er fort: »Aber wir sind uns darüber einig, daß sich die Geschichte zu einem Problem entwickeln könnte. Mit anderen Worten: Wir müssen abwarten und die Augen offenhalten.«

»Es ist meine erste große Expedition, Kai. Sie muß ganz einfach klappen.«

»An dir liegt es bestimmt nicht, wenn etwas schiefgeht, Partnerin.« Kai trat neben sie und zog sie in seine Arme. Es schmerzte ihn, Varian so niedergeschlagen zu sehen. »Keines meiner Geologen-Teams wurde bisher zu Tode getrampelt oder zerfleischt ... Du hast eine Reihe neuer Lebensformen entdeckt, was dir sicher eine schöne Prämie einbringt. Und noch eines: Meinst du nicht auch, daß es höchste Zeit wäre, das Sexualverhalten anderer Leute zu vergessen und ein wenig an die eigenen Gefühle zu denken?«

Sie schaute ihn verwirrt an. Er nahm ihr Schweigen als Zustimmung und küßte sie. Ein paar Minuten später zogen sie sich diskret in die Kuppel zurück, wo sie den Rest des Tages verbrachten.

9

Als Varian am nächsten Morgen erfrischt und gutgelaunt aufstand, sah die Welt für sie sehr viel positiver aus. Vielleicht war es von Lunzie falsch gewesen, die Plus-G-Weltler zu verdächtigen, nur weil sie keine Protein-Rationen mitgenommen hatten ... Es gab jedenfalls keinen Beweis dafür, daß sie den Ruhetag für ihre atavistischen Vergnügen mißbraucht hatten.

Kai hatte schon recht. Es brachte wenig, den Plus-G-Weltlern zu mißtrauen, solange man nichts Konkretes gegen sie in der Hand hielt.

Leichter gedacht als getan, erkannte Varian später, als sie mit den Plus-G-Weltlern über die Arbeitsverteilung der nächsten Woche sprach. Sie spürte eine deutliche Veränderung im Benehmen ihres Teams, auch wenn sie nicht genau zu fassen bekam, woran es lag. Varian hatte sich in Paskuttis und Tardmas Gegenwart immer einigermaßen ungezwungen gefühlt. An diesem Tag jedoch spürte sie eine Reserve, ein Tasten nach Worten und Sätzen, und sie hegte den vagen Verdacht, daß Paskutti und Tardma sich insgeheim über sie lustig machten. Die großspurige Selbstzufriedenheit, die sie ausstrahlten, störte Varian, obwohl sie selbst nicht genau erklären konnte, woher sie ihre Eindrücke bezog, denn die Mienen der Kolosse wirkten so unbewegt wie eh und je.

Das Xenobiologen-Team hatte vor allem die Aufgabe, jene Gebiete zu erkunden, in denen die Geologen später ihre

Untersuchungen vornahmen. In der dichten Vegetation lauerten viele unbekannte Lebensformen, manche klein, aber deshalb nicht weniger gefährlich, und die persönlichen Energiefelder boten keinen absoluten Schutz.

Als die beiden Plus-G-Weltler an Varians Seite zum Schlitten gingen, hätte sie schwören mögen, daß Paskutti leicht humpelte. Aber Varian und Kai hatten beschlossen, keine Fragen an die Schwergewichtler zu stellen, und Varian fiel es an diesem Tag nicht schwer, ihre Neugier in Zaum zu halten. Die unbestimmte Veränderung, die im Verhalten des Teams ihr gegenüber zu spüren war, wirkte als zusätzliche Bremse.

Dennoch empfand sie es als Erleichterung, daß sie die Mission abbrachen, als ein heftiger, windgepeitschter Regenschauer einsetzte und ihnen die Sicht nahm. Daß ausgerechnet Paskutti als erster aufgab, wunderte sie allerdings ein wenig.

Als sie ins Lager zurückkehrten und landeten, war Lunzie gerade von der Fähre unterwegs zu ihren Privaträumen. Sie gab Varian durch einen Wink zu verstehen, daß sie mitkommen solle.

»Irgend etwas ist gestern geschehen«, vertraute die Ärztin ihr an, als sie allein waren. »Tanegli hat eine klaffende Wunde quer über dem Wangenknochen. Er behauptet, daß er gegen einen spitzen Ast gestoßen sei, als er sich bückte, um eine Probe einzusammeln.« Lunzies Miene verriet, daß sie von dieser Erklärung nichts hielt.

»Und ich bin sicher, daß Paskutti hinkt.«

»Aha – auch Bakkun scheint verletzt. Sein linker Arm hängt ganz schlaff herab.«

»Bei manchen primitiven Stämmen kämpfen die Männer um die Gunst der Frauen«, meinte Varian.

»Das trifft hier wohl nicht zu. Berru trägt ein Heilspray auf dem linken Arm. Divisti und die anderen habe ich heute noch nicht zu Gesicht bekommen, aber ich würde sie gern alle miteinander untersuchen. Schade, daß der letzte Check erst ein paar Tage zurückliegt.«

»Vielleicht mochte Berru den Partner nicht, der sie errungen hatte«, sagte Varian mit einem Achselzucken. Lunzie schnaubte verächtlich. »Jedenfalls schien die Luft gestern elektrisch geladen. Weshalb kommst du so früh heim?«

»Ein scheußlicher Regenguß! Wir konnten nichts mehr sehen und schon gar keine Lebensformen in der Tiefe markieren.« Ihre Stimme klang gedehnt. »Mir fiel allerdings auf, daß Paskutti und Tardma bereitwilliger als sonst umkehrten.«

»Ich habe eine neue Energiezelle in den Synthesizer eingesetzt und werde von jetzt an streng Buch über meine Benutzungszeiten führen. Tanegli entdeckte – angeblich gestern – zwei weitere eßbare Früchte und ein Pflanzenmark von hohem Nährwert ...«

»Vielleicht gehen wir immer noch von den falschen Daten aus.« Varian seufzte.

»Möglich.« Lunzie schien nicht überzeugt.

»Ich könnte Bonnard fragen, ob er sich noch an die Koordination von Bakkuns sogenanntem Lieblingsplatz erinnert.«

»Du könntest ... aber ich finde es nicht gut, die Kinder in diese Sache hineinzuziehen.«

»Ich auch nicht. Allerdings gehören sie nun mal zu dieser Expedition, und der Verlauf der Ereignisse ist für sie ebenso wichtig wie für uns. Vielleicht fliege ich mit Bonnard mal rein zufällig in die Gegend ...«

»Ja, das ginge noch am ehesten, ohne das Vertrauen des Jungen zu mißbrauchen.«

»Mal sehen, was Kai dazu meint.«

Kai hatte ebenfalls Vorbehalte, die Kinder in die Angelegenheit zu verwickeln. Andererseits war es wichtig, die Lage in den Griff zu bekommen, und wenn die Plus-G-Weltler tatsächlich zu ihrer primitiven Lebensweise zurückkehrten, mußten er und Varian die geeigneten Maßnahmen ergreifen. Er schärfte Varian deshalb nur ein, mit besonderer Vorsicht ans Werk zu gehen.

Zwei Tage später bot sich wie von selbst eine günstige

Gelegenheit. Kai und Bakkun flogen nach Norden, um eine Tiefenmessung an dem Pechblende-Lager vorzunehmen, das Berru und Triv entdeckt hatten. Paskutti und Tardma folgten mit Lift-Aggregaten, um die Schlamm-Monster zu markieren, welche die beiden Geologen in sicherer Entfernung entdeckt hatten. Varian wollte ein Stück weiter nach Nordwesten vordringen und sich dort nach unbekannten Lebensformen umschauen, und so fragte sie Bonnard, ob er sie begleiten wolle.

Sie hatte insgeheim Bakkuns Flugbänder überprüft und glich jetzt unauffällig die Routen an.

»Sag mal, ist das nicht die Gegend, in der Bakkun diese Pflanzenfresser-Herden aufgespürt hat?«

Bonnard schaute vom Recorder auf und warf einen Blick in die Runde.

»Hmm, die Landschaft sieht fast überall gleich aus. Purpurne und grüne Bäume und darüber Grau. Halt, Moment mal! Das Faltengebirge da drüben mit den drei höheren Überschiebungen ...«

»Du hast ja inzwischen den reinsten Fachjargon«, neckte ihn Varian.

Bonnard stockte verlegen. »Nun ja, Bakkun brachte mir einiges bei. Ich glaube, wir flogen direkt auf den mittleren Gipfel zu ... und landeten bei den Hügelkämmen da drüben.« Dann setzte er hinzu: »Dort liegt nämlich eine kleine Goldader.«

»Wir haben auf Ireta inzwischen wesentlich größere Schätze als Gold entdeckt.«

»Dann glaubst du auch nicht, daß wir hierbleiben müssen, oder?«

Varian änderte so unvermittelt den Kurs, daß Bonnard hart gegen den Sitzgurt geworfen wurde. Gleich darauf hatte sie sich wieder in der Gewalt. Insgeheim verfluchte sie Gabers großes Mundwerk und ihren eigenen Mangel an Selbstbeherrschung.

»Das würde Gaber so passen, was?« Sie hoffte nur, daß ihr Lachen echt klang. »Der Alte versucht seine letzte Mission um jeden Preis auszudehnen, und wenn es mit Hilfe von Tagträumen geschieht!«

»Ach so!« Diese Möglichkeit hatte Bonnard offensichtlich noch nicht in Betracht gezogen. »Terilla meinte, er sei völlig sicher ...«

»Wenn der Wunsch übermächtig wird, schließt man die Augen vor den Fakten. Willst du eigentlich für immer auf Ireta bleiben? Ich dachte, du hättest buchstäblich die Nase voll von diesem Planeten!«

»Ach, so schlimm ist es nicht, seit ich mich an den Gestank gewöhnt habe.«

»Gewöhn dich nur nicht zu sehr daran, mein Junge! Wir müssen zurück aufs Mutterschiff. Aber jetzt hilf mir mal suchen ...«

Sie überflogen die ersten Hügel; Varian brauchte Bonnards Unterstützung gar nicht, um Bakkuns Lieblingsplatz zu entdecken. Er war nicht zu übersehen: Ein Teil der größeren Gebeine und einige Schädel lagen noch auf der Lichtung. Wie betäubt setzte Varian zur Landung an. Sie konnte nicht anders, sie steckte nun mittendrin in dieser Sache. Geschwärzte Steine, die der Regen der letzten Tage noch nicht blankgewaschen hatte, zeugten von einem großen Lagerfeuer.

Varian schwieg. Und sie war froh, daß auch Bonnard nichts sagen konnte oder wollte.

Sie landete den Schlitten zwischen dem Feuerplatz und den Knochenüberresten. Als sie sich nach dem ersten Schädel bückte, fand sie in der Stirn ein rundes Loch – zu groß für einen aus nächster Nähe abgefeuerten Betäubungsbolzen. Der Aufprall war wuchtig genug gewesen, um Risse bis hinauf zum Schädelbein zu jagen. Zwei weitere Schädel wiesen die gleichen Spuren auf, während der vierte allem Anschein nach durch Hiebe gegen die schwächere Nackenpartie zertrümmert worden war. Der fünfte Schädel war unversehrt; es ließ sich nicht mehr feststellen, auf welche Weise das Herdentier den Tod gefunden hatte.

Der Boden des kleinen, von Felsen umgebenen Feldes

war aufgewühlt und zertreten: stumme Spuren der heftigen Kämpfe, die hier getobt hatten.

»Varian!« Bonnards Stimme riß sie aus ihren wirren Gedankengängen. Er hielt einen Stofflappen hoch, steif und dunkler, als Schiffsanzüge im allgemeinen waren: ein Stück Ärmel, denn das Tuch ging in die dickere Doppelnaht der Manschette über. Es war eine große Manschette. Varian schluckte voller Ekel, als sie das Beweisstück in die Tasche ihres Coveralls steckte.

Entschlossen ging sie auf die Feuergrube zu. Sie untersuchte die verrußten Steine und die Kerben in zwei gegenüberliegenden Felsbrocken. Hier hatten sie wohl ihren Spieß gedreht. Mühsam kämpfte Varian gegen ihren rebellierenden Magen an.

»Wir haben genug gesehen, Bonnard«, sagte sie und ging zum Schlitten voraus. Es kostete sie viel Kraft, nicht einfach loszurennen.

Als sie die Sitzgurte festzogen, warf sie Bonnard einen Blick zu. Der Junge war schneeweiß.

»Du wirst mit keinem Menschen über diese Sache sprechen, Bonnard, hörst du? Mit keinem Menschen!«

Mit zitternden Fingern notierte sie die Koordinaten. Sobald sich der Schlitten in der Luft befand, jagte sie das Triebwerk hoch. Sie hatte nur den Wunsch, möglichst viele Kilometer zwischen sich und diese Gebeinhalde zu legen.

Weder sie noch Kai konnten über einen so eklatanten Bruch der Konföderationsgesetze stillschweigend hinweggehen. Einen flüchtigen Augenblick lang dachte sie, daß es besser gewesen wäre, diesen Flug allein durchzuführen. Dann hätte sie ihn vergessen können – vielleicht. Mit Bonnard als Mitwisser ließ sich das Ganze nicht einfach als Alptraum abtun. Die Plus-G-Weltler mußten offiziell ermahnt werden. Aber wie wirksam waren Worte gegen physische Übermacht? Daß die Kolosse keine hohe Meinung von ihren Anführern hatten, bewiesen sie damit, daß sie es wagten, Tiere zu töten und deren Fleisch zu verzehren.

Varian warf mit einer heftigen Gebärde den Kopf zurück,

wie um sich von dem Ekel zu befreien, der ihre Gedanken begleitete.

»Unmarkierte Lebensform«, meldete Bonnard mit unterdrückter Stimme.

Varian war froh um jede Ablenkung von ihren düsteren Gedanken. Sie wendete den Schlitten und verfolgte das Geschöpf, bis es eine Lichtung überquerte.

»Erwischt!« sagte Bonnard. »Ein Reißer. Er ... er war verwundet, Varian. Mann, was macht der denn?«

Das Raubtier wirbelte auf der Lichtung herum, bäumte sich auf und versuchte mit den kurzen Vorderpfoten nach dem Schlitten zu schlagen. Zwischen seinen Rippen saß ein dicker Holzprügel. Blut lief aus der Wunde. Varian kam nicht länger um die Erkenntnis herum, daß es sich bei dem Ast um einen primitiven Speer handelte, der offensichtlich mit großer Wucht in die Flanke des Tieres gestoßen worden war.

»Sollen wir nicht wenigstens versuchen, ihm zu helfen, Varian?« fragte Bonnard, als sie den Schlitten von der Lichtung wegsteuerte.

»Allein schaffen wir das nicht, Bonnard.«

»Aber dann stirbt er!«

»Ja, und wir können es jetzt nicht mehr ändern. Wir kämen nicht einmal nahe genug heran, um ihm einen Sprayverband zu verpassen, und es sieht nicht so aus, als könnte er dieses ... dieses Ding selbst herausziehen ...« Sie wußte nicht, weshalb sie das Wort Speer vermied. Sie wollte die Plus-G-Weltler nicht schützen, und Bonnard hatte ohnehin genug gesehen.

Erhielten die Plus-G-Weltler nicht mehr genügend Anreiz durch die langsamen Herdentiere? Mußten sie sich im Kampf mit den Reißern aufstacheln? Wie viele verwundete Tiere würden sie in dieser Region noch antreffen?

»Hattest du zufällig den Recorder eingeschaltet, Bonnard?«

»Ja, Varian.«

»Danke, das war gut. Wir kehren jetzt um. Ich muß möglichst rasch mit Kai sprechen.« Bonnard deutete auf den Kommunikator, aber sie schüttelte den Kopf. »Jeder könnte mithören, Bonnard. Ich muß dich noch einmal eindringlich bitten, daß du kein Sterbenswörtchen über diese Angelegenheit verlierst. Im übrigen ...« sie wollte hinzufügen: ›... halte dich in Zukunft von den Plus-G-Weltlern fern!‹ Aber ein Blick auf die Züge des Jungen verriet ihr, daß dieser Rat überflüssig war.

Sie flogen eine Zeitlang wortlos dahin.

»Varian?«

»Ja, Bonnard?« Sie hoffte, daß sie die richtige Antwort auf seine Frage fand.

»Warum? Warum haben sie diese schrecklichen Dinge getan?«

»Ich wollte, ich wüßte es, Bonnard. Gewalt hat selten eine *einfache* Ursache oder ein einziges Motiv. Man hat mir immer erklärt, Gewalt sei die Folge vieler Frustrationen, eines aufgestauten Drucks, der kein anderes Ventil mehr findet.«

»Jede Aktion hat ihre Reaktion, Varian. Das ist die erste Regel, die wir Schiffsgeborenen lernen.«

»Ja, weil ihr euch meist im freien Fall oder in der Leere des Raumes befindet. Da ist es lebenswichtig, seine Aktionen genau zu steuern.«

»Auf einer Plus-G-Welt dagegen ...« Varian spürte richtig, wie Bonnard sich abmühte, eine Erklärung zu finden. »Auf einer Plus-G-Welt muß man von Anfang an gegen die hohe Schwerkraft ankämpfen.«

»Bis man sich so daran gewöhnt hat, daß man das Ganze nicht mehr als Kampf empfindet. Dann ist man konditioniert.«

»Gilt so eine Konditionierung auch für Gewalt?« Bonnards Stimme verriet Entsetzen.

Varian lachte bitter. »Ja, Bonnard, man kann sich auch an Gewalt gewöhnen. Noch vor wenigen Jahrtausenden war Gewalt eine normale Begleiterscheinung des menschlichen Lebens.«

»Ich bin froh, daß ich heute lebe.«

Varian gab keine Antwort darauf. Sie wußte nicht recht, ob sie seine Ansicht teilte. Da hatte es also eine Zeit gegeben, in der die Menschen den Genuß von tierischem Fleisch noch nicht als primitiv empfanden; eine Zivilisationsstufe, auf der es noch nicht üblich war, einer fremden Rasse die eigenen Normen aufzuzwingen; eine Zivilisationsstufe, auf der man die verschiedensten Ansichten und Kulturen nebeneinander geduldet hatte. Noch vor dreihundert Jahren wäre jede Frau besser als sie mit dieser Situation fertiggeworden. Aber es war eine Sache, wenn Tiere dem Diktat der Umwelt folgten und einander töteten (was sie selbst nicht davon abhielt, dem jeweils Schwächeren beizustehen, falls es sich gerade einrichten ließ), und eine völlig andere Sache, wenn eine Rasse, die stark, flexibel und aufgrund ihrer geistigen Beweglichkeit auch gefährlich war, ein Tier aus barbarischer Lust am Morden angriff.

Wie sollten sie und Kai gegen ein solches Verhalten vorgehen? Wieder bereute sie, daß sie Bonnard mitgenommen hatte. Sie hatte sich selbst ausgetrickst, als sie den Jungen in die Sache mit hineinzog. Vielleicht hatte sie ihm anfangs unterbewußt durch den Anblick willkürlicher Grausamkeit eine Lehre erteilen wollen. Aber sie hatte nicht geahnt, was sie an Bakkuns Lieblingsplatz erwarten würde. Nun jedoch, da die Sache aufgedeckt war, halfen nur noch radikale Maßnahmen. Sie konnte nicht mehr sagen, die Plus-G-Weltler hätten ihrem primitiven Verlangen in aller Diskretion nachgegeben. Hätte sie den Aktivitäten der Kolosse nur niemals nachgespürt! Doch für solche Überlegungen war es nun zu spät.

Andererseits fand sie es besser, daß dieses abartige Verhalten auf einer Welt zutage trat, wo es keine anderen intelligenten Lebensformen gefährdete. Und sie war irgendwie erleichtert, daß die Plus-G-Weltler sich auf die trägen Pflanzenfresser und die Reißer beschränkten und die herrlichen goldenen Giffs in Frieden ließen. Wenn den Giffs etwas zustoßen sollte ... Zorn, wie sie ihn noch nie zuvor erlebt hatte, wallte in ihr auf und ließ sie nicht mehr los.

Verwirrt versuchte Varian ihre Gedanken zu sammeln. Sie mußte sich selbst besser beherrschen, wenn sie andere in ihre Schranken weisen wollte.

Der Schlitten glitt nun über die weite Ebene, die zum Granitsockel des Kontinentalschilds führte. Varian hoffte insgeheim, daß Kai aus irgendeinem Grund eher heimgekommen war als sonst. Das war das Problem mit schlechten Nachrichten: Man konnte sie nicht für sich behalten. Das Wissen lastete schwer auf ihr, und es gelang ihr nicht, sich von den Spekulationen zu befreien, die immer wieder ihre Gedanken überlagerten.

Als sie das Lager erreichten und landeten, schärfte sie Bonnard noch einmal ein, weder Cleiti noch Terilla und schon gar nicht Gaber auch nur eine Silbe zu verraten.

»Darauf kannst du dich verlassen«, meinte Bonnard und schnitt eine Grimasse. »Dieser Gaber redet und redet den ganzen Tag. Aber wenn es nicht gerade um Karten und Aufnahmen geht, hat er wenig zu sagen.«

»Bleib noch einen Moment da, Bonnard!« Varian winkte ihn zurück; gleichzeitig zögerte sie, ob sie ihn noch tiefer in diese Angelegenheit verwickeln sollte. Sie warf einen Blick auf den schimmernden Energieschirm, auf dem in bläulichen Funken die Insekten zerstoben, und überlegte ganz ruhig, wem im Lager sie bedingungslos vertrauen konnte. Dann fiel ihr der Junge wieder ein. Er stand gelassen neben ihr und schien auf ihre Anordnungen zu warten.

»Bonnard, ich hole jetzt die Energiezelle aus dem Schlitten. Wenn die übrigen Schlitten hereinkommen, möchte ich, daß du das gleiche tust. Versteck sie meinetwegen im Unterholz, wenn du sie nicht ungesehen ins Lager bringen kannst. Falls dich jemand dabei sieht und Fragen stellt, sagst du ganz einfach, du müßtest die Zuleitungen nach Lecks untersuchen. Ja, das klingt logisch. Hast du alles verstanden?« Während sie ihre Anweisungen gab, hatte sie die Energiezelle des großen Schlittens abgeklemmt. »Du weißt, wo sich die Zellen in den kleineren Schlitten befinden? Und wie man sie entfernt?«

»Portegin hat es uns mal gezeigt. Außerdem habe ich dir eben zugeschaut.« Er schob das Hebegerät unter den schweren Kasten und rollte es dann beiseite. »Ich besorge mir nur einen zweiten Heber.«

Sie konnte seinem Gesichtsausdruck entnehmen, daß er gern ein paar Fragen gestellt hätte. Gemeinsam gingen sie bis zum Perimeter-Feld und warteten, bis Lunzie die transparente Schleuse geöffnet hatte. Die Ärztin starrte mit hochgezogenen Brauen die Energiezelle an, die Varian hinter sich herzog.

»Eine der Zuleitungen ist verstopft«, erklärte Varian.

»Seid ihr deshalb so früh zurückgekommen? Nun, das trifft sich ausgezeichnet.« Lunzies im allgemeinen eher ernste Miene verzog sich zu einem Lachen. Sie wies mit dem Daumen zu Dandys Gehege hinüber. Dort stand Trizein über den Zaun gebeugt und betrachtete angespannt das kleine Geschöpf, das – ein zweites Wunder – ohne jede Scheu an seinem Gras knabberte.

»Trizein hat sein Labor verlassen? Wie konnte das passieren?«

»Das soll er euch selbst erzählen. Es ist seine Überraschung, nicht meine.«

»Überraschung?«

»Komm, Bonnard, nimm Varian das Zeug da ab und bring es an seinen Platz ...«

Varian deutete zur Fähre hinüber, eine Geste, die bei Lunzie verwundertes Kopfschütteln hervorrief.

»Na gut, dann eben in die Fähre!« meinte die Ärztin. »Aber beeil dich! Du willst doch sicher auch erfahren, woher aller Voraussicht nach die Ahnen deines kleinen Lieblings kamen.«

»Was?« Bonnard starrte sie verständnislos an.

»Rasch, ab mit dir!« Lunzie scheuchte ihn mit einer ungeduldigen Geste davon. »Die Zuleitungen verstopft, Varian? Das klingt doch sehr fadenscheinig, findest du nicht auch?«

In diesem Moment hob Trizein den Kopf und erspähte die

Biologin. »Varian! Hat Lunzie dir schon das Neueste erzählt? Warum sagt mir denn eigentlich keiner Bescheid? Ich meine, ich kann mir aus Gewebeproben allerhand zusammenreimen, aber dieses ... dieses Geschöpf aus unserer prähistorischen Vergangenheit ...«

Die Worte an sich klangen verblüffend genug, aber der eindringliche Tonfall, in dem er sprach, ließ Varian rasch nähertreten.

»Prähistorische Vergangenheit? Was soll das denn heißen, Trizein?«

»Dieses kleine Tier ist der Abkömmling eines primitiven Pflanzenfressers ...«

»Das wissen wir.«

»Nein, nein, meine Liebe, nicht *irgendeines* primitiven Pflanzenfressers, sondern eines auf der Erde heimischen Exemplars aus der Ordnung der Perissodaktylen oder Unpaarzeher ...«

»Sicher, das sehe ich alles. Die Mittelzehe ist am stärksten ausgeprägt und ...«

»Varian, du bist so begriffsstutzig, oder willst du mich ärgern? *Das hier*«, – Trizein deutete mit einer dramatischen Geste auf Dandy –, »ist der Vorläufer des terranischen Pferdes. Ein echtes Hyracotherium, wie es sie einst auf der Erde gab.«

Ganz allmählich ging Varian die Bedeutung von Trizeins Worten auf. »Willst du damit etwa sagen, daß Dandy kein *pferdeähnliches* Geschöpf ist, sondern der direkte Vorfahr eines echten, richtigen Pferdes?«

»Aber davon rede ich doch die ganze Zeit! Hörst du mir nicht zu?«

»Unmöglich.« Varian schüttelte den Kopf und warf Trizein einen scharfen Blick zu. Wollte er sie vielleicht auf den Arm nehmen?

Trizein richtete sich auf und sah seine Zuhörer triumphierend an.

»Mag sein, daß ihr in mir nur den schusseligen, geistesabwesenden Chemiker seht, aber meine Schlußfolgerungen lassen sich *immer* beweisen! Ich führe meine Experimente so rasch und gründlich durch, wie es die Geräte und die Umstände erlauben. Ich hegte schon seit einiger Zeit den Verdacht, daß mich jemand von euch ärgern oder auf die Probe stellen wollte. Aber mir kann keiner weismachen, daß zwei völlig verschiedene Lebensformen auf ein- und demselben Planeten existieren! Da hat sich irgendein Idiot vergeblich soviel Mühe gemacht. Die Gewebe, die ich von euren Teams bekam, müssen von mehreren Welten stammen. Mich könnt ihr nicht foppen! Haben die Ryxi etwa keine eigenen Wissenschaftler mitgenommen? Oder gibt es auf dem neuen Thek-Planeten Leben, das man mir heimlich ...«

»Was war mit dem tierischen Gewebe, das dir Bakkun vor etwa einer Woche übergab?« Es war ein Schuß ins Blaue, aber Trizeins Antwort erstaunte sie nicht weiter.

»Ach das! Der Zellaufbau ist bemerkenswert ähnlich. Ein Wirbeltier natürlich, das samt Mitose-Spindeln und Mitochondrium bis auf zehn Stellen nach dem Komma zu einer Rasse auf Hämoglobin-Basis gehört. Wie der Kleine hier!« Und er wies mit dem Daumen auf Dandy. »Ah, Bonnard!« rief er, als der Junge sich wieder zu ihnen gesellte. »Wenn ich Lunzie richtig verstanden habe, hast du das Kerlchen gerettet, ja?«

»Das stimmt. Zu welcher Rasse gehört er nun?«

»Wenn mich nicht alles täuscht, ist er ein echtes Hyracotherium«, entgegnete Trizein mit der etwas verkrampften Jovialität, die Erwachsene oft gegenüber Jugendlichen an den Tag legten, deren Reife sie nicht so recht abzuschätzen wußten.

Bonnard sah Varian mit hochgezogenen Augenbrauen an. »Dann ist Dandy etwas Besonderes?«

»Etwas ganz Besonderes, wenn sich herausstellen sollte, daß er ein *echtes* Hyracotherium ist«, antwortete Varian halblaut.

»Du zweifelst?« entrüstete sich Trizein. »Du zweifelst meine Ergebnisse an? Ich kann jedes Wort beweisen.« Er nahm Varian am Ellbogen und Lunzie an der Schulter und schob die beiden in Richtung Fähre. »Man darf ja im allgemeinen keine persönlichen Dinge auf eine so kurze Expedition mitnehmen, aber niemand konnte mir verbieten, meine Speicherbibliothek daheim zu lassen. Ihr werdet schon sehen!«

Bereits auf dem Weg zur Fähre wußte Varian, was sie sehen würden. Obwohl Trizein sich meist geschraubt ausdrückte und oft an Nebensächlichkeiten verbiß, arbeitete er doch ungeheuer exakt. Sie hoffte, daß aus seinen Daten auch hervorging, auf welche Weise Dandys Rasse nach Ireta gelangt war. Aber vermutlich würde Trizein ihr nur beweisen, daß die pentadaktylen Warmblüter nicht von diesem Planeten stammen konnten, während sich die Meeresparallelogramme mit ihrer fadenförmigen Zellstruktur hier entwickelt hatten. Das alles half ihr nicht weiter, sondern erhöhte nur die totale Verwirrung dieser Expedition; ausgesetzt oder nicht, auf einer Welt, die bereits früher einmal geologisch vermessen worden war, ohne Kontakt zum Mutterschiff und am Rande einer Meuterei ...

Trizein hatte sie in sein Labor geschleift und kramte nun in seinem Reisesack, der von einem Deckenhaken baumelte. Endlich fand er ein sorgfältig verpacktes Bündel mit Speicherplatten. Er wählte eine davon aus und schob sie mit triumphierender Miene in den Terminal-Schlitz. Seine Finger glitten geübt über die Tasten; als er den Befehl zum Printout gab, wandte er sich mit erwartungsvollem Blick an seine Besucher.

Auf dem Bildschirm erschien – von der Farbe einmal abgesehen – eine vollkommene Kopie von Dandy. Darunter stand in ordentlichen Druckbuchstaben: HYRACOTHERIUM, TERRA, OLIGOZÄN, AUSGESTORBEN. Während Bonnards kleiner Freund ein geflecktes rötlichbraunes Fell aufwies, war das Geschöpf auf dem Bildschirm dunkler und gestreift – ein Unterschied, der sich, wie Varian sofort erkannte, durch die veränderte Vegetation und die Notwendigkeit der Tarnung erklären ließ. Außerdem wies er darauf hin, daß sich das Geschöpf auf Ireta bis zu einem gewissen

Grad weiterentwickelt hatte. Dennoch: Seine Existenz auf diesem Planeten ergab keinen Sinn.

Bonnard wandte sich mit einem fragenden Blick an Varian: »Ich verstehe nicht, warum Dandy wie dieses Tier aus der Urzeit der Erde aussieht. Bisher hörte ich immer, es gäbe keine parallele Evolution auf verschiedenen Planeten. Und dabei ist Ireta noch nicht einmal eine Terra-Welt, denn es besitzt eine Sonne der dritten Generation.«

»Wir haben schon *einige* Widersprüche auf Ireta entdeckt«, meinte Lunzie so ruhig und sachlich wie immer.

»Habt ihr jetzt noch irgendwelche Fragen zur Ähnlichkeit dieser beiden Geschöpfe?« erkundigte sich Trizein, der seine Vorführung sichtlich genoß.

»Nein, Trizein. Aber du warst doch schon so oft in der Nähe des Geheges. Weshalb ist dir die Ähnlichkeit nicht längst aufgefallen?«

»Ich war in der Nähe des Geheges?« Trizein schaute sie verwundert an.

»Sicher«, entgegnete Lunzie mit einer Spur von Schärfe. »Aber vermutlich hattest du wichtigere Dinge im Kopf!«

»Höchstwahrscheinlich«, erklärte Trizein mit Würde. »Meine Zeit war mit all den Analysen und Tests voll in Anspruch genommen. Und dann die ständigen Unterbrechungen! Ich hatte bisher wenig Gelegenheit, mich auf Ireta umzuschauen, obwohl ich den Planeten, wenn man so sagen darf, aus nächster Nähe betrachtete.«

»Hast du noch mehr ausgestorbene Erdbewohner wie Dandy auf deinen Speicherplatten?«

»Dandy? Ach so, du meinst das Hyracotherium. Sicher, die Diskette hier enthält alles Wissenswerte über das Paleozän der Erde ...«

»Am besten lösen wir ein Rätsel nach dem anderen«, bremste Varian. Sie hatte das Gefühl, daß sie an diesem Tag keiner Aufregung mehr gewachsen war. Wenn sich herausstellen sollte, daß die Meeresparallelogramme von Beta Camaridae stammten, drehte sie durch. »Bonnard, die Kassette mit den Giffs ist im Hauptspeicher, nicht wahr?«

»Ja. Ich führte sie Cleiti und Terilla vor. Seitdem liegt sie abrufbereit im Datenarchiv, unter dem Datum und dem Stichwort Giffs.«

Varian gab die nötigen Befehle ein und verbannte Trizeins Speicherplatte auf den Nebenschirm. Im Hauptschirm zeigte sich die Nahaufnahme eines goldenen Fliegers. Der etwas schräggelegte Kopf verstärkte noch den Eindruck der Intelligenz, den das Geschöpf ausstrahlte.

»Himmel, also doch Fell!« rief Trizein und beugte sich angespannt vor, um den Giff zu betrachten. »Eindeutig Fell! Darüber herrschte bei meinen Kollegen stets eine große Unsicherheit. Ein Pteranodon – ohne jeden Zweifel!«

»*Pteranodon?*« Bonnards Tonfall brachte zum Ausdruck, daß er diesen schwerfälligen Namen unpassend für ein derart elegantes Wesen fand.

»Ja, eine Art Flugsaurier – was im Grunde auch eine falsche Bezeichnung ist, denn es handelte sich um einen Warmblüter, der die Erde im Mesozoikum bewohnte. Starb noch vor Beginn des Tertiärs aus. Niemand weiß warum, obwohl es eine Reihe von Theorien gibt ...« Trizein wich unvermittelt einen Schritt zurück und hob abwehrend die Hände, denn Varian hatte ein neues Bild auf den Schirm geholt. Die mächtigen Kiefer und Raubtierzähne eines Reißers geiferten ihnen entgegen. »Varian! Das ... das ist nicht wahr! Ein Tyrannosaurus rex!« Er wirbelte herum und funkelte sie wütend an. »Sag mal, erlaubst du dir einen Witz mit mir?«

»Das ist absolut kein Witz«, warf Lunzie mit ernster Miene ein.

Trizein starrte sie an. Sein Mund stand offen, und die Augen schienen ihm aus den Höhlen zu quellen. Er warf erneut einen Blick auf die gigantische Echse. Varian fand den Namen, den man ihr gegeben hatte, mehr als zutreffend.

»Solche Geschöpfe leben auf – Ireta?«

»Allerdings. Hast du diesen Tyrannosaurus rex ebenfalls auf deiner Diskette?«

Erst nach einem Zögern drückte Trizein mit deutlich zitternden Fingern auf die Tasten und rief die Daten ab. Die sanften Züge und der zierliche Körper des Hyracotheriums wichen der hochaufgerichteten, bedrohlichen Gestalt eines Wesens, das man wohl als Prototyp des Reißers bezeichnen mußte. Auch diesmal stellte Varian einen Unterschied in der Färbung fest.

»Ist unser Schutzfeld denn stark genug, um so eine Bestie vom Lager fernzuhalten?« fragte Trizein.

Varian nickte. »Ich denke schon. Außerdem gibt es im Umkreis von zehn bis fünfzehn Kilometern keine Exemplare dieser Lebensform. Als wir uns hier niederließen, wichen sie zurück. Sie sind nicht auf uns angewiesen. Leichte Beute gibt es für sie mehr als genug.« Der Schauer, der sie plötzlich erfaßte, galt nicht dem Tyrannosaurus rex.

»Hoffentlich bleibt er auf Distanz«, meinte Trizein besorgt. »Dieser Gigant hat die alte Erde jahrtausendelang beherrscht. Nichts konnte ihn besiegen.«

Varian erinnerte sich allzu lebhaft an einen primitiven Speer, der tief zwischen den Rippen der Riesenechse gesteckt hatte.

»Er mag keine Schlitten«, meinte Bonnard, der nicht auf Varians Schweigen geachtet hatte. »Er ergreift vor uns die Flucht.«

Der Chemiker betrachtete den Jungen mit erheblicher Skepsis.

»Ehrlich«, beharrte Bonnard. »Ich habe es mit eigenen Augen gesehen. Erst heute ...« Er fing Varians warnenden Blick auf und schwieg. Zum Glück bemerkte Trizein nichts davon.

Der Mann sank langsam auf den nächsten Laborhocker. »Daß der Junge mir einen Streich spielt oder auch Varian, halte ich nicht für ausgeschlossen. Aber Lunzie ...«

Varian hatte das Gefühl, daß auch Trizein eine beruhigende Antwort hören wollte, die seine Welt wieder in Ordnung brachte. Aber Lunzie konnte ihm diesen Trost nicht geben. Sie mußte vielmehr bestätigen, daß es diese Lebewesen von beträchtlicher Größe und Formenvielfalt gab.

»Auch den Stegosaurus? Und den Brontosaurus, die Donnerechse? Und ...« Trizein war hin und her gerissen zwischen Sorge und der Begeisterung, hier auf Geschöpfe zu stoßen, die er für längst ausgestorben gehalten hatte. »Warum habt ihr mir nichts davon erzählt? Ihr hättet mich sofort benachrichtigen müssen! Prähistorische Lebensformen sind mein Spezialgebiet, mein Hobby!« Jetzt klang Trizeins Stimme vorwurfsvoll, ja empört.

»Glaub mir, mein Freund, das ist nicht absichtlich geschehen!« Lunzie tätschelte ihm beruhigend den Arm.

»Eigentlich war es meine Schuld, Trizein«, meinte Varian reumütig. »Als Xenobiologin kam ich gar nicht auf die Idee, daß es sich bei diesen Lebewesen um einstige Bewohner der Erde handeln könnte. Ich wußte zwar, daß irgend etwas nicht stimmte, als deine Analyse ergab, daß die Meeresparallelogramme eine völlig andere Zellstruktur besitzen als die Kolosse. Das und die Gräser ...«

»Die Gräser? Natürlich, die Gräser! Da untersuche ich Gewebeproben und Blut und Pflanzenteile«, – Trizein sprang auf und lief erregt hin und her –, »und währenddessen leben diese phantastischen Geschöpfe direkt vor unserem Energieschirm! Das ist zuviel! Warum hat mir kein Mensch Bescheid gesagt?«

»Du warst außerhalb des Lagers, Trizein«, widersprach Lunzie. »Aber du läufst ja den ganzen Tag wie ein Blinder durch die Gegend!«

»Und weshalb? Weil jeder mich mit Arbeit überhäuft, die dringend und sofort erledigt werden muß! Noch nie hatte ich gleichzeitig so viele Tests und Analysen durchzuführen. Ich weiß selbst nicht, wie ich das alles schaffe ...«

»Ehrlich, Trizein, das tut uns leid, mehr vielleicht, als du ahnst. Ich wollte, ich hätte dich früher aus deinem Labor geschleppt.« Varian sprach mit solchem Nachdruck, daß Trizein sich besänftigen ließ. »Und das nicht nur, weil du auf den ersten Blick erkannt hast, was mit diesen Geschöpfen los ist ...«

Aber hätte das Wissen die Plus-G-Weltler von ihren primitiven Jagdgelüsten abgehalten? Würde es bei der Entscheidung, die zweifellos bevorstand, eine Rolle spielen?

»Na, dann macht das Versäumnis wenigstens jetzt wieder gut! Sicher habt ihr noch mehr Aufnahmen?«

Dankbar um jede gültige Ausrede, die unangenehmen Dinge hinauszuschieben, wählte Varian die Bänder, die sie benutzt hatte, um mit Terilla die Übersichtskarten zur Flora und Fauna von Ireta zusammenzustellen.

Nachdem der Chemiker alle Lebensformen gesehen hatte, die bis zu diesem Zeitpunkt registriert waren, schüttelte er den Kopf. »Kein Zweifel: Hier hat sich jemand einen Scherz erlaubt. Nicht unbedingt auf unsere Kosten«, fügte er nachdenklich hinzu und runzelte die buschigen Brauen. »Aber die Geschöpfe wurden eindeutig hier ausgesetzt.«

Bonnard, der seine Reaktionen noch nicht so gut steuern konnte wie Varian und Lunzie, zuckte zusammen.

»Ausgesetzt?« Varian gelang es, ungläubige Belustigung zum Ausdruck zu bringen.

»Also, ganz sicher sind sie nicht in einer parallelen Evolution entstanden, meine liebe Varian. Jemand muß sie hierhergebracht haben ...«

»Den Reißer, die Wiederkäuer *und* die goldenen Flieger? Aber wie denn, Trizein? Außerdem lassen Unterschiede in der Färbung den Schluß zu, daß sie sich hier weiterentwickelt haben ...«

»*Weiter*entwickelt, meine Liebe! Ihr Ursprung ist und bleibt die Erde. Tarnung, Pigmentierung ... das sind für mich keine wichtigen Evolutionsfaktoren. Alles was man braucht, ist der gemeinsame Ausgangspunkt. Klima, Ernährung und Lebensraum sorgen dann im Lauf der Epochen für Spezialisierung und Artenvielfalt. Die großen Pflanzenfresser beispielsweise haben sich zweifellos vom Struthiominus entwickelt, aber das trifft auch für den Tyrannosaurus und den Pteranodon zu. Die Möglichkeiten sind unbegrenzt. Sieh dir nur die Menschen in ihrer ungeheuren Anpassungsfähigkeit an!«

»Zugegeben, Varian, die Möglichkeit besteht – aber warum? Wer sollte so etwas Verrücktes tun? Zu welchem Zweck? Weshalb solche Monster wie den Reißer verpflanzen? Ich würde das gerade noch bei den goldenen Fliegern verstehen ...«

»Artenreichtum ist eine wichtige Voraussetzung für das ökologische Gleichgewicht, meine Liebe. Und die Dinosaurier waren wundervolle Geschöpfe. Sie beherrschten die gute alte Erde über einen langen Zeitraum hinweg. Viel länger, als es den armseligen, schlecht konstruierten *Homo sapiens* als Rasse überhaupt gibt. Wer weiß, warum sie ausstarben, welche Katastrophe sich ereignete ... Höchstwahrscheinlich ein radikaler Temperaturwechsel nach einer Magnetpolverlagerung – das ist zumindest meine Theorie. Und vielleicht kann ich sie mit Hilfe der Entwicklung hier auf Ireta beweisen. Oh, das ist großartig! Eine Welt, die seit Jahrmillionen im Mesozoikum verharrt und vermutlich noch viele Jahrmillionen darin verharren wird! Der heiße Planetenkern ist natürlich der Faktor, der ...«

»Trizein, *wer* hat die Dinosaurier von der Erde gerettet und hierhergebracht, damit sie in ihrer Größe und Urgewalt fortbestehen konnten?« fragte Varian.

»Die Anderen?«

Bonnard keuchte.

»Trizein, was soll das? Die Anderen vernichten Leben, sie retten es nicht.« Varians Stimme enthielt einen Tadel.

Trizein schien sich nichts daraus zu machen. »Darf ich nicht auch einmal witzig sein? Wer außer den Theks sollte sie wohl ausgesetzt haben?«

»Dann ... dann haben die Theks auch uns ausgesetzt?« fragte Bonnard ängstlich.

»Du liebe Güte!« Trizein starrte Bonnard an; sein Staunen wich nach und nach echter Begeisterung. »Hältst du das für möglich, Varian? Wenn ich bedenke, was ich noch alles an Grundlagenforschung zu leisten habe, um meine Theorien über die Warmblüter zu beweisen!« Varian und Lunzie tauschten erschrockene Blicke. Trizein würde eine solche Entwicklung also begrüßen? »Hm, Varian, was du mir bis jetzt vorenthalten hast, sind die echten Saurier, das heißt die Kaltblüter, denn wenn die sich hier ebenfalls entwickelten, als eigener Zweig, versteht sich, dann würde das meine These sehr voranbringen. Diese Welt scheint erheblich wärmer zu bleiben als die alte Erde ... He, was ist denn los, Varian?«

»Wir sind *nicht* ausgesetzt, Trizein!«

Enttäuscht und entmutigt sah er Lunzie an, die auf seine stumme Frage energisch den Kopf schüttelte.

»Schade.« Er wirkte so niedergeschlagen, daß Varian trotz der ernsten Lage Mühe hatte, ein Lachen zu unterdrücken. »Aber jedenfalls werde ich von heute an nicht mehr Tag und Nacht in meinem Labor sitzen! Ich habe die Absicht, jeden freien Moment zu nutzen, und Beweise für meine Theorien zu sammeln. Warum hat mir kein Mensch Bilder von den Geschöpfen gezeigt, deren Fleisch ich untersuchte? All die verschwendete Zeit ...«

»Du hast Fleischproben untersucht?« fragte Lunzie nach einem besorgten Blick zu Varian.

»Ganz recht. Keine einzige war toxisch – kein Wunder angesichts unseres gemeinsamen Ursprungsplaneten. Ich konnte Paskuttis Bedenken zerstreuen. Die persönlichen Schutzfelder sind nicht unbedingt nötig, wenn ihr mit den Geschöpfen in Kontakt kommt. Wo haltet ihr eigentlich die Exemplare? Hier in der Nähe?«

»Nein. Warum fragst du?«

Trizein runzelte die Stirn. Er hatte eine Reihe von Gedankengängen aufgenommen und wieder fallengelassen; nun wurde er schon wieder unterbrochen.

»Warum? Weil ich den Eindruck hatte, daß Paskutti sich Sorgen machte. Die Haut eines Plus-G-Weltlers ist zwar nahezu undurchdringlich, aber er hatte wohl Angst, daß ihr anderen eine Blutvergiftung bekommen könntet. Deshalb nahm ich an, daß ihr hier in der Nähe ein paar Tiere haltet, so wie diesen verwundeten Pflanzenfresser, den du kurz nach der Landung fandest, Varian. Hast du mir eigentlich schon ein Bild von ihm gezeigt?«

»Ja«, entgegnete Varian geistesabwesend, denn ihre Gedanken weilten wieder bei den Plus-G-Weltlern. »Es war, glaube ich, ein Hadrasaurier.«

»Oh, es gibt aber eine ganze Reihe von Hadrasauriern, die einen mit Kamm, wieder andere mit ...«

»Mabel hatte einen Kamm«, warf Bonnard ein.

»Weißt du, Varian, vielleicht solltest du Kai verständigen«, schlug Lunzie vor. »Es ist wichtig, daß er von Trizeins Entdeckung erfährt.«

»Du hast völlig recht, Lunzie.« Wie eine Marionette ging Varian an den Labor-Kommunikator.

Sie war erleichtert, als sich Kai meldete, obwohl sie sich innerlich auch darauf eingestellt hatte, mit Bakkun zu sprechen. Lunzie nickte ihr ermutigend zu; nur Bonnard schien den Atem anzuhalten.

»Trizein hat soeben die Lebensformen auf Ireta identifiziert, Kai, und eine Erklärung für alle Anomalien gefunden. Ich halte es für das beste, wenn du sofort zum Hauptlager zurückkommst.«

»Varian ...« Kai klang unwillig.

»Seismische Kerne sind offenbar nicht das einzige, was auf diesen stinkenden Planeten verpflanzt wurde ... oder verpflanzt wird.«

Kai schwieg eine Weile. »In Ordnung«, sagte er dann. »Wenn Trizein die Sache für so wichtig hält ... Bakkun kann hier allein weitermachen. Die Ader, die wir entdeckten, ist doppelt so groß wie die erste.«

Varian gratulierte ihm und überlegte insgeheim, ob sie darauf bestehen sollte, daß auch Bakkun zurückkehre. Sie hatte ein paar Fragen an den Plus-G-Weltler, die seine Lieblingsplätze und seine Lieblingsbeschäftigungen betrafen.

10

Bakkun gab keinen Kommentar zu Kais Aufbruch. Er war allem Anschein nach ganz damit beschäftigt, den letzten seismischen Kern einzusetzen; die Detonation würde das tatsächliche Ausmaß des Pechblende-Lagers endgültig ermitteln.

»Du kommst zurück zum Hauptlager, wenn du fertig bist, ja?« fragte Kai und legte das Lift-Aggregat neben die Arbeitsgeräte des Plus-G-Weltlers.

»Wenn nicht, dann mach dir keine Sorgen! Ich fliege vielleicht zum Außenlager.«

Kai spürte die schwache Betonung des Wörtchens *ich*. Bakkun nervte ihn nun schon seit Tagen, auch wenn er nicht so recht zu fassen bekam, was ihn am Verhalten des Plus-G-Weltlers störte. Der Mann zeigte keine offene Rebellion; aber Kai spürte, daß in dem Geologen eine Veränderung vorgegangen war.

Varians doppeldeutige Botschaft verdrängte den vagen Ärger über Bakkun. Seine Partnerin geriet ganz sicher nicht durch Nebensächlichkeiten in Panik; die Tatsache, daß sie ihn mitten in einer Vermessung störte, ließ darauf schließen, daß die Sache ernst war. Was in aller Welt hatte Varian mit ihren rätselhaften Worten gemeint? Und wie konnte Trizein durch die Identifizierung der einheimischen Lebensformen irgendwelche Anomalien erklären?

Vielleicht hatten sich die Theks gemeldet, und Varian wollte nicht, daß die anderen auf der Schlitten-Frequenz mithören konnten. Er versuchte sich noch einmal genau an den Wortlaut ihrer Nachricht zu erinnern. Sie hatte ihre Aufforderung zur Rückkehr ins Lager nicht im Zusammenhang mit Trizeins Entdeckung gestellt. Also ging es im Grunde gar nicht um diese Geschichte.

Anstatt sich den Kopf mit Problemen vollzustopfen, die er im Moment doch nicht lösen konnte, versuchte Kai während des Rückflugs den Energiereichtum dieses Planeten aufgrund der bereits entdeckten Rohstofflager sowie der Wahrscheinlichkeit künftiger Funde in den noch unerforschten orogenetischen Zonen abzuschätzen.

Als er zur Landung ansetzte, war er zu dem Schluß gekommen, daß Ireta zweifellos eine der reichsten Welten war, von denen er je gehört hatte. Früher oder später mußten das auch die Experten an Bord des Mutterschiffs erkennen. Dieser Gedanke hob seine Laune beträchtlich. Schon jetzt stand fest, daß er, Varian und die übrigen Wissenschaftler als reiche Leute heimkehren würden, selbst wenn man die überhöhten Normen der Konföderation in Betracht zog. Und er wollte sich dafür einsetzen, daß auch das Hilfspersonal Prämien erhielt. Ebenso die drei Kinder, überlegte Kai, denn sie hatten sich als äußerst nützlich für die Expedition erwiesen. Ah, da kam gerade Bonnard. Er schleppte das Energieaggregat aus einem der geparkten Schlitten über den Platz. Gerade bei solchen Dingen hatten sich die jungen Leute als wertvolle Helfer gezeigt.

Lunzie öffnete Kai das Schutzfeld und begrüßte ihn mit den Worten, daß Varian bereits in der Fähre warte. Bonnard schob sich mit einer gemurmelten Entschuldigung an ihm vorbei und lief zu seinem Schlitten.

»Was macht der Junge da?«

»Er überprüft die Energiezellen. Offenbar treten Störungen auf.«

»Bei der Energieversorgung? Mir fällt nur auf, daß wir enorm viele Zellen verbrauchen. Hängt das damit zusammen?«

»Vermutlich. Geh jetzt zu Varian!«

Erst als Kai die Fähre selbst betrat, kam ihm der Gedanke, daß Lunzie sich sonst nie um den technischen Kram kümmerte. Trizein saß vor dem Hauptschirm und betrachtete verzückt eine Gruppe grasender Herdentiere. Er bemerkte Kais Ankunft überhaupt nicht.

»Kai?« Varian warf einen Blick aus der Öffnung der Pilotenkabine.

Kai deutete auf Trizein und hob fragend die Augenbrauen, aber Varian schüttelte den Kopf.

»Was soll das alles, Mädchen?« fragte er, als sie die Irisblende hinter ihm geschlossen hatte.

»Du, die Plus-G-Weltler sind tatsächlich in ihre primitive alte Lebensweise zurückgefallen. Weißt du, wie sie ihren Ruhetag verbrachten? Mit brutalen Kämpfen gegen die Herdentiere! Sogar einen Reißer griffen sie an. Sie töteten einige der Geschöpfe und verzehrten sie anschließend.«

Kais Magen rebellierte.

»Gaber hat sein Gewäsch offenbar im ganzen Lager verbreitet, ehe es dir zu Ohren kam, Kai. Und die Plus-G-Weltler glauben ihm. Oder wollen ihm zumindest glauben. Das erklärt die fehlenden Vorräte und den hohen Energieverbrauch der Schlitten. Auch Medikamente sind abhanden gekommen. Wir können von Glück reden, wenn sich da keine Meuterei anbahnt.«

»Noch einmal ganz langsam, Varian!« sagte Kai und ließ sich in den Pilotensitz fallen. Er hegte keinen Zweifel an der Richtigkeit ihrer Worte, aber er wollte die Fakten der Reihe nach hören.

Varian berichtete ihm von der grausigen Entdeckung am Vormittag, von ihrem Gespräch mit Lunzie und schließlich von Trizeins Erkenntnis, daß die Tierwelt auf Ireta in der Hauptsache aus Dinosauriern terranischen Ursprungs bestand, die irgend jemand vor langer Zeit hier ausgesetzt haben mußte. Sie fügte hinzu, daß die Plus-G-Weltler verändert wirkten, auch wenn sie nicht direkt den Gehorsam verweigerten – eine Feststellung, die Kai nur bestätigen konnte. Noch während ihres Gesprächs öffnete Kai die Kommunikator-Konsole und machte die Sendeanlage startklar.

»Entfernt Bonnard deshalb die Energiezellen aus den Schlitten?«

»Ja.«

»Dann glaubst du, daß eine Entscheidung bevorsteht?«

»Wenn wir morgen nach unserem Kontakt mit den Theks

immer noch keine Nachricht vom Mutterschiff haben, wird etwas geschehen. Unsere Schonfrist ging, wie ich befürchte, mit dem letzten Ruhetag zu Ende.«

Kai sah sie einen Moment lang ernst an. »Du arbeitest schon länger mit ihnen zusammen als ich. Was werden sie tun?«

»Die Macht an sich reißen.« Ihre Stimme klang resigniert, aber völlig ruhig. »Sie sind im Grunde besser als wir geeignet, auf diesem Planeten zu überleben. Wir könnten uns nicht vom ... Überfluß dieses Planeten ernähren.«

»Du siehst vielleicht alles zu düster. Wenn sie Gabers Gerede tatsächlich Glauben geschenkt haben, könnte dann ihr ... Rückfall nicht eine Art Vorbereitung auf das Leben hier sein?«

»Ich würde deine Meinung teilen, Kai, wenn ich nicht mit eigenen Augen die Überreste ihrer jüngsten Orgie gesehen hätte. Das läßt einem das Blut in den Adern gefrieren. Sie haben ganz bewußt ... nein, hör mich bis zu Ende an! Es ist ekelhaft, ich weiß, aber es vermittelt dir einen besseren Begriff dessen, was uns erwartet, wenn wir ihnen nicht Einhalt gebieten können. Sie metzelten mit primitiven Waffen fünf dieser großen Pflanzenfresser nieder. Außerdem sahen Bonnard und ich einen Reißer, einen Tyrannosaurus rex, der einen baumdicken Speer in der Seite stecken hatte. Kai, dieses Geschöpf regierte in grauer Vorzeit die Erde! Nichts konnte es bezwingen. Die Plus-G-Weltler aber schafften das. Und warum griffen sie den Giganten an? Aus Lust am Töten!« Sie holte tief Luft. »Mit Errichtung der Außenlager haben wir ihre Reichweite noch ausgedehnt. Wo sind die Kerle im Moment eigentlich?«

»Bakkun befindet sich wohl auf dem Weg hierher. Er hat ein Lift-Aggregat. Paskutti und Tardma ...«

In diesem Moment schrie Lunzie Kais Namen. Es dauerte den Bruchteil einer Sekunde, bis ihnen zu Bewußtsein kam, daß Lunzie nur in äußersten Notfällen schrie. Dann polterten schwere Stiefel näher.

Varian betätigte den Irisblenden-Verschluß. Gleich darauf

hämmerte eine harte Faust gegen das Paneel. Kai tippte eine rasche Codefolge in den Kommunikator, dann drückte er auf die Sendetaste. Sekunden später schaltete er das Gerät aus. Gleichzeitig legte Varian den winzigen, kaum erkennbaren Haupthebel der Energieversorgung herum. Ein schwaches Blinken verriet ihnen, daß das Schiff nun von einem Notaggregat gespeist wurde, das ein paar Stunden lang die wichtigsten Funktionen übernehmen konnte.

»Wenn ihr die Schleuse nicht auf der Stelle öffnet, sprengen wir sie!« hörten sie Paskuttis völlig unbewegte Stimme.

»Nicht!« Varian legte eine gehörige Portion Angst und Entsetzen in diesen Ausruf, aber sie blinzelte Kai beruhigend zu.

Er nickte. Es hatte keinen Sinn, wenn die beiden Expeditionsleiter bei lebendigem Leib in der Pilotenkanzel verbrannten. Kai stellte sich überhaupt nicht die Frage, ob Paskuttis Drohung ernst gemeint war. Er hoffte, daß keiner der Kolosse den winzigen Energieabfall bemerkt hatte, der beim Umschalten von einer Stromquelle auf die andere entstanden war. Nur er und Varian wußten von dieser absolut sabotagesicheren Einrichtung, welche die Fähre lahmgelegt hatte. Paskutti betrat die Pilotenkabine nicht, als sich die Irisblende weitete. Er musterte die beiden Leichtgewichtler einen Moment lang geringschätzig, dann packte er Varian vorne am Schiffsanzug, riß sie mit Schwung in den Hauptraum und ließ sie verächtlich los. Sie wurde hart gegen eine Trennwand geschleudert. Als sie sich langsam wieder aufrichtete, hing ihr linker Arm schlaff herab, und ein gefährlicher Zorn brannte in ihren Augen.

Kai wollte einer ähnlich demütigenden Behandlung der Plus-G-Weltler zuvorkommen und trat einen Schritt näher. Aber Tardma hatte ihn bereits erwartet. Sie packte ihn an der linken Hand und drehte ihm den Arm mit solcher Gewalt auf den Rücken, daß er die Gelenkknochen splittern hörte. Wie es ihm gelang, auf den Beinen und bei Bewußtsein zu bleiben, wußte er selbst nicht. Er sank gegen die

Wand. Eine ruhige Hand stützte ihn. Etwas weiter weg schluchzte eines der Mädchen.

Kai schüttelte den Kopf, um seine Gedanken zu ordnen; dann leitete er die Innere Disziplin ein, die den körperlichen Schmerz überlagern würde. Er atmete tief aus dem Bauch, zwang den Haß beiseite, die Hilflosigkeit, alle irrationalen Reaktionen und Gefühle.

Die Hand, die ihn gestützt hatte, ließ ihn wieder los. Er erkannte Lunzie, die dicht neben ihm stand. Ihr Gesicht war blaß und ernst, und sie sah starr geradeaus. An ihren Atemzügen erkannte er, daß sie die gleiche psychische Kontrolle einleitete wie er selbst. Neben ihr kauerte Terilla, halb im Schock und tränenüberströmt.

Kais Blicke schweiften rasch durch den Raum. Varian hielt sich noch auf den Beinen. Sie kämpfte gegen einen heftigen Zorn an, der ihre Lage nur verschlimmern konnte. Trizein war bei ihr. Er schaute verwirrt umher und versuchte sich einen Reim auf das Geschehen zu machen. In diesem Moment wurden Cleiti und Gaber hereingezerrt. Der Kartograph schimpfte und zeterte empört, wie es jemand wagen konnte, ihn so respektlos zu behandeln.

»Tanegli? Hast du sie?« fragte Paskutti per Armband-Kom.

Tanegli? Wen sollte die Botanikerin wohl holen? Noch fehlten Portegin, Aulia, Dimenon und Margit. Während sein gebrochenes Handgelenk allmählich gefühllos wurde, merkte Kai, wie sich seine Sinne schärften und die Wahrnehmung wuchs. Er schien auf sonderbare Art zu schweben: das erste Zeichen dafür, daß sein Verstand allmählich den Körper dominierte. Die Wirkung konnte mehrere Stunden anhalten, je nachdem, wie tief er aus seinem Kräfte-Reservoir schöpfte. Er hoffte, daß ihm genügend Zeit blieb. Wenn sich sämtliche Plus-G-Weltler hier versammelten, würden sie wohl auch Berru und Triv vom Außenlager herbeiholen. Wie lange nach ihm war Bakkun aufgebrochen? Oder hatte er Tanegli geholfen?

»In sämtlichen Schlitten fehlen die Energiezellen«, erklärte Divisti von der Schleuse her. »Und der Junge ist spurlos verschwunden.«

Kai und Varian tauschten einen raschen Blick.

»Wie konnte dir der Kleine entwischen?« Paskutti schien erstaunt.

Divisti zuckte mit den Schultern. »Die allgemeine Verwirrung eben. Ich dachte nicht, daß er sich von den anderen trennen würde.«

Also sahen sie in Bonnard keine besondere Gefahr. Kais Blicke streiften Cleiti; hoffentlich wußte und verriet sie nicht, wo sich der Junge versteckt hatte. Aber ihr Mund war zu einem harten, trotzigen Strich zusammengepreßt. Auch in ihren Augen glomm unterdrückter Zorn; Haß war zu spüren, wenn sie die Plus-G-Weltler anstarrte, und Verachtung für Gaber, der neben ihr stand und sinnloses Zeug faselte.

Terilla hatte zu weinen aufgehört, aber Kai konnte sehen, wie ein Zittern nach dem anderen ihren schmalen Körper durchlief. Das scheue Mädchen, dessen ganze Liebe den Pflanzen galt, hatte wohl die geringste seelische Abwehrkraft gegen rohe Gewalt; aber solange Lunzie noch ihre Innere Disziplin aufbaute, konnte sie der Kleinen nicht helfen.

»Divisti und Tardma, ihr beiden fangt an, das Labor zu zerlegen!«

Die beiden Frauen nickten und setzten sich in Bewegung. Im gleichen Augenblick, als sie die Schwelle überquerten, erwachte Trizein aus seiner Erstarrung.

»Vorsicht! Ihr könnt da nicht hinein! Ich habe eine Reihe von Experimenten und Analysen laufen. Divisti, rühr die Abscheideanlage nicht an! Habt ihr völlig den Kopf verloren?«

»Nein, aber du verlierst ihn gleich!« entgegnete Tardma kühl. Sie blieb im Eingang stehen und erwartete den Chemiker, der ihr aufgeregt nachlief. Mit einem Lächeln schlug sie ihm mitten ins Gesicht. Der Mann taumelte zurück und brach zu Lunzies Füßen zusammen.

»Das war zu hart, Tardma«, meinte Paskutti. »Ich hatte

eigentlich die Absicht, ihn mitzunehmen. Er wäre nützlicher für uns gewesen als die anderen Leichtgewichter.«
Tardma zuckte mit den Schultern. »Wozu denn? Tanegli weiß nicht weniger als er.« Sie verschwand mit aufreizend schwingenden Hüften im Labor und tauchte kurz darauf wieder mit Divisti auf. Beide schleppten Berge von chemischen Apparaten, ohne darauf zu achten, daß die meisten Sachen zerbrechlich waren. Die Verachtung der Plus-G-Weltler für die ›Leichtgewichter‹ erstreckte sich allem Anschein nach auch auf ihre Geräte. Der stechende Geruch von Konservier- und Lösungsmitteln machte sich breit.
Mit seinem inzwischen geschärften Gehör vernahm Kai aus dem Westen das Geräusch eines näherkommenden Schlittens. Allem Anschein nach Tanegli, der vom Außenlager eintraf. Stimmen klangen auf. Kai erkannte Bakkuns Baß. Kurz darauf wurden die übrigen Terra-Humanoiden hereingeführt. Portegin stützte den halb ohnmächtigen Dimenon, obwohl er selbst am Kopf blutete. Bakkun zerrte Aulia und Margit in die Fähre. Triv schlitterte der Länge nach über das Deck, nachdem ihm Berru am Eingang einen verächtlichen Stoß versetzt hatte.
Triv kam neben Kai zu liegen. Halb abgeschirmt vom Körper des Expeditionsleiters, begann er mit der Tiefenatmung, die ihm die Innere Kraft geben würde. Nun waren sie also schon zu viert. Bei Aulia und Margit wußte Kai nicht Bescheid, aber Portegin und Dimenon hatten einmal erzählt, daß sie die Schulung nicht besaßen. Vier Leute reichten nicht aus, um die sechs Plus-G-Weltler zu überwältigen. Mit einigem Glück allerdings konnten sie die schlimme Lage der Leichtgewichter etwas verbessern. Kai gab sich keinen Illusionen hin: Nach ihrer Meuterei beabsichtigten die Plus-G-Weltler, sämtliche brauchbaren Dinge aus dem Lager an sich zu reißen. Es machte ihnen nichts aus, ihre ehemaligen Gefährten hilflos auf dieser gefährlichen, feindseligen Welt zurückzulassen.
»Also gut«, sagte Paskutti. »Bakkun und Berru bringen jetzt unsere Verbündeten in Schwung. Wenigstens der

Schein soll stimmen. Leider war der Sender noch warm, als ich hier ankam. Sie haben vermutlich eine Botschaft an die Theks durchgegeben.« Während er sprach, ließ er Kai nicht aus den Augen.

Aber der Expeditionsleiter erwiderte seinen Blick gelassen und ohne mit der Wimper zu zucken. Paskutti wandte sich ab.

»Tanegli, du holst den Rest der Vorräte!«

Tanegli kam eine Sekunde später zurück. »Ich finde keine einzige Energiezelle, Paskutti! Merkwürdig, es müßten doch noch einige da sein ...«

»Egal. Wir haben für den Anfang genug in den Schlitten und Lift-Aggregaten. Beeil dich jetzt!«

Tanegli verschwand im Lagerraum und kam bald darauf mit einem prall gefüllten Plastiksack herausgewankt.

»Das war alles, Paskutti.« Tanegli warf einen Blick auf die starren Gesichter der Gefangenen und lachte höhnisch auf. Dann verließ er die Fähre.

»Keine Proteste, Chef? Chefin?« fragte Paskutti mit einem herausfordernden Grinsen.

»Die würden uns wenig nützen, oder?« entgegnete Varian. Sie sprach so ruhig, daß Paskutti die Stirn runzelte. Ihr linker Arm schien verletzt, denn er hing schlaff herab, aber in ihrer Stimme war keine Spur von Schmerz oder Zorn zu erkennen, lediglich eine gewisse Geistesabwesenheit.

»Ganz recht, meine Liebe! Wir haben es mehr als satt, uns von euch halben Portionen herumkommandieren zu lassen. Ihr nehmt uns doch nur dann ernst, wenn es um Knochenarbeit geht!« Seine Stimme wurde immer höhnischer. »Als Lasttiere wären wir in eure Kolonie eingegliedert worden, als Muskelpakete, die man hierhin und dorthin schickt und denen man ab und zu wohlwollend auf die Schulter klopft!« Seine mächtige Hand durchschnitt die Luft.

Und dann, ehe jemand seine Absicht durchschaute, beugte er sich zu Terilla herab, verkrallte die Finger in ihrem Haar und riß sie hoch, bis sie wie eine Puppe in der Luft baumelte. Bei Terillas kurzem entsetzten Aufschrei schnellte

Cleiti in die Höhe. Sie trommelte mit den Fäusten gegen Paskuttis muskelbepackte Schenkel und versetzte ihm wütende Tritte gegen die Schienbeine. Amüsiert und überrascht von der Gegenwehr, schaute Paskutti auf die Kleine herunter. Dann hob er die Faust und schlug sie einmal gegen Cleitis Schläfe. Das Mädchen sank bewußtlos zu Boden.

Jetzt warf sich Gaber auf Paskutti, doch der wehrte den Kartographen mit einer Hand ab, während er mit der anderen immer noch Terilla an den Haaren hochhielt.

»So, Chef, jetzt rede! Habt ihr eine Botschaft an die Theks gesandt? Eine Sekunde Zögern, und ich breche der Kleinen das Genick!«

»Ja, wir haben eine Botschaft abgeschickt«, erwiderte Kai sofort. »Sie lautete: *Meuterei der Plus-G-Weltler!*«

»Habt ihr unsere geschätzten Aufseher um Hilfe gebeten?« fuhr Paskutti fort und schüttelte Terilla, als die Antwort seiner Ansicht nach zu langsam kam.

»Hilfe? Von den Theks?« fragte Varian, ohne ihre Blicke eine Sekunde von Terilla abzuwenden. »Es dauert Tage, bis die Theks über eine Botschaft in allen Einzelheiten nachgedacht haben. Bis dahin ist eure ... Operation doch längst vorbei! Nein, wir haben lediglich die Lage geschildert.«

»Und die Nachricht ging nur an die Theks?«

Jetzt begriff Kai. Paskutti wollte wissen, ob sie die Botschaft auch an das Satellitenschiff gesandt hatten. Wenn das geschehen war, mußte der Koloß seine Pläne entsprechend abändern.

»Nur an die Theks«, bestätigte Kai. Dann schwieg er, obwohl sein Inneres schrie: ›Laß endlich das Mädchen los!‹

»Nun weißt du doch alles, was du wissen wolltest!« kreischte Gaber, der immer noch vergeblich versuchte, Paskutti anzugreifen. »Du bringst die Kleine um! Laß sie los! Laß sie sofort los! Du hast mir versprochen, daß es zu keinen Gewalttätigkeiten kommen würde. Daß uns nichts zustoßen würde! Nun hast du bereits Trizein umgebracht, und wenn du das Kind nicht losläßt ...«

Paskutti streckte Gaber mit einem flüchtigen Boxhieb nieder. Der Kartograph fiel mit einem dumpfen Knall aufs Deck und rollte zur Seite. Dann warf der Koloß Terilla wie ein Bündel alter Kleider neben Cleiti. Kai konnte nicht erkennen, ob das Mädchen die Mißhandlung überlebt hatte. Er warf einen unauffälligen Blick zu Lunzie; die Ärztin beobachtete aufmerksam beide Mädchen. Ein unmerkliches Nicken beruhigte Kai: Sie lebten.

Triv neben ihm hatte inzwischen die Vorübungen zur Inneren Disziplin beendet. Nun mußte auch er warten, bis die Kraft zu wirken begann. Diese Zeit bis zu dem Moment, da man die kontrollierte innere Kraft in einen bestimmten Kanal lenken konnte, war die schlimmste. Kai atmete flach mit dem Zwerchfell und zwang sich, nicht an die Brutalität und Grausamkeit der Gegner zu denken.

Dimenon rührte sich inzwischen, und obwohl er vor Schmerzen stöhnte, kam ihm Lunzie nicht zu Hilfe. Margit, Aulia und Portegin schauten starr geradeaus. Sie versuchten krampfhaft die Szenen auszublenden, die sie nicht ändern und unterbrechen konnten.

Tanegli kam mit wutverzerrtem Gesicht die Rampe heraufgestürmt. Der bis vor kurzem so stille und vernünftige Botaniker hatte sich in ein Bündel Haß verwandelt.

»In den Schlitten sind keine Energiezellen!« rief er Paskutti zu. Dann blieb er keuchend vor Varian stehen, packte sie an beiden Armen und schüttelte sie. Kai hoffte, daß sie Bewußtlosigkeit vortäuschen würde. Wenn Tanegli nicht bald aufhörte, könnte es sein, daß ihre gebrochene Schulter nie mehr richtig zusammenheilte.

»Wo hast du sie versteckt, du häßliche, dürre Hexe?«

»Vorsicht, Tanegli! Brich ihr nicht den Hals!« warnte Paskutti und trat einen Schritt vor, um den Wütenden zu beschwichtigen.

Tanegli bremste seinen Schlag sichtlich ab, aber dennoch flog Varians Kopf hart nach hinten, und auf ihrer Wange zeichnete sich ein dunkelroter Fleck ab.

»Wo hast du die Energiezellen versteckt?«

»Ihre linke Schulter ist gebrochen«, meinte Paskutti. »Pack sie da, aber nicht zu hart, sonst fällt sie uns noch um! Diese Fliegen vertragen wenig.«

»Wo, Varian, wo?« Bei jedem seiner Worte zerrte Tanegli an ihrem linken Arm.

Varian schrie auf. In Kais Ohren klang das Echo falsch. Er wußte, daß Varian keine Schmerzen spürte, solange die Innere Disziplin wirkte.

»Nicht ich habe sie versteckt, sondern Bonnard!«

Margit und Aulia zuckten bei diesem Verrat zusammen.

»Such ihn, Tanegli! Aber wenn wir die Energiezellen nicht rechtzeitig entdecken, müssen wir die Vorräte selbst beiseite schleppen. Bakkun und Berru haben bereits mit dem Auftrieb begonnen. Nichts kann diesen Vorgang mehr stoppen.« Paskutti wirkte jedoch gehetzt.

»Sie weiß bestimmt, wo er ist. Los, sag es mir, Varian!«

Varian hing plötzlich schlaff in Taneglis Armen. Er ließ sie mit einem ärgerlichen Fluch zu Boden sinken und trat an die offene Luke. Er lief ein paar Schritte ins Freie und rief laut nach Bonnard. Dann winkte er Divisti und Tardma zu sich, und gemeinsam machten sie sich auf die Suche nach dem Jungen.

Paskutti schaute auf Varians zusammengesunkene Gestalt hinunter. Kai hoffte, daß der Mann keinen Verdacht schöpfte. Ein tückischer Ausdruck glitt über die Züge des Plus-G-Weltlers, aber als er sich Kai zuwandte, wirkte seine Miene wieder verschlossen.

»Raus!« Paskutti deutete gebieterisch zur Schleuse. Er scheuchte Lunzie und die anderen hoch und gab ihnen zu verstehen, daß jeder von ihnen einen der Bewußtlosen tragen sollte. »In die Aufenthaltskuppel – alle!« befahl er.

Als sie den Hof des Lagers überquerten, lag Dandy mit gebrochenem Genick in seinem Gehege. Kai war froh, daß weder Terilla noch Cleiti ihren kleinen Liebling so sahen. Auf dem Boden verstreut waren Bänder, Karten, Computer-Ausdrucke und zerstampfte Speicherplatten. Unabsichtlich trat Kai auf eine von Terillas sorgfältigen Pflanzenskizzen. Er mußte tief durchatmen, um den aufkeimenden Zorn über diese willkürliche Zerstörung zu bezähmen.

Die Hauptkuppel war völlig ausgeplündert. Man legte die Bewußtlosen auf den Boden; die übrigen Gefangenen mußten sich am entgegengesetzten Ende der Schleuse aufstellen.

Draußen ging die Suche nach Bonnard weiter. Paskutti warf einen Blick auf seine Uhr und betrachtete dann die Ebene jenseits des transparenten Schutzfeldes.

Kais extrem geschärfte Sinne nahmen auf, daß jemand seinen Namen wisperte. Langsam drehte er den Kopf. Lunzie sah ihn aus halbgeschlossenen Augen an und nickte kaum merklich zur Ebene hin. Er folgte ihrem Blick. Weit weg erkannte er zwei Punkte am Himmel und eine schwarze Linie in der Tiefe – eine bewegte Linie, die sich immer näher heranschob. Nun erst wurde ihm klar, was die Plus-G-Weltler beabsichtigten.

Das Schutzfeld konnte zwar normale Gefahren vom Lager fernhalten, aber es bot keine Sicherheit gegen eine wild anstürmende Saurier-Herde. Und der Vorteil der Anhöhe wurde dadurch aufgehoben, daß die Plus-G-Weltler die Giganten einfach den Hang herauftrieben.

Vielleicht reagierten die Theks auf seine Botschaft ... in ein paar Tagen. Oder sie schickten eines der jüngeren Expeditionsmitglieder nach Ireta, wenn sie gerade in Laune waren. Aber Kai bezweifelte das. Die Theks würden mit Recht folgern, daß ihre Intervention ohnehin zu spät kam, um den Ausgang der Meuterei zu beeinflussen.

Nein, die Leichtgewichter mußten sich selbst helfen. Sicher verließen die Plus-G-Weltler das Lager in den nächsten Minuten. Aber ob dann die Zeit noch reichte? Und in welchem Zustand würden sie ihre Gefangenen zurücklassen? Kai hoffte nur, daß es Bonnard gelang, sich ihrem Zugriff zu entziehen.

Paskuttis Finger zuckten. Sein Blick wanderte nervös zwischen der Armbanduhr und der schwarzen Woge in der Ferne hin und her.

»Tanegli? Habt ihr den Jungen?« Paskuttis Stimme dröhnte überlaut in Kais Ohren.

»Nein!« fauchte Tanegli. »Er ist spurlos verschwunden – und mit ihm die Energiezellen!«

»Dann kommt zurück! Die Zeit wird knapp.« Paskutti schien nicht gerade erfreut darüber, daß Bonnard seine Pläne durchkreuzt hatte. Er musterte Varian, die immer noch reglos am Boden lag, mit feindseliger Miene. »Woher wußte sie Bescheid?« fragte er Kai. »Bakkun ahnte schon, daß sich etwas zusammenbraute, als sie dich mit einer so albernen Ausrede zurückholte.«

»Sie fand den Ort, an dem ihr euren Ruhetag verbracht hattet, und den verwundeten Reißer, der euch entwischt war!« Kai hielt Bonnard ganz bewußt aus der Angelegenheit heraus, um ihn vor der Rache der Plus-G-Weltler zu schützen. Wenn sie hier alle umkamen, konnte der Junge nicht allein auf Ireta leben. Vermutlich würde ihm keine andere Wahl bleiben, als bei den Plus-G-Weltlern Zuflucht zu suchen.

»Bonnards Werk! Ich sagte Bakkun, daß es ein Risiko war, dem Jungen die Arena zu zeigen!« Paskuttis Gesicht spiegelte jetzt eine Reihe von Empfindungen wider: Verachtung, Arroganz, Zufriedenheit über den geglückten Handstreich. Er fletschte die Zähne zu einem bösen Grinsen. »Unser Freizeitvergnügen hätte euch nicht gefallen. Aber egal ...« Paskutti schaute ins Tal hinunter. »Die Probe hat uns Mut gemacht ...«

In diesem Moment trat die Abendsonne durch die Wolken. Sie erhellte die Ebene und das Meer schwerfälliger Körper, das immer näher heranbrandete. Die Plus-G-Weltler sammelten sich jetzt mit erhitzten, schweißtriefenden Gesichtern an der Schleuse.

»Der kleine Teufel ist uns entwischt!« berichtete Tanegli und starrte Kai dabei wütend an. »Und er hat sämtliche Energiezellen.«

»Uns bleibt keine Zeit mehr für eine Suche. Holt die Schlitten aus der direkten Ansturmzone – aber beeilt euch!

Hat jeder sein Lift-Aggregat? Gut. Dann haltet euch dem Lager fern, bis die Stampede vorbei ist!«

»Was geschieht mit der Fähre?«

»Die bleibt vermutlich unversehrt«, sagte Paskutti nach einem Blick auf das Schiff, das oberhalb des Lagers auf seinem Granitsockel stand. »Los jetzt!«

Die anderen rannten mit langen Schritten zu den Flugmaschinen hinüber.

Paskutti stand in der Öffnung der Irisblende, die Hände in die Hüften gestemmt, und betrachtete die eingeschüchterten Gefangenen mit unverhohlenem Vergnügen. Kai war sich im klaren darüber, daß in diesem Augenblick die größte Gefahr drohte. Würde Paskutti sie einfach in der Kuppel einsperren und bei vollem Bewußtsein auf den sicheren Tod warten lassen? Oder würde er sie vorher betäuben?

Paskuttis grausame Natur siegte.

»Ich lasse euch jetzt allein. Ihr bekommt das Ende, das ihr verdient! Niedergetrampelt von dummen, engstirnigen Vegetariern, wie ihr es selber seid! Der einzige von euch, der den Mut hatte, sich gegen uns zu wehren, war ein halbes Kind!«

Er schloß die Irisblende, und gleich darauf klatschte seine Faust von außen gegen die Schleuse. Der Entriegelungsmechanismus zersplitterte.

Unvermittelt richtete sich Varian auf und warf einen Blick aus dem Fenster, das am weitesten weg von der Schleuse lag.

»Varian?« Lunzie stand über den immer noch bewußtlosen Trizein gebeugt. Der Mann stöhnte plötzlich und schlug die Augen auf. Lunzie lief weiter zu Terilla und Cleiti und behandelte die beiden Mädchen ebenfalls mit einem Wiederbelebungsspray.

»Er ist am Perimeter«, berichtete Varian leise. »Jetzt hat er die Schutzfeld-Schleuse geöffnet ... und offen gelassen. Bakkun und Berru befinden sich bereits in der Luft. Uns bleibt vielleicht eine winzige Chance, wenn die Herde über die letzte Anhöhe stürmt und sie selbst nichts mehr sehen können.«

»Triv!« Kai winkte, und der Geologe folgte ihm in den hinteren Teil der Kuppel.

Kai ertastete mit der gesunden Hand die feine Nahtstelle der Plastikhülle. Triv legte seine Fingerspitzen ein Stück höher an den Saum. Sie holten beide tief Luft, stießen einen lauten Schrei aus und gruben mit aller Kraft die Hände an das zähe Gewebe. Es zerriß.

Lunzie half den beiden Mädchen auf die Beine. Sie schwankten, waren jedoch bei Bewußtsein. Dann wandte sich die Ärztin Trizein zu und unterstützte ihn.

»Wo könnte Bonnard versteckt sein, Kai?« Nicht einmal die Innere Disziplin konnte die Angst vertreiben, die Varian um den Jungen empfand.

»Wie ich ihn kenne, hat er sich in Sicherheit gebracht.« Kai wandte sich an die verstörte Gruppe: »Hört mir gut zu! Wir dürfen jetzt nicht in Panik geraten, sondern müssen wirklich bis zum letzten Moment abwarten. Wenn wir zu früh loslaufen, setzen die Plus-G-Weltler nur ihre Betäubungsstrahler ein. Margit, Aulia, Portegin – könnt ihr allein laufen?« Die drei nickten. »Lunzie, du kümmerst dich um Terilla! Gaber ist tot, nicht wahr? Aulia und Portegin stützen Cleiti, und Triv trägt Trizein. Ich helfe Dimenon. Varian, kommst du ohne Unterstützung zurecht?«

»So gut wie du! Ich übernehme die Nachhut.«

Kai schüttelte den Kopf und deutete auf ihren schlaff herabhängenden linken Arm. »Das mache ich.«

»Du hast Dimenon. Ich schaffe das schon.« Wieder schaute sie aus dem Fenster.

Man brauchte nun keine geschärften Sinne mehr, um das Dröhnen der heranrückenden Herde zu hören. Und es fiel schwer, in der Kuppel auszuharren.

»Inzwischen befinden sich vier von ihnen in der Luft«, sagte Varian leise. »Und die Tiere haben die Engstelle am Eingang des Tales erreicht. Macht euch fertig!«

Aulia unterdrückte einen Angstschrei.

»Atmet ganz tief durch!« befahl Lunzie. »Wenn ich *Jetzt!* rufe, rennt ihr mit lautem Geschrei los. Das steigert den Adrenalinfluß.«

»Gar nicht nötig«, murmelte Margit verzweifelt und trotzig zugleich.

Das Donnern war ohrenbetäubend, und der Kunststoffboden unter ihren Füßen wankte. Aulia schien einer Ohnmacht nahe.

»*Jetzt!*«

Die Plus-G-Weltler, die mit ihren Lift-Aggregaten aufgestiegen waren, konnten ihre lauten Schreie nicht hören. Margit hatte recht, sie benötigten kein zusätzliches Adrenalin. Der Anblick der gigantischen Dinosaurier mit ihren hohen, starr aufgerichteten Kämmen reichte aus, um ihre letzten Kräfte zu mobilisieren. Dimenon kreischte aus vollen Lungen, riß sich von Kai los und überholte die anderen auf dem Weg zur Fähre. Kai verlangsamte seine Schritte, bis er auf gleicher Höhe mit Varian war. Dann folgten die beiden Anführer ihrer Gruppe über die Lager-Ebene, die von den Tritten der Dinosaurier-Herde erschüttert wurde. Sie hetzten die Rampe zur Fähre nach oben und stießen beinahe gegen Lunzie, die Trizein gerade in die Schleuse schob. Varian half der Ärztin, während Kai rasch die Riegel schloß. Die ersten Kolosse erreichten das Außenfeld.

Ein schrilles Wimmern erhob sich über das dumpfe Dröhnen; blaue Funken stoben, und der Schirm begann zu brennen. Dann ergossen sich die Leiber der Giganten in das Lager, trampelten über die gestürzten Tiere hinweg und stürmten weiter. Die Irisblende der Fähre schloß sich. Nur der Lärm und die Vibrationen kündeten vom Chaos und den furchtbaren Vernichtungsszenen, die sich draußen abspielten.

Gemeinsam rannten Kai und Varian an den geschockten Mitgliedern der Expedition vorbei in die Pilotenkabine. Varian tastete nach dem Geheimschalter, der die Fähre wieder mit dem Hauptaggregat verband. Kai wollte an der Sende-Konsole Platz nehmen – und winkte müde ab.

»Paskutti ist kein Risiko eingegangen«, sagte er zu Varian und deutete auf die zertrümmerte Sendeanlage.

»Wie steht es mit der Steuereinheit?«

»Die ist noch intakt. Er wußte genau, welche Schaltkreise er lahmlegen mußte.«

Dumpfe Stöße gegen den Rumpf brachten die Fähre ins Schwanken.

»Mit der Stampede haben sie sich selbst ausgetrickst«, meinte Varian und lachte leise. Dann hörte sie die Entsetzensschreie aus dem vorderen Abteil und lehnte den Kopf gegen eine Metallstrebe.

»Nicht einmal die Dinosaurier können die Keramikplatten der Fähre ankratzen. Mach dir keine Sorgen! Aber ich würde mich an deiner Stelle endlich hinsetzen.«

Sie ließ sich in den Kopilotensitz fallen. »Sobald die Stampede vorbei ist, starten wir.«

»Und Bonnard?« fragte Kai.

»Bonnard!« hörten sie draußen Portegin mit lauter Stimme rufen. »Bonnard! Kai, Varian – er ist hier! Er hat es geschafft!«

Die beiden Expeditionsleiter sahen den Jungen aus dem Labor auftauchen. Sein Schiffsanzug war fleckig und staubbedeckt, und sein Gesicht wirkte um Jahre älter.

»Ich dachte, das hier sei der sicherste Ort, nachdem Paskutti euch weggebracht hatte. Aber ich ... ich wußte nicht, wer zurückgekommen war. Was für ein Glück, daß ihr es seid ...«

Cleiti umarmte den Freund unter Tränen. Terilla lag auf einer Matte am Boden und rief immer wieder seinen Namen, als könne sie nicht glauben, daß er noch lebte. Bonnard schob Cleiti sacht beiseite und trat neben die beiden Anführer.

»Die Energiezellen finden sie nie, Varian. Nie! Aber als Paskutti die Aufenthaltskuppel von außen zusperrte, dachte ich, nun sei alles aus. Er machte den Entriegelungsmechanismus kaputt, und ich ... ich konnte mir nicht vorstellen, daß es noch eine Fluchtmöglichkeit für euch gab. Deshalb versteckte ich mich hier!« Der Junge schämte sich so, daß er in Tränen ausbrach.

»Du hast genau das Richtige getan, Bonnard! Du hast sogar genau das richtige Versteck gewählt.«

Wieder begann die Fähre zu schwanken.

»Sie kippt um!« kreischte Aulia und preßte die Hände an die Schläfen.

»Möglich, aber davon wird sie nicht beschädigt«, erklärte Kai. Er fühlte jetzt die gleiche Euphorie wie Varian. »Bleibt ganz ruhig! Bis jetzt ist alles glatt gegangen. Wir werden überleben. Bei allem, was uns Menschen teuer ist, wir werden überleben!«

11

Wenngleich Kais Armbanduhr anzeigte, daß erst zwanzig Minuten seit dem Moment vergangen waren, da sie die Pilotenkabine betreten hatten, erschien es eine Ewigkeit, bis der Lärm und die Stöße draußen endlich nachließen.

Kai wartete, doch als die Stille anhielt, öffnete er die Irisblende einen kleinen Spalt. Außer Bergen von gesprenkelter lederiger Haut war nichts zu erkennen. Er trat zurück und ließ Varian einen Blick nach draußen werfen.

»Lebendig begraben in Hadrasauriern«, erklärte sie mit ungebrochenem Humor. Ihre Augen brannten wie im Fieber, und tiefe Falten hatten sich in ihr Gesicht eingegraben. Es kostete ungeheure Kräfte, die Innere Disziplin gegen die Schmerzen der verletzten Schulter einzusetzen. »Mach weiter auf! Sie sind zu groß, um nach innen zu fallen!«

Auch bei weit geöffneter Blende sahen sie nichts außer gigantischen Leibern – und dahinter Dunkelheit. Kai entschied nach einigem Zögern, daß sie Bonnard ins Freie schicken mußten. Der Junge war schmal und wendig genug, um an den Hindernissen vorbeizuklettern und die neue Position der Fähre abzuschätzen. Sie schärften Bonnard ein, jede Deckung auszunützen – für den Fall, daß noch einige der Plus-G-Weltler in der Nähe waren.

»Ihr vergeßt, daß es inzwischen dunkel ist«, warf Lunzie ein. »Die Kolosse sehen nachts nicht besonders gut – *wenn* sie sich überhaupt in der Umgebung des Lagers befinden.«

»Wo sollten sie denn sonst sein?« Aulias zitternde Stimme enthielt eine Spur von Hysterie. »Sie werden mit hämischer Schadenfreude unseren Untergang beobachten. Ich habe noch nie gern mit diesen Typen zusammengearbeitet. Sie glauben immer, daß wir sie ausnützen und nicht für voll nehmen. Dabei sind sie wirklich nur für primitive Muskelarbeit zu gebrauchen!«

»Nun ist aber Schluß, Aulia!« sagte Lunzie scharf. »Du kannst losgehen, Bonnard. Sieh nach, ob wir freie Bahn für die Fähre haben. Ich wäre ebenso froh wie alle anderen hier, wenn wir eine möglichst große Entfernung zwischen uns und die Plus-G-Weltler legen könnten.« Sie reichte Bonnard eine Nachtsichtmaske und nickte ihm ermutigend zu.

»Portegin, wirfst du bitte einen Blick auf die zerstörten Schaltkreise?« fragte Kai. »Varian, Lunzie soll deine Schulter jetzt versorgen, solange wir eine kurze Verschnaufpause haben.«

»Erst wenn sie dein Handgelenk geschient hat!«

»Keine Wenn und keine Aber!« warf Lunzie in ihrer trockenen Art ein. »Ihr kommt beide dran.« Sie griff nach ihrer Medizintasche. »Wenigstens haben sie mir das hier gelassen.«

»Wozu flickst du uns überhaupt noch zusammen?« Aulia ließ sich aufs Deck fallen und vergrub den Kopf in beiden Händen. »Lange halten wir hier nicht durch, damit hatte Paskutti schon recht. Außerdem besitzen *sie* jetzt alles, was *wir* brauchen.«

»Nicht alles«, entgegnete Lunzie ruhig. »Den Synthesizer konnten sie nicht mitnehmen. Der ist in die Fähre integriert.«

»Was nützt er uns, wenn wir keine Energie haben, um ihn zu betreiben?«

»Bonnard hat die Energiezellen der Schlitten versteckt. Die reichen zunächst.«

»Damit schieben wir das Unvermeidliche nur hinaus«, wimmerte Aulia. »Wir müssen alle sterben, sobald sie verbraucht sind. Es gibt keine Möglichkeit, sie nachzuladen.«

»Kai hat eine Botschaft an die Theks abgeschickt.« Varian hoffte, daß sie mit ihren Worten Aulias drohenden Hysterie-Anfall noch verhindern konnte.

»Die Theks!« Aulia fing schrill und zornig zu lachen an. Portegin kam aus der Pilotenkabine, war mit ein paar schnellen Schritten neben ihr und schlug ihr mit der flachen Hand ins Gesicht.

»Jetzt reicht es, du albernes Ding! Du gibst immer viel zu rasch auf.«

»Sie hat uns ein paar harte Wahrheiten hingeworfen«, meinte Margit mit müder Stimme. »Sobald wir den Synthesizer nicht mehr benutzen können, sind wir so gut wie ...«

»Wir können diese Zeit immer noch im Kälteschlaf überbrücken«, unterbrach sie Kai.

In Margits Augen schimmerte neue Hoffnung. »Ich wußte gar nicht, daß wir Einrichtungen dieser Art an Bord haben.«

»Es handelt sich vielleicht um eine kleine Expedition, aber wir besitzen alles, was wir zum Überleben brauchen ... oder besaßen es zumindest.« Kai griff an eine bestimmte Stelle zwischen den Trennwänden, fand den richtigen Hebel und zeigte ihnen die Geheimnische mit den Kryogen-Utensilien.

Auch in Aulias Zügen spiegelte sich jetzt Erleichterung. »Aber vielleicht gelingt es Portegin, die Sendeanlage zu reparieren«, meinte sie. »Dann genügt eine Botschaft ans Satellitenschiff ...«

»Ich will nicht, daß hier falsche Hoffnungen entstehen«, warf Portegin düster ein. »Die Anlage läßt sich nicht reparieren. Dafür bräuchte ich Ersatzteile, und *die* haben sie mitgenommen.«

»Wußte ich es doch!« Aulia schluchzte in die Stille, die Portegins Worten folgte.

»Du weißt überhaupt nichts!« fauchte Portegin. »Also halt jetzt endlich den Mund!«

»Was wir alle dringend brauchen, ist Schlaf«, sagte Lunzie und sah Kai bedeutsam an. »Wir sind müde und überreizt.«

Kai wußte, daß sie nach Anwendung der Inneren Disziplin mindestens einen Tag ausruhen mußten, um die verbrauchten Kräftereserven wieder aufzubauen. Aber Aulia befand sich in einem gefährlichen Zustand, und auch die anderen würden ihren Schock wohl irgendwie abreagieren. Die geglückte Flucht war vergeblich, wenn es Kai und Varian jetzt nicht gelang, die Mannschaft unter Kontrolle zu halten.

»Schlaf?« fragte Margit. »Umgeben von all diesen ...« Sie sprach nicht weiter, sondern begann zu zittern.

»Ich sehe die Sache anders, Margit«, meinte Dimenon. »Wir befinden uns hier in absoluter Sicherheit. Selbst die Plus-G-Weltler werden ganz schön schwitzen müssen, um die ... die Kadaver wegzuschaffen.«

»Nein, Dimenon, wir bleiben nicht hier«, widersprach Kai. »Wenn wir flüchten, dann am besten sofort: im Schutze der Dunkelheit. Die Plus-G-Weltler sollen bei ihrer Rückkehr glauben, daß die Fähre noch unter den Leibern der Dinosaurier begraben liegt.«

»Die Aasfresser von Ireta leisten im allgemeinen rasche Arbeit«, setzte Varian hinzu. Auf ihrer Stirn standen Schweißperlen, während Lunzie ihre gebrochene Schulter einrichtete. »Aber da draußen haben sie bestimmt tagelang zu tun.«

Jemand übergab sich.

»Das verschafft uns einen gewissen Vorsprung, ehe sie merken, daß die Fähre verschwunden ist. Aber wir müssen sofort aufbrechen.«

»Und wo sollen wir die Fähre verstecken?« fragte Portegin nüchtern.

»Das ist kein Problem«, entgegnete Dimenon mit einem

bitteren Lachen. »Uns steht ein ganzer verdammter Planet zur Verfügung.«

»Kaum«, widersprach Kai. »Die Plus-G-Leute wollen die Fähre für sich, und sei es nur, weil ihnen der Synthesizer und die Energieanlage das Leben erleichtern. Sobald sie merken, daß wir verschwunden sind, werden sie nach uns suchen. Und zwar gründlich. In den Schlitten befinden sich Spürgeräte; wenn sie die ausbauen und zusammen mit den Lift-Aggregaten benutzen, könnten sie uns erwischen.«

»Nicht, wenn wir uns *richtig* verstecken.« Varian schaute Kai triumphierend an. »Kein Plus-G-Weltler wird auf die Idee kommen, uns an so einem Ort zu suchen. Außerdem befinden sich genug andere Lebensformen in der Nähe, die vielleicht von unserer Spur ablenken ...«

Kai überlegte krampfhaft, welches Versteck Varian meinte. Er kam nicht dahinter, obwohl die Partnerin vorauszusetzen schien, daß er den Ort kannte.

»Unser Ruhetag war auch eine Art Generalprobe – auch wenn wir es zu jenem Zeitpunkt noch nicht ahnten!«

»Die Giffs?«

»Die Höhle, in der ich das tote Ei fand. Sie ist weiträumig und völlig trocken. Ich kann mir nicht vorstellen, weshalb die Giffs sie aufgaben.«

Kai hätte sie am liebsten umarmt und geküßt, aber im Moment war weder die richtige Zeit noch der richtige Ort dafür.

»Das ideale Versteck, Varian! Außerdem haben wir in etwa die Größe von erwachsenen Giffs, und die Kinder dürften den halbwüchsigen Vögeln entsprechen. Oh, Varian, das ist ... das ist ...«

»Die beste Idee des heutigen Tages«, beendete Lunzie seinen Satz. In ihrer Stimme schwang große Erleichterung mit. Varian strahlte, als sie sah, daß die anderen mit ihrem Vorschlag einverstanden waren.

»Gut, dann sieht unser Vorgehen folgendermaßen aus«, fuhr Kai fort. »Wir fliegen zu der Höhle, verstecken uns dort und schlafen erst einmal richtig aus. Danach beraten wir, was geschehen soll. Ich konnte tatsächlich noch kurz vor dem Überfall eine Botschaft an die Theks abschicken.« Er hob die Hand, als Aulia ihre Einwände von vorhin wiederholen wollte. »Und da einer von ihnen ein guter Freund meiner Familie auf ARCT-10 ist, kann ich euch versprechen, daß der Notruf Beachtung finden wird.«

Aulia wirkte immer noch nicht überzeugt, aber die anderen schienen gewillt, Kai Glauben zu schenken.

»Wo ist eigentlich Bonnard?« fragte Varian mit zusammengebissenen Zähnen, denn Lunzie arbeitete immer noch an ihrer Schulter. »Er müßte längst zurück sein.«

»Ich sehe nach«, erklärte Triv und war ins Freie geklettert, ehe die beiden Expeditionsleiter widersprechen konnten.

»So, du bist an der Reihe, Kai«, verkündete Lunzie und winkte Kai zu sich.

»Margit, könntest du eine Runde Pepdrinks ausgeben?« fragte Kai und überließ sich mit einem Seufzer Lunzies geschickten Händen. »Ich glaube nicht, daß sie den Spind der Pilotenkabine geplündert haben.«

»Pepdrinks?« Bereitwillig lief Margit in die Bugkabine, gefolgt von Aulia. »Das ist die zweitbeste Idee, die ich heute gehört habe! Tatsächlich, das Schloß ist unversehrt. Aulia, nun mal langsam! Du trägst erst mal das da. Keine Sorge, du kriegst auch eine Dose!« Ihre Stimme hatte eine gewisse Schärfe angenommen.

»Ich habe heute zum erstenmal erlebt, daß jemand die Innere Disziplin anwandte«, sagte Dimenon, während er die Dose öffnete, die Aulia ihm in die Hand gedrückt hatte. Sie verteilte die restlichen Getränke und nahm dabei schon den ersten Schluck ihrer Ration. »Ich wußte zwar, daß jeder Expeditionsleiter das Training absolviert, aber ich hatte keine Ahnung, wie die Sache im Ernstfall funktioniert. Deshalb begriff ich auch nicht gleich, was in Varian gefahren war, als sie sich ein Geständnis nach dem anderen erpressen ließ.«

»Ich hatte keine andere Wahl«, meinte Varian, während sie ihren Pepdrink an die Lippen führte. »Tote Anhänger der Disziplin nützen keinem etwas. Außerdem war ich sicher, daß Bonnard schlau genug wäre, sich zu verstecken. Jetzt macht mir der Kerl allerdings Sorgen. Wo bleibt er nur so lange?«

Sie alle hörten das Geräusch von der Schleuse her. Kai entwischte Lunzie und sprintete zum Ausgang, die gesunde Hand zur Faust geballt. Portegin und Dimenon folgten seinem Beispiel.

»Ich habe ihn gefunden«, rief Triv und streckte den Kopf durch die halbgeöffnete Irisblende. »Er holt alle Energiezellen zusammen und stapelt sie am Rande der ... der Kadaver.« Triv selbst hatte drei Zellen mitgebracht und reichte sie Portegin nach innen. »Bonnard sagt, daß die Plus-G-Weltler ein Feuer auf dem nächsten Hügelkamm entfacht haben. Es müßte uns gelingen, die Fähre nach links zu wenden und ungesehen im Schutz des Hanges zu starten. Im Lager selbst liegen die toten und halbtoten Herdentiere zu gewaltigen Bergen aufgetürmt. Es wird eine Weile dauern, bis sie entdecken, daß weder wir noch die Fähre darunter begraben liegen.«

»Gut«, meinte Kai und gab Triv durch einen Wink zu verstehen, daß er zu Bonnard zurückkehren und ihm helfen sollte. »Wir können von hier verschwinden, ohne eine Fährte zu hinterlassen – dank der Keramikplatten, mit denen die Fähre verkleidet ist.«

Nachdem Triv und der Junge sämtliche Energiezellen sicher in der Fähre gestapelt hatten, schlossen sie die Blende. Kai und Varian ließen sich von Bonnard die genaue Position der Fähre und den einfachsten Weg durch die Kadavermassen beschreiben und begaben sich dann in die Pilotenkabine.

Paskutti hatte nicht nur die Sendeanlage zerschmettert, sondern auch die Monitorschirme, die das Umfeld der Fähre zeigten. Das bedeutete, daß sie sämtliche Manöver blind durchführen mußten. Aber Varian erklärte ganz richtig, daß sie auch mit den Nachtmasken nur wenig gesehen hätten, da sie die Außenscheinwerfer aufgrund der besonderen Umstände nicht einsetzen konnten. Zum Glück hatten Kai und Varian die Koordinaten des Binnengewässers im Kopf, denn die meisten Aufzeichnungsbänder lagen zerstört am Boden der Kabine.

Triv und Dimenon stellten mit Hilfe des Synthesizers einige Schaumstoffmatten her, damit man die Verwundeten nicht auf das blanke Kunststoffdeck betten mußte. Aulia und Margit versuchten inzwischen das Chaos in Trizeins Labor zu ordnen. Der Chemiker war erneut ohne Bewußtsein; Lunzie befürchtete insgeheim, daß er aufgrund der Aufregung und brutalen Behandlung einen Herzkollaps erlitten habe.

Gemeinsam steuerten Kai und Varian die Fähre unter dem Berg von toten Hadrasauriern hervor und den Hügel hinauf, wo sie Kurs auf das Binnengewässer nahmen.

Während des Fluges stellte Lunzie ein Medikament zusammen, das den Spätschock dämpfen sollte; sie achtete sorgsam darauf, daß jeder seine Dosis bekam. Portegin begann mit Unterstützung von Triv und Dimenon sämtliche unwichtigen Schaltkreise auszuschlachten; er hatte die Absicht, wenigstens ein provisorisches Sendesignal zu errichten.

Sobald sie die Steilklippen erreicht hatten, hielt Kai die Fähre im Schwebeflug, während Varian die Irisblende ein Stück öffnete. Nach ihren Befehlen steuerte er die Terrasse an, auf der sie die Giffs beobachtet hatten. Als sich die Fähre nur noch einen halben Meter über dem Felsplateau befand, sprangen Varian und Triv ins Freie und dirigierten Kai per Armband-Kom in die Höhle selbst. Da die Plus-G-Weltler sicher annahmen, daß sie bei der Stampede ums Leben gekommen waren, bestand keine Gefahr, daß sie auf dieser Frequenz mithörten.

Der Höhleneingang war nicht breit genug für den Mittelteil der Fähre; Ruck um Ruck zwängten sie das Schiff ins Innere. Steine rieselten, und der Keramikrumpf bekam einige Scharten ab. Varian, die auf der dunklen Terrasse stand, rechnete damit, daß das Schürfen und Kratzen die gesamte Giff-Kolonie auf die Beine bringen würde, aber nicht ein Kopf tauchte über den Felsen auf.

Triv ließ Varian mit einer Leine zur Höhle hinunter und folgte ihr, nachdem sie ein Ende fest an einem Felsvorsprung verankert hatte. Die Fähre befand sich so weit im Innern der Höhle, daß sie nicht sofort auffiel. Dennoch sammelten Triv und Varian trockenes Laub und streuten es dicht über das Heck der Fähre. Dimenon, Margit und Portegin kamen ihnen zu Hilfe und schmierten feuchte Höhlenerde auf den Rumpf.

Die Aktion dauerte nicht lange, aber alle waren erleichtert, als sie sich endlich im Innern der Fähre befanden und die Irisblende schließen konnten. Sie machten es sich so bequem wie möglich.

»Du mußt jetzt auch ausruhen, Lunzie!« sagte Kai energisch und kauerte neben der Ärztin nieder, die sich um Trizein bemühte.

Sie stieß ein kurzes Lachen aus. »Mir wird gar keine andere Wahl bleiben, sobald die Wirkung der Inneren Disziplin nachläßt. Aber es sieht so aus, als könnten wir Trizein durchbringen. Es ist ganz natürlich, daß sein Körper ihn jetzt zur Ruhe zwingt.« Sie betrachtete Kais geschiente Hand, schaute ihm dann forschend in die Augen und fragte: »Wie fühlst du dich?«

»Noch wirkt die Disziplin – aber nicht mehr lange!«

Die Ärztin füllte ihre Sprühpistole. »Ich gebe den anderen eine etwas stärkere Dosis als nötig«, sagte sie leise. »Auf diese Weise bekommen auch wir ausreichend Schlaf.« Sie ging von einem zum anderen und injizierte das Beruhigungsmittel.

Varian klopfte Kai leicht auf die Schulter.

»Komm, wir haben unsere Plätze vorne!«

Er warf noch einen Blick auf die Schlafenden, dann folgte er ihr und ließ sich mit einem dankbaren Stöhnen zu Boden sinken. Dünne Matten mit einer Thermalschicht waren über das Kunststoffdeck gebreitet, um die Temperatur der Fähre für die Schläfer erträglich zu machen. Lunzie und Triv gesellten sich zu ihnen.

»Es könnte schlimmer sein, Kai«, tröstete ihn die Ärztin,

als könnte sie seine Gedanken lesen. »Wir haben nur Gaber verloren, und der alte Narr hat sein Ende selbst herausgefordert, als er in letzter Sekunde den Helden zu spielen versuchte.«

»Wie geht es Terilla und Cleiti?« wollte Varian wissen.

»Die Plus-G-Weltler haben sie roh mißhandelt. Das belastet die Psyche im allgemeinen stärker als den Körper.« Lunzie preßte die Lippen zusammen. »Ich wünsche niemandem dieses Gefühl des ... Ausgeliefertseins ...«

»Ich mache mir eher Sorgen, was sie in Zukunft von Kai und mir denken werden. Wir haben nicht den geringsten Versuch unternommen, sie zu verteidigen oder zu schützen.«

Lunzie lächelte. »Das verstehen sie durchaus. Ich weiß, daß Cleitis Eltern Anhänger der Inneren Disziplin sind, und wenn mich nicht alles täuscht, zählt auch Terillas Mutter zu unserem Kreis. Was sie nicht begreifen können, ist die plötzliche Verwandlung der Plus-G-Weltler in brutale Schläger.« Lunzie seufzte. »Alles in allem haben wir uns ganz gut gehalten, wenn man bedenkt, wie unvermittelt die Meuterei kam und wie wenig wir den Kolossen entgegenzusetzen hatten.«

Unvermittelt wurde ihr Körper schlaff, und sie murmelte erleichtert: »Vorbei ...« Mit zitternden Händen griff sie nach der Sprühpistole: »Seid ihr beide soweit?«

»Laß nur!« meinte Kai. »Wir können das Ding selbst ansetzen.«

Triv streckte der Ärztin den Arm entgegen. »Ich habe es auch geschafft, Lunzie.« Seine Gesichtszüge wirkten mit einem Mal grau und eingefallen. Er schloß die Augen, noch ehe Lunzie ihm die Droge injiziert hatte. »Vermutlich wache ich als erster auf«, murmelte er, ehe sein Kopf zur Seite sank.

»Nicht wenn ich es verhindern kann, mein Lieber«, lachte Lunzie und setzte die Sprühpistole bei sich selbst an. »Das ist das Wunder oder auch der Fluch der Disziplin: daß man weitermacht bis zuletzt, ob man will oder nicht.« Sie atmete jetzt stoßweise. »Ihr habt uns großartig aus dieser Klemme befreit, ihr beiden! Hätte nie gedacht, daß ...«

Varian lachte leise. »Wäre auch zu schön gewesen, wenn Lunzie einmal ein richtiges Kompliment gemacht hätte!« Sie wisperte, obwohl in diesem Moment nicht einmal ein Erdbeben die Schläfer geweckt hätte. »Kai, glaubst du, daß Tor auf deine Botschaft reagiert?«

»Wenn einer reagiert, dann er.«

»Und wann?«

Offenbar läßt die Wirkung der Disziplin nach, dachte Kai, als er die Angst in ihrer Stimme hörte. Er nahm ihre gesunde Hand und führte sie einen Moment lang an die Lippen. Trotz ihres Kummers lächelte Varian über den kleinen Zärtlichkeitsbeweis.

»Ich würde sagen, daß er frühestens in einer Woche hier eintreffen kann. So lange halten wir alles zusammen, nicht wahr?«

»Nach dem heutigen Tag – ja. Aber sie wissen nicht, daß die Verbindung zum Mutterschiff abgebrochen ist, Kai. Und von der Hilfe der Theks halten sie nicht allzuviel ...«

»Ich weiß, aber es ist besser als gar kein Kontakt.« Er spürte seine Kräfte schwinden, spürte die Müdigkeit wie ein Gewicht, das ihn niederzerrte. Heiland, das konnte steife Glieder geben, wenn er wieder aufwachte!

»Hast du es geschafft, Kai? Du siehst zumindest so aus.«

Er lachte leise, weil er sah, daß auch aus ihrem Gesicht die Farbe wich. Er hob die Sprühpistole.

»Warte noch!« Sie stützte sich auf den gesunden Ellbogen und küßte ihn. »Ich will nicht ausgerechnet beim Küssen vom Schlaf überwältigt werden.«

»Wie rücksichtsvoll von dir!« murmelte er. Er erwiderte ihren Kuß, dann preßte er die Pistole gegen ihren und seinen Arm. Im nächsten Moment sanken sie beide um und schliefen.

12

Als sie endlich erwachten, klagte Kai nicht als einziger über steife Glieder. Natürlich war Lunzie vor Triv aufgestanden, was ihre Laune beträchtlich hob. Sie begrüßte die beiden Expeditionsleiter mit der Nachricht, daß es Trizein etwas besser ginge, und reichte jedem von ihnen einen Becher voll dampfender Nährbrühe: ihr Spezialrezept, wie sie stolz verkündete. Das Zeug sollte für eine gute Durchblutung der überlasteten Muskeln sorgen und das Gewebe wieder normalisieren.

»Ich mache euch nicht aus reiner Menschenliebe fit«, meinte Lunzie. »Wir müssen dringend organische Stoffe sammeln, mit denen ich den Synthesizer füttern kann, sonst reicht der Wecktrunk nicht für die anderen.«

Kai leerte das heiße Gebräu bis auf den letzten Schluck. Lunzie hatte nicht übertrieben: Die Wärme breitete sich in seinem Innern aus, und er konnte beinahe spüren, wie sich die verkrampften Muskeln lockerten. Gegen die Schmerzen im Handgelenk mußte er allerdings einige Übungen der Inneren Disziplin einsetzen.

»Wie lange haben wir geschlafen?«

»Etwa anderthalbmal um die Uhr«, erklärte Lunzie nach einem Blick auf ihren Armband-Chronometer. »Im Mixen von Beruhigungsmitteln bin ich nämlich einsame Spitze!«

»Und wie lange wird es noch dauern, ehe die anderen wach sind?«

»Schätzungsweise eine Stunde.«

»Was haltet ihr von einem kleinen Rundgang?« wandte sich Triv an die beiden Expeditionsleiter.

Lunzie hob warnend den Finger. »Denkt daran, daß ihr keine Gurtfelder mehr besitzt!« sagte sie. »Und stürzt mir nicht über irgendwelche Klippen!«

Aus alter Gewohnheit trat Kai an den Spind mit den Betäubungsstrahlern und öffnete ihn. Ein wenig verwirrt betrachtete er die leeren Fächer.

»Unsere Freunde haben ganze Arbeit geleistet«, meinte Varian mit einem bitteren kleinen Lachen.

»Wir sind also auf unsere bloßen Hände angewiesen ...«

»Und selbst davon können wir im Moment jeder nur eine benutzen«, stellte Varian mit Galgenhumor fest.

»Noch eines«, fuhr Lunzie fort. »Ihr könnt heute auf keinen Fall die Innere Disziplin voll anwenden. Wenn euch eine Gefahr droht ...«

»Das bezweifle ich. Die Giffs scheinen nicht aggressiv zu sein«, sagte Varian. Sie preßte die Hand eng an den Körper, ehe sie durch die Irisblende ins Freie trat. »Auch deshalb ist die Höhle ein ideales Versteck.«

Wenige Minuten später bereute sie ihre Feststellung, als sie über die Kante des Höhleneingangs starrte.

»Nun ja, ein paar kleine Schönheitsfehler hat sie offenbar doch.« Sie beobachtete verblüfft die Wellen, die gegen den Sockel der zwanzig Meter hohen Klippe schlugen. Dann hob sie den Kopf und suchte den Himmel ab. Einige Giffs zogen ihre Kreise. »Na, wenigstens sind dort oben nur Vögel zu sehen«, fügte sie mit einem übertriebenen Seufzer der Erleichterung hinzu.

»Weit und breit kein Material für den Synthesizer«, stellte Kai fest. Er versuchte sich zu erinnern, was jenseits der Terrasse und des Felsenplateaus lag, auf dem die Giffs ihre Fischnetze entleerten.

Triv hatte den rückwärtigen Teil der Höhle durchstöbert und brachte jetzt einen Armvoll Heu mit. »Davon gibt es da hinten genug, alles vergilbt und ausgedörrt, aber vielleicht als Füllmaterial für den Synthesizer geeignet.«

»Jenseits der Klippen muß ein Wald liegen.« Varian schloß die Augen und runzelte nachdenklich die Stirn. »Verdammt, wir verlassen uns einfach zu sehr auf Filme! Die eigene Erinnerung verkümmert dabei.«

»Nun reg dich nicht auf, Varian! Wir behelfen uns eben erst mal mit Gras. Triv, glaubst du, daß du an einem Seil hochklettern könntest?«

»Es wäre einen Versuch wert, obwohl ich meine, daß

Bonnard und die Mädchen weniger Mühe hätten als ich.« Er musterte das Seil mit skeptischer Miene.

Lunzie zeigte sich nicht gerade begeistert von dem Heu. Frisches Gras hätte sie gut gebrauchen können, aber so wußte sie nicht, wie lange das Zeug schon in der Höhle herumlag. Sie bat die drei, noch einmal nach frischem Grün Ausschau zu halten – vielleicht nach Laub von Baumwipfeln?

Die Baumwipfel waren *fast* in Reichweite, berichtete Triv den Expeditionsleitern, als er später mit den Kindern von einem Rundgang zurückkehrte. Sie hatten eine Reihe von herrlichen Obstbäumen erspäht, aber eine tiefe, schmale Schlucht trennte die Terrasse von dem dahinterliegenden Wald.

»Die Giffs haben uns übrigens beobachtet«, erzählte Bonnard, »wie damals am Ruhetag. Sie umkreisten uns neugierig, kamen aber nicht näher.«

»Ich habe nach ... nach den Feinden Ausschau gehalten«, meinte Terilla. In ihrer leisen Stimme schwang Bitterkeit mit, und ihr junges Gesicht wirkte hart und verschlossen.

»Ach die!« Bonnard machte eine wegwerfende Handbewegung. »Die glauben immer noch, daß wir plattgewalzt unter der Kuppel liegen!«

Kai und Varian tauschten einen raschen Blick. Die Selbstsicherheit, die der Junge ausstrahlte, war nach den Ereignissen des Vortags nicht weiter überraschend. Immerhin hatte er es als einziger geschafft, den Plus-G-Weltlern trotz ihrer körperlichen Überlegenheit zu entwischen und ihnen eine empfindliche Niederlage beizufügen.

»Beten wir, daß sie noch ein paar Tage in diesem Glauben bleiben«, sagte Kai ernst. »Wenigstens bis zur Ankunft von Tor.« Er warf einen Blick auf das Häufchen Grünzeug, das der Versorgungstrupp mitgebracht hatte, und überschlug insgeheim, was davon übrigbleiben würde, wenn es durch den Synthesizer gelaufen war. »Schafft ihr heute noch eine zweite Kletterpartie?«

Triv wandte sich wortlos dem Seil zu und begann nach oben zu klettern. Die drei jungen Leute folgten ihm.

»Die Kampfmoral ist gut«, murmelte Kai.

»Noch!« entgegnete Varian knapp. Sie wußten beide, wie rasch das Barometer umschlagen konnte.

Um sich selbst Mut zu machen, ging Kai zu Trizeins zerstörtem Labor. Hierher hatte Portegin die beschädigte Sendeanlage aus der Pilotenkabine geschafft.

»Ich weiß nicht, ob ich den Sender wieder hinkriege«, sagte er hinter Platinen-Stapeln hervor und fuhr sich mit den Fingern durch das kurzgeschorene Haar. »Selbst wenn ich jeden verfügbaren Schaltkreis ausschlachte und die Sachen nur provisorisch zusammenflicke! Wir besitzen keine Geräte für die mikroskopisch kleinen Kontaktdrähtchen. Und manuell läßt sich da kaum etwas anschließen.«

»Könntest du wenigstens ein Ausgangssignal auf die Frequenz der Theks oder des Satellitenschiffs richten?«

»Das geht ohne weiteres.« Portegins Miene hellte sich ein wenig auf.

»Dann laß den Sender und bau das Signal auf, vielleicht in einem Bereich, den die Plus-G-Weltler aller Voraussicht nach nicht abhören!«

»Dazu bräuchten sie ohnehin mehr Energie, als ihre Armband-Koms hergeben«, meinte Portegin mit einem boshaften Grinsen.

Kai schlenderte weiter. Er durchsuchte die Lagerräume in der vergeblichen Hoffnung, daß die Plus-G-Weltler irgend etwas Brauchbares übersehen hatten. Insgeheim dankte er der Vorsehung für den Keramikrumpf der Fähre, der von den Detektoren der Plus-G-Weltler nicht aufgespürt werden konnte. Die kleinen Metallgegenstände im Schiff spielten kaum eine Rolle; man konnte sie als Erzvorkommen in den Klippen deuten. Kai überlegte, ob er und Varian in Gegenwart der Plus-G-Leute viel von den Giffs erzählt hatten. Und dann fielen ihm die Bänder ein. Er kämpfte mühsam die Angst nieder, die ihn erfaßte. Die meisten Filmdosen lagen zertrampelt und zerstört im Hof des Lagers, begraben unter Megatonnen von Kadavern! In ihrer Verachtung gegenüber den Leichtgewichtern hatten die Plus-G-Weltler sicher auch die Kassetten vernichtet, die als besonders wichtig gekennzeichnet waren. Ja, so mußte es sein, redete Kai sich ein.

In und um die Fähre herrschte fieberhafte Aktivität. Triv und die Kinder sammelten Grünzeug für den Synthesizer. Aulia säuberte die Hauptkabine mit einem Besen aus kurzem steifen Gras, und Dimenon und Margit holten mit einem Schöpfeimer Wasser über die Klippenwand herauf.

»Probier ein Stück!« meinte Varian und bot ihm eine bräunliche Tafel an. »Das Zeug schmeckt nicht schlecht«, setzte sie hinzu, als er eine Ecke abbrach und daran zu kauen begann.

»Das alte Gras?«

»Hmmm.«

»Na ja, ich habe schon Schlimmeres gegessen. Ziemlich trocken, findest du nicht?«

»Es ist gerade noch erträglich. Lunzie meint, daß sie jede Menge davon fabrizieren kann.« Varian schnitt eine Grimasse. »Das Problem ist nur die Energie, die sie dabei verbraucht, und das Wasser, das gereinigt werden muß, was wiederum Energie kostet ...«

Kai zuckte mit den Schultern. Nahrung und Wasser waren nun mal das Wichtigste, wenn sie überleben wollten.

»Tor kann frühestens in einer Woche hier sein.«

Varian warf ihm einen langen Blick zu. »Und was versprichst du dir von seinem Auftauchen?«

»Die Meuterei der Plus-G-Weltler – oder besser gesagt der Erfolg ihrer Meuterei – hängt von unserem Schweigen ab. Deshalb hatten sie unseren ›Unfalltod‹ so sorgfältig geplant – für den Fall, daß man uns nicht auf Ireta ausgesetzt hatte. Weshalb sie Gaber überhaupt Glauben schenkten, ist mir ein Rätsel, aber ...« Kai zuckte mit den Schultern. Dann begann er zu lachen. »Plus-G-Weltler sind Kolosse, aber keiner von ihnen kann sich mit einem Thek messen. Und kein Bewohner der Galaxis würde bewußt den Unwillen der

Theks herausfordern. Ihre Rache reicht weiter als die unsere. Wenn wir erst die Unterstützung der Theks haben, können wir unsere unterbrochene Arbeit wieder aufnehmen.«

Varian dachte eine Weile über seine Worte nach; es ärgerte Kai, daß sie weniger Trost darin fand als er selbst.

»Lunzie meint, daß wir bei unserem momentanen Energieverbrauch an die vier Wochen durchstehen könnten.«

»Es freut mich, das zu hören, aber ich möchte keine vier Wochen in dieser Höhle festsitzen.«

»Ich verstehe, was du meinst.«

Ihr Zufluchtsort war etwa doppelt so lang wie die einundzwanzig Meter lange Fähre und nicht besonders breit; er endete zudem an einem schroffen Steilhang. Vielleicht war das der Grund, weshalb die Giffs die Höhle aufgegeben hatten. Die Expeditionsmitglieder mußten auf engstem Raum zusammenleben, weil sie es sich nicht leisten konnten, die inneren Kabinen zu beleuchten.

Die tropische Nacht brach rasch herein, aber noch ehe es völlig dunkel wurde, hatte Portegin seinen Signalsender fertig und montierte ihn mit Trivs Hilfe in einer Nische dicht neben dem Höhleneingang. Nach einem letzten Blick auf das getarnte Heck der Fähre holten Kai und Lunzie den Rest der Mannschaft nach drinnen. Da Lunzie ein schwaches Beruhigungsmittel in die abendliche Wasserration gemischt hatte, waren sie zu müde, um sich über die Enge und die Langeweile zu beklagen.

Am zweiten Tag schickten Kai und Varian alle bis auf Trizein los, um Grünzeug zu sammeln. Sie schätzten, daß die Plus-G-Weltler ihre Flucht noch nicht entdeckt hatten. Auch der Tag danach erschien noch einigermaßen sicher; aber sie wollten kein Risiko eingehen.

So verbrachten sie den dritten Tag in der Höhle und schöpften nur im Morgengrauen Wasser an der Klippe. Portegin und Triv errichteten einen Schutz aus Zweigen und Laub am Höhleneingang, hinter dem sich ein Wachtposten verstecken und die Ankunft der Plus-G-Weltler oder einer Thek-Kapsel melden konnte. Das Blickfeld war zwar begrenzt, aber der Ausguck vermittelte ihnen doch ein Gefühl der Sicherheit.

Der vierte Tag verlief ereignislos; am fünften machte sich das enge Zusammenleben erstmals in kleinen Streitereien bemerkbar. Am sechsten Tag mischte Lunzie bereits in die Morgenration ein Beruhigungsmittel, das alle bis auf die beiden Anführer, Triv und sie selbst bekamen. Das bedeutete allerdings, daß sie auch die Wache am Eingang übernehmen und in der Morgen- und Abenddämmerung Wasser schöpfen mußten.

Am Ende des siebenten Tages mußte sich Kai eingestehen, daß Tor ihnen nicht gerade zu Hilfe *geeilt* war.

»Wie soll es weitergehen?« fragte Triv ruhig, als sich die vier Anhänger der Inneren Disziplin zur Beratung trafen.

»Es bleibt noch der Kälteschlaf«, erklärte Lunzie und atmete erleichtert auf, als Kai und Varian nickten.

»Das ist unsere letzte Zuflucht.« Triv spielte mit ein paar Blättern und legte sie zu einem Fächer auf dem Boden aus. »Die anderen zeigen sich zunehmend gereizt. Sie vertragen die Isolation hier in der Höhle nicht. Aber die Leute auf dem Satellitenschiff werden sich doch allmählich Gedanken machen, wenn keine Botschaften mehr von Ireta eintreffen.« Etwas im Schweigen oder in der Haltung der anderen machte Triv stutzig. Er musterte sie verwirrt. »Ihr glaubt doch nicht im Ernst, daß die uns ausgesetzt haben?«

»Trotz Gabers Geschwätz besteht kein Grund für diese Annahme«, sagte Kai langsam. »Sobald unsere Botschaften auf dem Mutterschiff eintreffen, werden sie wie der Blitz hier sein. Der Planet ist so reich an ...«

»Die Botschaften?« hakte Triv sofort ein.

Varian schnitt eine Grimasse.

»Wie viele haben sie denn bis jetzt abgerufen?« Die Besorgnis des Geologen war nicht zu überhören.

»Keine – außer dem Report von unserer sicheren Landung.«

Triv nahm die niederschmetternde Kunde auf, ohne die Miene zu verziehen. Man konnte nicht erkennen, was in seinem Innern vorging. »Dann bleibt uns in der Tat nur der Kälteschlaf.« Er runzelte die Stirn und fügte nachdenklich hinzu: »Der Landereport und mehr nicht? Was ist geschehen? Sie können uns nicht ausgesetzt haben, Kai! Das genetische Potential reicht nie und nimmer für eine Kolonie.«

»Das und die Tatsache, daß wir Kinder an Bord haben, gibt uns Hoffnung«, erklärte Kai. »Ich denke, daß die Leute im Mutterschiff einfach zu sehr mit diesem kosmischen Sturm beschäftigt sind. Die Theks waren der gleichen Ansicht.«

»Richtig, den Sturm hatte ich ganz vergessen!« Man sah Triv die Erleichterung an. »Dann schlafen wir eben. Völlig klar. Es ist egal, ob wir in einer Woche oder in einem Jahr geweckt werden.«

»In Ordnung. Wir sagen morgen den anderen Bescheid und leiten alles in die Wege«, erwiderte Kai.

Lunzie schüttelte den Kopf. »Warum willst du ihnen Bescheid sagen? Aulia wird einen Hysterie-Anfall bekommen, Portegin besteht garantiert darauf, vorher seinen Sender zu verbessern, und alle anderen werden uns Vorwürfe machen, weil wir die Sache mit den Botschaften verschwiegen haben ...«

»Sie sind schon so gut vorbereitet«, meinte Varian und deutete auf die schlafenden Gestalten. »Und wir ersparen uns ein paar sinnlose Diskussionen.«

»Dazu kommt das Risiko, daß uns die Plus-G-Weltler entdecken, ehe wir Unterstützung vom Mutterschiff oder von den Theks erhalten«, fügte Triv hinzu. »Wenn wir im Kälteschlaf liegen, können uns die Plus-G-Leute nicht aufspüren. Falls wir dagegen wach bleiben, wächst diese Gefahr mit jedem Tag.«

Kai wußte, daß man so eine wichtige Angelegenheit eigentlich demokratisch abstimmen sollte – selbst angesichts der Tatsache, daß er und Varian im Notfall das Recht hatten, über die Köpfe der Expeditionsteilnehmer hinweg Entscheidungen zu treffen. Aber Lunzie schätzte die Lage richtig ein. So fügte sich Kai mit einem Achselzucken den Argumenten der anderen. Er hatte Tor eine Woche Zeit gegeben. Diese Spanne hätte für eine Reise nach Ireta mehr als ausgereicht. Es war natürlich möglich, daß ein anderer die Botschaft in Empfang genommen und für so unwichtig gehalten hatte, daß er sie gar nicht an Tor weitergab ...

»Ich würde diesen Plus-G-Weltlern gern wieder begegnen, wenn meine Schulter geheilt ist«, stellte Varian grimmig fest. »Hoffentlich verschwenden sie ihre restlichen Energiezellen bei der Suche nach uns!«

Triv lachte nur trocken und erhob sich.

»Ich bin im allgemeinen nicht nachtragend«, meinte Lunzie. »Aber in diesem Fall teile ich Varians Gefühle.«

Lunzie bereitete die Konservier-Lösung und injizierte sie den Liegenden mit Hilfe der Spraypistole. Varian, Triv und Kai kümmerten sich um die Schläfer, bis ihre Körper starr wurden und die Atmung sich so verlangsamt hatte, daß man sie nicht mehr wahrnahm. Einen Moment lang spielte Kai mit dem Gedanken, Varian zu bitten, daß sie mit ihm wach blieb, bis entweder Tor oder die Leute vom Satellitenschiff eintrafen. Aber das würde bedeuten, daß sie im Freien kampieren mußten, sobald das Schlafgas die Fähre durchdrang. Er hatte nicht die Absicht, sich von seinem Team zu trennen oder gar das Versteck seiner Leute ungewollt an die Plus-G-Weltler zu verraten.

»Eigentlich hatte Gaber recht, der armselige alte Narr«, meinte Varian mit verblüffter Stimme, als sie sich auf dem Boden ausstreckte. »Wir sind hier ausgesetzt. Zumindest vorübergehend.«

Lunzie starrte sie mit hochgezogenen Brauen an. »Also, das ist nicht gerade der Trost, den ich mit in den Kälteschlaf nehmen möchte.«

»Träumt man eigentlich unter dem Einfluß der Kryogene, Lunzie?«

»Ich persönlich habe nie geträumt.«

»Scheint eine ziemliche Zeitverschwendung, in dieser Phase überhaupt nichts zu tun.«

Lunzie reichte die Flüssigkeit herum, die sie zusammengebraut hatte.

»Das Konzept des Kälteschlafs besteht ja gerade darin, daß die subjektive Zeit aufgehoben wird«, meinte sie. »Du schläfst – du wachst auf. Fertig.«

»Und Jahrhunderte können vergehen«, fügte Triv hinzu.

»Du bist genauso hilfreich wie Varian«, murmelte Lunzie und trank das Zeug.

»Es vergehen ganz sicher keine Jahrhunderte«, sagte Kai energisch. »Nicht, wenn das Mutterschiff von unseren Uranfunden erfährt.«

»Das ist ein Trost«, erklärte Triv und schluckte seine Dosis.

In schweigendem Einverständnis warteten Kai und Varian, bis die beiden anderen eingeschlafen waren.

»Kai«, flüsterte Varian, »es ist alles meine Schuld. Ich besaß die Hinweise, die auf eine Meuterei schließen ließen ...«

Er unterbrach ihre Selbstanklage mit einem Kuß. »Unsinn. Niemand hatte Schuld. Es war eine unglückliche Verkettung von Umständen. Sei damit zufrieden, daß sie und wir am Leben geblieben sind. Gaber hat seinen Tod selbst herausgefordert. Und jetzt lassen wir die subjektive Zeit am besten stillstehen.«

»Wie lange?«

Kai zog sie an sich und lächelte. »Die Leute vom Mutterschiff holen uns ganz bestimmt, egal, wie lange es dauert.« Er spürte selbst, daß seine Worte schwach klangen. »Trink jetzt, Varian!« Er prostete ihr zu, und gemeinsam tranken sie die Becher leer. »Jedes Problem läßt sich lösen, wenn man es erst mal überschlafen hat.«

»Hoffentlich. Es ... ist ... ja ... nur ...«

Stille hüllte die Fähre ein. Automatisch öffnete sich das Ventil mit dem Gas, das den Kälteschlaf verstärkte. Der Lebensrhythmus an Bord wurde auf ein Minimum verlangsamt.

Draußen stiegen goldene Vögel in einen düsteren, schwülen Mesozoikum-Morgen.

Frank Herberts grandioses Epos aus ferner Zukunft
Der Wüstenplanet
Der erfolgreichste Science Fiction-Zyklus aller Zeiten

Der Wüstenplanet
Heyne Science Fiction
06/3108 - DM 9,80

Der Herr des Wüstenplaneten
Heyne Science Fiction
06/3265 - DM 7,80

Die Kinder des Wüstenplaneten
Heyne Science Fiction
06/3615 - DM 9,80

Der Gottkaiser des Wüstenplaneten
Heyne Science Fiction
06/3916 - DM 12,80

Die Ketzer des Wüstenplaneten
Heyne Science Fiction
06/4141 - DM 12,80

Weltauflage: 20 Millionen Exemplare!